民國文化與文學 研究文叢

十一編

李 怡 主編

第 12 冊

百年魯迅傳播史（1906～2006）（下）

葛 濤 著

國家圖書館出版品預行編目資料

百年魯迅傳播史（1906～2006）（下）／葛濤 著 — 初版 —
新北市：花木蘭文化事業有限公司，2019〔民 108〕
目 4+198 面；19×26 公分
（民國文化與文學研究文叢 十一編；第 12 冊）
ISBN 978-986-485-798-2（精裝）
1. 周樹人 2. 學術思想 3. 文學評論
820.9   108011490

特邀編委（以姓氏筆畫為序）：

ISBN-978-986-485-798-2

9 789864 857982

民國文化與文學研究文叢
十一編　第十二冊　　　　　　　　ISBN：978-986-485-798-2

百年魯迅傳播史（1906～2006）（下）

作　　者　葛　濤
主　　編　李　怡
企　　劃　四川大學中國詩歌研究院
總 編 輯　杜潔祥
副總編輯　楊嘉樂
編　　輯　許郁翎、王筑、張雅淋　美術編輯　陳逸婷
出　　版　花木蘭文化事業有限公司
發 行 人　高小娟
聯絡地址　235 新北市中和區中安街七二號十三樓
　　　　　電話：02-2923-1455／傳真：02-2923-1452
網　　址　http://www.huamulan.tw 信箱 hml 810518@gmail.com
印　　刷　普羅文化出版廣告事業
初　　版　2019 年 9 月
全書字數　360915 字
定　　價　十一編 12 冊（精裝）新台幣 23,000 元

百年魯迅傳播史（1906～2006）（下）

葛濤　著

八、「接過魯迅的投槍」──「文革」時期的魯迅文化史（1966 年 6 月～1976 年 10 月）

「文革」初期，政府爲了推動「無產階級文化大革命」，並反擊蘇聯借魯迅來攻擊中國「文革」的言論，而舉行了有七萬多人參加的紀念魯迅逝世三十週年的大會，把魯迅塑造成毛澤東的紅小兵，號召紅衛兵學習魯迅的造反精神，將「文化大革命」進行到底，這不僅極大地歪曲了魯迅的眞實形象，而且也開始把魯迅納入「文革」的話語體系之中，利用魯迅爲「文革」服務。此後，在「批林批孔」運動、「反擊右傾翻案風」運動、批判《水滸》運動中又利用魯迅來爲這些運動服務，達到一定的政治目的。「文革」後期，毛澤東發出了「讀點魯迅」的號召，在全國掀起了學習魯迅的高潮，極大地推動了魯迅在全國各地的普及工作。在中國歪曲與利用魯迅達到巔峰的「文革」時期，國外的魯迅研究卻陸續取得了一些重要的成果，極大的彌補了中國國內魯迅研究的缺陷。

1、魯迅著作的出版

（1）形形色色的《魯迅語錄》

「文革」中出版了眾多的、各式各樣的《魯迅語錄》，其中又有相當多的是按照「紅寶書」《毛主席語錄》的式樣印刷的，這無疑顯示出《魯迅語錄》具有和《毛主席語錄》相似的地位和作用。這些《魯迅語錄》雖然有許多種類，但大同小異，基本上都是各地的紅衛兵組織從魯迅的部分雜文和部分書

信中摘取的一些段落或一些句子編成的，在內容方面也有高度的相似性。另外，這些語錄也大多曲解乃至閹割了魯迅在文章中的原意。

因爲毛澤東對魯迅的推崇與高度評價，「文革」中出現了一些以「魯迅」爲名的紅衛兵組織，如各地的「魯迅兵團」、「魯迅戰鬥隊」、「魯迅縱隊」等，這些爲弘揚魯迅的戰鬥精神而建立的以「魯迅」爲名的紅衛兵組織也編輯了一些《魯迅語錄》，從這些語錄中可以看出「文革」中魯迅語錄的出版狀況。

署名爲「北京師範學院《魯迅兵》、北京魯迅博物館《紅色造反隊》、北京電車無軌一廠《烈火》編輯部」編輯的《魯迅語錄》在 1968 年 1 月出版，扉頁就是毛澤東語錄：「魯迅是中國文化革命的主將，他不但是偉大的文學家，而且是偉大的思想家和偉大的革命家……魯迅的方向，就是中華民族新文化的方向」。接著是毛澤東書寫的魯迅詩歌的手跡：「萬家墨面沒蒿萊……」。其後才是魯迅像（1930 年 9 月）和魯迅書寫的「橫眉冷對千夫指，俯首甘爲孺子牛」手跡。

在上述內容之後，是在「毛主席論魯迅」題目下輯錄的毛主席關於魯迅的眾多論述和陳伯達的《在紀念魯迅大會上的閉幕詞》一文。

這本《魯迅語錄》分十三個方面輯錄了魯迅的一些言論：

一、歌頌無產階級革命，歌頌偉大的領袖毛主席

二、捍衛毛主席革命路線的鬥爭

三、論階級與階級鬥爭

四、抨擊帝國主義、國民黨反動派，粉碎反革命文化「圍剿」

五、橫掃舊思想、舊道德、舊禮教

六、論「打落水狗」，反對折衷主義

七、「韌」與革命硬骨頭精神

八、俯首甘爲孺子牛

九、論鬥爭的藝術與策略

十、對小資產階級動搖性的批判

十一、革命營壘的聯合、分化、成長及壯大

十二、論文學藝術

十三、改革、創造，踏著先驅的足跡，奮勇前進

另外，這本語錄還附錄了幾首魯迅的詩歌以及「幾條從別人記述中摘抄的語錄，許廣平哀辭，中共中央唁電」等。

　　署名爲「首都紅代會、新北大井岡山兵團魯迅縱隊、內蒙古宣教口魯迅兵團翻印」的《魯迅語錄》在 1967 年 11 月出版。這本語錄的扉頁是一句口號：「毛澤東同志的偉大戰友魯迅精神不朽！讓我們踏著文化革命先驅魯迅的足跡前進！讓我們在偉大的毛澤東思想道路上前進！」其後是魯迅像（1930 年 9 月 24 日照於上海）和魯迅書寫的「橫眉冷對千夫指，俯首甘爲孺子牛」一聯的手跡；然後是《毛主席在陝北公學魯迅逝世週年大會上的講話（代序）》、《毛主席論魯迅》和陳伯達的《在紀念魯迅大會上的閉幕詞》。

　　這本語錄分十七個方面輯錄了魯迅的一些言論：

　　　　一、忠於毛主席的無產階級革命路線

　　　　二、階級和階級鬥爭

　　　　三、革命

　　　　四、革命者

　　　　五、敢於鬥爭、善於鬥爭

　　　　六、痛打落水狗

　　　　七、「韌」的戰鬥精神

　　　　八、注重現實鬥爭

　　　　九、痛斥反革命兩面派

　　　　十、破舊立新

　　　　十一、人民群眾

　　　　十二、爲人民服務

　　　　十三、思想改造

　　　　十四、思想方法

　　　　十五、青年

　　　　十六、文化藝術

　　　　十七、其他

另外，這本語錄還附錄了魯迅的八首詩歌。

　　署名爲「哈爾濱第四中學魯迅兵團」編輯的《魯迅語錄》的扉頁是毛主席語錄：「魯迅是中國文化革命的主將，他不但是偉大的文學家，而且是偉大的思想家和偉大的革命家」；其次是毛主席像（偉大的導師　偉大的領袖　偉大的統帥　偉大的舵手　毛主席萬歲！）；再次是魯迅像（1930 年 9 月）和魯迅書寫的「橫眉冷對千夫指　俯首甘爲孺子牛」一聯的手跡；最後是《毛主席論

魯迅》（有毛主席像）和《毛主席在陝北公學魯迅逝世週年紀念大會上的講話（代序）》。

這本語錄分九個方面輯錄了魯迅的一些言論，另外，在第十章收錄了魯迅的幾首詩歌。

一、毛主席是魯迅心中的紅太陽

二、階級和階級鬥爭

三、文化革命、教育革命

四、橫眉冷對千夫指

　　1、刺向帝國主義封建主義國民黨反動派的投槍和匕首

　　2、怒斥反革命兩面派、正人君子、叛徒、流氓……各種政治垃圾

　　3、與周揚及其爪牙們的大搏殺

五、俯首甘為孺子牛

　　1、相信人民，熱愛人民

　　2、忠於無產階級革命事業

　　3、改造思想、自我解剖

　　4、硬骨頭的革命精神

六、鮮血凝成的階級鬥爭的經驗

　　1、要注重韌性的戰鬥

　　2、必須痛打落水狗

　　3、槍桿子裏面出政權

　　4、以牙還牙、以血償血

七、顯微鏡下種種

八、青年

九、論文學藝術

　　1、文學與革命

　　2、文學的階級性

　　3、文藝創作與文藝批評

十、魯迅詩選

此外，這本語錄的「附錄」部分收錄了魯迅生平簡介、自傳、著者自敘傳略、中共中央唁電、魯迅的筆名等內容。

　　從這三本《魯迅語錄》的編輯體例中可以看出，編者都把毛澤東放在最突出的地位，不僅在扉頁刊登了毛主席語錄，而且還刊登了毛澤東論述魯迅的大量的言論，有的還刊登了毛澤東的照片。署名為「哈爾濱第四中學魯迅兵團」編輯的《魯迅語錄》在贈送給魯迅博物館的一本語錄上寫了這樣的一句題詞：「贈魯迅博物館的戰友們：祝毛主席萬壽無疆！無產階級文化大革命勝利萬歲！一九六八年六月一日」。從這句題詞中可見毛主席和無產階級文化大革命才是最主要的，編選魯迅語錄也是為此服務的。另外，這三本語錄都在第一章中分別在「歌頌無產階級革命，歌頌偉大的領袖毛主席」，「忠於毛主席的無產階級革命路線」，「毛主席是魯迅心中的紅太陽」的標題下輯錄了魯迅論述毛澤東及中國共產黨的言論，突出了魯迅和毛澤東及中國共產黨的親密關係。這樣就把魯迅和毛澤東以及中國共產黨緊密地聯繫在一起，把魯迅納入毛澤東思想的話語體系之內。

　　這三本語錄的編輯目的基本上都是為了繼承和發揚魯迅精神，清算「周揚等一小撮反革命修正主義分子」對魯迅進行的惡毒的政治迫害，捍衛毛主席的革命路線。北京師範學院《魯迅兵》等組織在 1967 年 9 月編輯的《魯迅語錄》的《編後記》中介紹了編輯的目的和原因：

> 　　「魯迅是中國文化革命的主將，他不但是偉大的文學家，而且是偉大的思想家和偉大的革命家」。魯迅是毛主席的偉大戰友，魯迅是忠實的執行和捍衛毛主席革命路線的一面光輝旗幟。我們偉大的領袖毛主席早就給與魯迅以最全面、最深刻、最正確的評價。
>
> 　　但是，周揚等一小撮反革命修正主義分子，自三十年代，就披著「馬列主義」、「左派」的外衣，配合國內外反動派對魯迅進行了惡毒的政治迫害。直到解放以後他們仍然耍陰謀，放暗箭，篡改注釋，砍殺書信，攻擊、歪曲光輝的魯迅形象，為他們反革命修正主義路線塗脂抹粉，大肆翻案，為資本主義復辟製造輿論。
>
> 　　周揚之流的滔天罪行必須徹底清算！
>
> 　　光輝的魯迅形象決不能任人歪曲，革命的歷史決不能任人篡改。
>
> 　　魯迅的革命精神和他的戰鬥經驗是無產階級的一份寶貴財富。在無產階級文化大革命高潮到來之際，為了更好的繼承、發揚

魯迅精神，我們懷著對偉大的領袖毛主席，對光輝的毛澤東思想，對毛主席的偉大戰友，以及閃爍著毛澤東思想偉大光輝的「魯迅精神」無限熱愛，無限崇敬的心情，排除種種困難，編印了《魯迅語錄》，把它獻給偉大的無產階級文化大革命，獻給偉大的魯迅，獻給我們心中最紅最紅的紅太陽毛主席。

為了直接配合當前對以赫魯曉夫為總後臺的文藝黑線的大批判運動，有關魯迅對當時王明、周揚的修正主義路線進行鬥爭的書信史料，我們偏重選編了一些。因為所選編的書信的大部分是被周揚之流砍殺掉的，未收入《魯迅全集》，也有的未曾刊印過，因此我們一律在每條後只注明發信日期。

首都紅代會、新北大井岡山兵團魯迅縱隊編輯的《魯迅語錄》在《後記》中介紹了編輯這本語錄的原因和編選情況：

遵照偉大領袖毛主席的最高指示，我們編選了這本《魯迅語錄》，藉以紀念魯迅，學習魯迅，並作為向國慶十八週年的獻禮。

這本《魯迅語錄》主要摘自人民文學出版社一九五八年出版的《魯迅全集》，共得四百多條。因為反革命修正主義分子周揚之流在中國的赫魯曉夫庇護下對《魯迅全集》的出版工作橫加破壞，不僅在注釋中篡改歷史，混淆是非，還惡毒地砍去書信八百餘封，所以，我們又從《魯迅書簡》（許廣平編，魯迅全集出版社一九四六年版）和未刊的書信（原件藏北京魯迅博物館）中選了一些。此外，我們還找到了《魯迅全集》未收的文章和重要的回憶錄，也有所摘取。

哈爾濱第四中學魯迅兵團編輯的《魯迅語錄》在《編後》中介紹了編選這本語錄的原因，並結合當時的政治形式對魯迅精神進行了新的闡發，強調要保衛魯迅：

為了紀念我們偉大的導師、偉大的領袖、偉大的統帥、偉大的舵手毛主席的偉大戰友魯迅，我們選編了他的投槍和匕首一束，獻給無產階級革命派的戰友們。

魯迅是中國文化革命的主將，是文化新軍最偉大最英勇的旗手。魯迅是在文化戰線上代表全民族的大多數，向著敵人衝鋒陷陣的最正確，最勇敢，最堅決，最忠實，最熱忱的空前的民族英雄。

魯迅是偉大的文學家，偉大的思想家，偉大的革命家。

魯迅是偉大的共產主義戰士！

列寧在紀念一位革命者的時候說道：無產階級紀念他，「當然不是為了講些庸俗的頌詞，而是為了闡明在準備俄國革命中起了偉大作用的這位作家的真正歷史位置。」

我們紀念魯迅，就是要以魯迅為榜樣，無限熱愛我們最偉大的導師毛主席，誓死捍衛毛主席的最高領袖地位，誰敢反對毛主席，誰敢反對毛澤東思想，不管他以什麼面目出現，不管他地位多高，資格多老，聲望多大，我們堅決把他拉下馬，打入十八層地獄！我們要用畢生的精力樹立毛主席的絕對權威，樹立毛澤東思想的絕對權威！

我們紀念魯迅，就是要把周揚一夥顛倒的歷史再顛倒過來，為捍衛毛主席所做出的歷史總結而鬥爭！

我們紀念魯迅，就是要學習他頑強的「橫眉冷對千夫指」，「敢」字當頭，下定決心，不怕犧牲，一反到底！

我們紀念魯迅，就是要學習他忠誠地「俯首甘為孺子牛」，熱愛人民，相信人民，鞠躬盡瘁，死而後已！

我們紀念魯迅，就是要發揚他「痛打落水狗」的精神，把中國的赫魯曉夫鬥倒鬥臭，教他永世不得翻身！把無產階級文化大革命進行到底！

我們紀念魯迅，就是要學習他堅決地「更多的是更無情地解剖我自己，」鬥私批修，自我革命！

我們紀念魯迅，就是要學習他，不斷革命，徹底革命，做一個無產階級革命造反派，不但要做中國革命派，而且要做世界革命派，要讓毛澤東思想偉大紅旗插遍全中國，插遍全世界！

「文革」時期紅衛兵組織編輯的各種《魯迅語錄》無疑極大地促進了魯迅思想的傳播，深刻地影響了當時的青少年，但是這些從魯迅文章中摘錄的一些語句在被編成各種《魯迅語錄》，並被紅衛兵用於批判和鬥爭時，基本上都是歪曲甚至背離了魯迅原意的，對於魯迅的傳播無疑也產生了深遠的、很難消

除的不良影響。

（2）注釋本《魯迅雜文書信選》和《魯迅創作選》的夭折

1971 年 3 月 22 日到 7 月 22 日，國務院召開了「全國出版工作座談會」，提出了《第四個五年計劃期間圖書出版工作設想（草案）》。在「文學藝術讀物」一節中制定了出版魯迅著作的規劃：「（四）魯迅著作。魯迅全集、魯迅日記、魯迅書信、魯迅譯文集、魯迅整理的古典作品等，需要重新整理、增補出版。爭取兩三年內完成。同時，對回憶魯迅和研究魯迅著作的作品，亦應適當整理和出版」。6 月，人民文學出版社魯迅著作編輯室（以下簡稱「魯編室」）根據這次座談會的精神開始準備整理與出版魯迅著作的工作。

8 月，「魯編室」邀請了唐弢、曹靖華、王冶秋、魏建功等當時在京的學術界人士舉行了兩次座談會，另外也先後到一些有關的文化單位和學校、工廠等做了調查並徵詢意見，然後向「出版口」領導小組遞交了《關於重印魯迅著作的報告》，闡述了重新編注《魯迅全集》的一些設想，並提到要先行編印《魯迅雜文書信選》和《魯迅創作選》。

在等待報告批覆期間，「魯編室」邀請了唐弢及以李何林為首的南開大學中文系和魯迅博物館的葉淑穗等人首先編完了《魯迅雜文書信選》，共收錄魯迅的雜文 56 篇，書信 73 封。為適應當時的政治形勢，所選的文章都偏重於魯迅著作中戰鬥性較較強的後期作品，另外還對每篇作品作了包括闡明寫作時的時代背景及中心思想等的題解和較詳盡的注釋。

1972 年 1 月 13 日，「魯編室」又向「出版口」領導小組遞交了《關於重版魯迅著作幾個問題的請示報告》，提出了出版魯迅著作的全面規劃，同時也提及《魯迅雜文書信選》即將於近期內出版等。報告送出一週後就收到了姚文元的批覆：「先提一個意見，其他待研究。第四頁《魯迅雜文書信選》，雜文以同書信分開為好，即單獨編一本《魯迅雜文選》，大體編好之後，請送我一閱，當再提出一些具體意見。此事在主席前議過。另上海也要出類似選集，似以協商出一種為宜」。

按照姚文元的批示，「魯編室」重新編注了一本《魯迅雜文選》，除原收的雜文 56 篇外，又增選了 43 篇，共計 99 篇，近 40 萬字（其中注釋即達 13 萬字）。3 月 20 日，「魯編室」將《魯迅雜文選》打出清樣送姚文元審閱。11 月 21 日，又將編選注釋的《魯迅創作選》（共 44 篇）打出清樣送姚文元審閱，並催詢《魯迅雜文選》的審閱結果。12 月 2 日，姚文元批示：「我的意見，不

必再選了。魯迅的著作可以出單行本，如《吶喊》、《彷徨》、《故事新編》、《野草》四種創作集都可以出魯迅自己編定的單行本，以省注釋之繁。其他雜文集亦然」。江青也在報告上作了批示：「《阿 Q 正傳》也應出單行本。像《藥》、《孔乙己》等短篇小說，應合起來出版」。次日，「出版口」又轉來了姚文元的電話「指示」：「除批件上已指出四個單行本外，再加一個《朝花夕拾》，其他按江青同志批示辦」。張春橋也隨後做了一個批示：「應該相信工農兵是能夠讀懂魯迅著作的嘛……注釋要簡單，不要搞繁瑣哲學，不要把注釋搞成專案。」

　　在中央文革領導小組的批示下，人民文學出版社不得不停止已經編就的注釋本《魯迅雜文書信選》和《魯迅創作選》的出版工作。〔註1〕

（3）1938 年版《魯迅全集》的重版

　　1972 年 2 月，美國總統尼克松訪華，周恩來總理準備送給他一套《魯迅全集》作為禮物，為此總理辦公室曾多次派人到人民文學出版社要書，但是在當時 1958 年版的《魯迅全集》已被認作是「禁書」，要送就只能送一套 1938 年版的《魯迅全集》，不過，人民文學出版社又沒有 1938 年版的《魯迅全集》的紀念本，最後從魯迅博物館庫藏的兩套紀念本中才選出較好的一套送給尼克松。

　　此事使人民文學出版社想到了重版 1938 年版《魯迅全集》。12 月，由姚文元請示周總理後，周總理批示同意出版。1973 年初，經過孫用仔細校勘並改正了原版的一些編校錯誤，人民文學出版社以簡體字的方式重印了 1938 年版的《魯迅全集》，並作兩處重要的改動：一是刪去了蔡元培原序中的落款「民國二十七年六月一日」；二是在第四卷《偽自由書·王道詩話》的文後增加了一條新注，「說明」當時已經被打為叛徒的瞿秋白寫的這 12 篇雜文是他「與魯迅交換意見後」撰寫的，不僅「包括了魯迅的某些觀點」，而且「經過魯迅的修改」，因此才收入全集。同時，人民文學出版社還出版了經過孫用校勘的二十四種魯迅著作的單行本，各地的出版社也租用人文社的紙型翻印這些魯迅著作，這不僅極大地促進了魯迅著作的傳播，而且極大地滿足了當時無書可讀的讀者的閱讀需求。

〔註 1〕王仰晨《魯迅著作出版工作的十年（1971～1981）》，《魯迅研究月刊》1999 年第 11 期。

（4）《魯迅批孔反儒文輯》、《魯迅批孔作品選讀》和《魯迅關於〈水滸〉的論述》等書籍的出版

1973 年和 1974 年，人民文學出版社為了配合當時的政治運動而先後編印了《魯迅批孔反儒文輯》、《魯迅批孔作品選讀》、《魯迅關於〈水滸〉的論述》各一冊，其中的《魯迅批孔作品選讀》只印了試印本，未正式發行。此外，各地的出版社結合「批林批孔」運動、批《水滸》運動也相繼出版了一些類似的書籍，這些書籍大都是選擇魯迅的幾篇文章，然後結合現實的政治運動進行闡釋，歪曲利用魯迅的文章，通過魯迅來達到一定的政治目的。例如，《魯迅批孔反儒文輯》選錄了《我之節烈觀》、《十四年的「讀經」》、《在現代中國的孔夫子》、《禮》、《談皇帝》、《儒術》等文章，編者在《編選說明》中指出：「偉大的共產主義者魯迅在戰鬥的一生中，對以孔子為代表的儒家思想進行了堅決的不妥協的鬥爭。他的許多文章，深刻的剖析了孔子學說的反動性和虛偽性，揭露了從袁世凱到蔣介石等反動派和帝國主義者尊孔讀經的反動實質，從政治上、思想上、理論上給儒家思想以有力的批判和打擊。學習魯迅的這些文章，對於當前批判劉少奇、林彪修正主義思想，進行上層建築包括意識形態領域的社會主義革命，都有重大的意義。」

（5）《魯迅日記》和新版《魯迅書信集》的出版

1975 年 10 月 28 日，周海嬰在胡喬木的支持下就魯迅著作出版工作和魯迅研究工作上書毛澤東，11 月 1 日，毛澤東作出批示，要求政治局研究解決這一問題。

11 月 5 日夜，國家出版局召集了局少數幹部和人民文學出版社的個別同志，傳達了周海嬰為出版魯迅著作等事給毛主席信的大意（但未提及毛主席對此信所作的批示），並嚴令「保密」，不得向未參加這次傳達會的任何人洩露。此後，出版局開始規劃魯迅著作的注釋工作。12 月初，國家出版局和國家文物局為出版魯迅著作調集人員和建立機構等事宜聯合向中央遞交了報告，並得到中央的批准。

1976 年 4 月，國家出版局主持在濟南召開了魯迅著作注釋工作座談會。會議傳達並討論了毛主席關於魯迅著作出版工作的批示和周海嬰的信，並對魯迅著作注釋工作的要求和注釋體例等重新又做了一些討論，同時也明確要求各注釋組所在地的黨委宣傳部門關心和支持這項工作。這次會議的召開極大地推動了魯迅著作的出版工作。

人民文學出版社也加快了魯迅著作的出版速度。7 月，經校勘後重新排印的《魯迅日記》（上、下兩冊）出版，共印 11 萬套；8 月末，出版了新版《魯迅書信集》（上、下兩冊），印了 16.5 萬套（其中精裝本 60700 套）。這些魯迅著作特別是此前未曾出版過的《魯迅書信集》十分暢銷，1977 年 1 月末，人文社再版了《魯迅書信集》，又印了 20.5 萬套。

但是，新版《魯迅書信集》出現了一些「政治問題」。因爲周海嬰在給毛主席的信中是將出版一部完整的《魯迅書信集》作爲第一項任務提出來的，所以國家出版局收回了先前限印二百套「工作用書」的指示，讓人文社自行決定印數。但是，出版局在《魯迅書信集》出版後卻發現該書造成了「嚴重政治錯誤」：「出版說明」中沒有提到毛主席對魯迅的崇高評價；沒有點劉少奇、周揚的名；沒有說明爲什麼把魯迅給好人和壞人的信都收了等。爲此，出版局要求人文社改寫「出版說明」，並通知書店立即停售和收回未售出部分，工廠尚未送出的則存廠停送。人文社只好按照出版局的要求一面改裝一面發行，10 月末，就出版了修訂版的《魯迅書信集》。〔註 2〕這次《魯迅書信集》引發的政治風波充分顯示出政治因素對於魯迅著作出版工作的重要影響。

（6）魯迅著作注釋與出版工作引起的政治鬥爭

魯迅著作的出版也牽動了不同政治集團之間的政治鬥爭。

1957 年「反右」運動中，在當時文藝界的領導人周揚等人的參與下，馮雪峰被打成右派，罪名之一就是他在 1936 年「兩個口號」論爭中「勾結胡風，蒙蔽魯迅，打擊周揚、夏衍，分裂左翼文藝界」。1958 年 3 月，《文藝報》發表了《爲文學藝術大躍進掃清道路》一文，指出「兩個口號」的論爭是兩條道路、兩條路線的鬥爭，「國防文學」是代表馬列主義路線的，從而爲周揚等「四條漢子」正名。

1966 年 2 月 2 日到 29 日，江青受林彪委託在上海召開了部隊文藝工作座談會，她在這次會議上提出了「文藝黑線」論，並將 1936 年提出的「國防文學」論作爲文藝黑線的源頭。4 月 18 日，《解放軍報》發表社論，公布了這個座談會紀要。次日，《人民日報》轉載了這篇社論，至此，拉開了批判「文藝黑線」運動的序幕。

1966 年「5·16 通知」的發出標誌著「文革」的開始。7 月 1 日出版的《紅

〔註 2〕王仰晨《魯迅著作出版工作的十年（1971～1981）》，《魯迅研究月刊》1999 年第 11 期。

旗》雜誌 1966 年第 9 期重新發表了毛澤東的《在延安文藝座談會上的講話》一文，《紅旗》雜誌以編輯部的名義添加了《無產階級文化大革命的指南針——重新發表〈在延安文藝座談會上的講話〉按語》，指出：「毛澤東同志的這篇講話，針對周揚同志為代表的三十年代資產階級的文藝路線作了系統的批判。以周揚為代表的三十年代資產階級文藝路線，在政治上，是王明的右傾投降主義和『左』傾機會主義的產物；在思想上，是資產階級小資產階級世界觀的表現；在組織上，是為了個人或小集團利益的宗派主義。二十四年來，周揚等人始終拒絕執行毛澤東同志的文藝路線，頑固地堅持資產階級、修正主義的文藝黑線。」

同日，《人民日報》以「《紅旗》雜誌為紀念黨的生日 推動無產階級文化大革命 重新發表毛主席《在延安文藝座談會上的講話》，編輯部為此發表題為《無產階級文化大革命的指南針》的按語並發表文章揭露批判周揚的修正主義的文藝黑線」為題，發表了新華社電訊。7 月 4 日，《人民日報》又轉載了《紅旗》發表的《周揚顛倒歷史的一支暗箭——評〈魯迅全集〉第六卷的一條注釋》一文，把批判周揚的運動推向了高潮。

阮銘、阮若瑛在《周揚顛倒歷史的一支暗箭——評〈魯迅全集〉第六卷的一條注釋》一文中重點批判一九五八年出版的《魯迅全集》第六卷中《答徐懋庸並關於抗日統一戰線問題》中的一條注釋。文章指出：

> 這條注釋，是周揚同志和林默涵、邵荃麟一些人製作的。它公然同毛澤東同志對三十年代文藝運動的歷史總結唱反調，攻擊左翼文藝運動的偉大旗手魯迅，把一條資產階級、修正主義的文藝黑線說成是馬克思列寧主義的文藝路線，把一個資產階級投降主義的「國防文學」口號說成是無產階級的口號。他們製作這條注釋的目的，是為了公開打出「三十年代」文藝黑線的旗號，反對黨和毛澤東同志的文藝黑線。

文章還揭露了周場阻撓《魯迅全集》編入全部魯迅書信的事實：

> 魯迅的這幾封信以及批評「國防文學」口號和周揚等人的關門主義、宗派主義的其他重要書信，原來收集在許廣平同志編的《魯迅書簡》中。新版《魯迅全集》，於一九五六年十月出版的第一卷《出版說明》中還說「本版新收入現在已經搜集到的全部書信。」到了一九五八年十月，第九卷《書信》部分出版時，《說明》中改成了，

「我們這次印行的《書信》，係將 1946 年排印本所收 855 封和到現在為止繼續徵集到的 310 封，加以挑選，即擇取較有意義的，一般來往信件都不編入，計共收 334 封」。

文章最後指出：

> 周揚們如此煞費苦心的掩藏事實真相，進行歷史的顛倒，其目的是企圖通過顛倒三十年代文藝運動的歷史，爭奪今天的文藝界的領導權。

> 黨中央和毛主席發動和領導的無產階級文化大革命，揭開了意識形態領域裏階級鬥爭的蓋子，揭開了文藝界黑線統治的蓋子，使周揚這些人現了原形。我們一定要把這一場保衛黨保衛社會主義保衛毛澤東思想的偉大鬥爭進行到底，把以周揚為首的反黨反社會主義反毛澤東思想的文藝黑線和文藝黑幫統統打倒！在毛澤東文藝思想的指引下，我們一定能夠建設起嶄新的無產階級的、社會主義的文化！

據周揚秘書露薇回憶：

> 「文化大革命」中，周揚的一條罪狀是「反對魯迅」，主要是依據《魯迅全集》中的《答徐懋庸並關於抗日統一戰線問題》一文的注釋，並有了「四條漢子」的說法。這條注釋是 50 年代馮雪峰主持編輯出版《魯迅全集》時寫的，並經周揚審閱過的。加上這條注釋，無非是說明文章的寫作背景等問題。在批判周揚「反對魯迅」的時候，人民文學出版社一位女編輯來找我，核對那條注釋是誰寫的。我當時真不知道該怎樣回答。我知道那條注釋不是周揚寫的，但是經他看過的。為了文字上的通順，他還讓我加上了「的」、「稿」等兩三個無關緊要的字。但是，這些情況我當時不能公開說，說了就是為周揚辯護。

> 那位女編輯告訴我，馮雪峰說那條注釋是他寫的，不是周揚寫的。女編輯再三說：這麼大的事，如果不是他寫的，他為什麼要說是他自己寫的呢？而報刊上、廣播裏都說是周揚寫的〔註3〕。

另據許覺民回憶，當時馮雪峰本人也向人民文學出版社軍宣隊的頭目反映那

〔註3〕徐慶全《新時期「兩個口號」論爭評價的爭論述實》，《魯迅研究月刊》2003年第 8、9、10 期。

條注釋是他撰寫的，不是周揚寫的，但是卻被軍宣隊的頭目粗暴地否定了。

這充分說明 1958 年版《魯迅全集》中《答徐懋庸並關於抗日統一戰線問題》一文中的第一條注釋是馮雪峰撰寫而非周揚撰寫的，但是在當時的政治形勢下，周揚卻不得不爲這條注釋而飽受政治批判，並承受巨大的政治壓力。

在「文革」中，許廣平也撰文批判周揚對魯迅的攻擊和誣衊。許廣平在《紅旗》雜誌 1966 年第 12 期（9 月 17 日出版）發表的《不許周揚攻擊和誣衊魯迅》一文，緊密結合當時的政治形勢批判周揚等「四條漢子」，指出周揚等人反對魯迅的眞實目的：

> 周揚一夥僞造三十年代文藝戰線上兩條路線鬥爭的歷史，其目的當然不僅僅是爲了打倒魯迅，更重要的是爲了反對偉大的戰無不勝的毛澤東思想，吹捧王明的機會主義路線，爲實現資本主義復辟作理論準備。

許廣平以魯迅夫人的身份批判周揚不僅顯示出她熱愛魯迅、捍衛魯迅的精神，而且也顯示出她在政治上與中央保持高度的一致，進一步證明政府發動的批判周揚運動的合理性。

這一場由魯迅注釋引發的政治鬥爭逐漸被擴大化，不僅造成了許多人間慘劇，而且也產生了深遠的不良影響，以致在粉碎「四人幫」之後的一段較長的時期，文藝界關於「兩個口號」論爭的評價問題，特別是魯迅的這一條注釋的問題仍然存在一些爭論。

2、紀念魯迅的文章與著作

「文革」開始之後，許多報刊都停刊整頓，只有極少的幾份報刊在「文革」中繼續出版。因此，刊登紀念魯迅文章的報刊也極少。

（1）《人民日報》刊登的紀念魯迅的文章

1966 年 10 月 19 日，《人民日報》爲紀念魯迅逝世三十週年而發表了社論《學習魯迅的革命硬骨頭精神》。社論重點指出在「文化大革命」的高潮中紀念魯迅的重要意義：「我們紀念魯迅，一定要遵循毛主席的教導，繼承和發揚魯迅的無產階級的革命硬骨頭精神。」社論指出：「我國無產階級文化大革命的風暴，引起了以美國爲首的帝國主義，以蘇共領導集團爲中心的現代修正主義和一切反動派的極端仇視。他們利用一切機會，對我們進行惡毒的誹謗和攻擊。蘇聯修正主義者，甚至無恥地以『紀念』魯迅的幌子，吵吵嚷嚷，

把偉大的共產主義戰士魯迅誣衊為資產階級的人道主義者和舊文化的維護者，藉以攻擊我國的文化大革命。這些無產階級的叛徒們，在偉大的共產主義戰士魯迅身上，要想找到攻擊我國文化革命的任何藉口，都是枉費心機的。我國無產階級文化大革命，是不可阻擋的歷史潮流。誰要阻擋這個潮流，就一定會碰得頭破血流。」社論最後發出號召：「魯迅在長期的鬥爭生活中，在毛澤東思想的引導和鼓舞下，不倦地追求無產階級的革命真理，徹底地同一切剝削階級的意識形態和舊的傳統觀念決裂，終於成了偉大的共產主義戰士。我們學習魯迅，就要像他那樣，在鬥爭中活學活用毛主席著作，用毛澤東思想改造自己的靈魂，在無產階級文化大革命中，迎著鬥爭的暴風雨奮勇前進！」

從這篇社論中可以看出，社論結合國內、國際的政治形勢對魯迅作了新的解讀和定位，例如，社論指出：「魯迅是舊世界的批判者、造反者……在無產階級文化大革命中，我們就是要學習魯迅的造反精神，大破資產階級和一切剝削階級的「四舊」，大立無產階級的「四新」，大立毛澤東思想，讓毛澤東思想佔領一切陣地」；社論指出：「魯迅在戰鬥中始終旗幟鮮明、立場堅定，具有大無畏的英雄氣概……在無產階級文化大革命中的風浪中，我們要學習魯迅的敢於鬥爭、敢於革命的精神，一定要誓死保衛毛主席，誓死保衛黨中央，誓死保衛毛澤東思想，誰反對毛主席，誰反對毛主席思想，就打倒誰」；社論指出：「魯迅對任何敵人從不縱惡和姑息……我們在無產階級文化大革命中，就要發揚魯迅這種『打落水狗』的精神，對待敵人絕不心軟，決不留情。我們要堅決把一小撮黨內走資本主義道路的當權派，把那些反革命修正主義分子，把一切牛鬼蛇神，統統鬥倒、鬥垮、鬥臭，讓他們永不翻身」。

這樣就把魯迅塑造成為舊世界的批判者、造反者和偉大的共產主義戰士，不僅鼓勵紅衛兵以魯迅為榜樣大膽的造反，「痛打落水狗」，而且鼓勵紅衛兵要像魯迅那樣成為共產主義戰士，「在鬥爭中活學活用毛主席著作，用毛澤東思想改造自己的靈魂」。

1971 年 9 月 25 日，《人民日報》為紀念魯迅誕辰九十週年而發表了上海市委寫作組用「羅思鼎」的筆名撰寫的《學習魯迅批判「孔家店」的徹底革命精神——紀念魯迅誕辰九十週年》一文，這篇文章結合當時的批孔運動，強調學習魯迅徹底批判「孔家店」的精神具有重要的現實意義：「今天，我們紀念魯迅，要學習魯迅批判「孔家店」的徹底革命精神。徹底批判孔孟之道

和一切剝削階級的思想體系，是防止資本主義復辟、鞏固無產階級專政的需要，是無產階級專政下繼續革命的需要，是深入搞好鬥、批、改的需要。階級鬥爭的規律告訴我們，革命大批判一刻也不能停頓，還要努力作戰。我們要在『九大』路線的指引下前進！」

這篇文章把魯迅塑造成革命大批判的戰士，突出了魯迅的革命性和戰鬥性，以魯迅批判「孔家店」的徹底革命精神來表明當前批孔運動的合法性和重要性。

1976 年 10 月 19 日，《人民日報》為紀念魯迅逝世四十週年而發表了題為《學習魯迅 永遠進擊》的社論。社論首先指出：「魯迅的一生，是不斷革命的一生，『永遠進擊』的一生。他熱愛中國共產黨，熱愛偉大領袖毛主席。他的光輝思想和革命實踐，突出的體現了無產階級革命家徹底革命的特徵和品質」。社論最後發出了號召：「『革命無止境』。無產階級革命事業是在鬥爭中前進的。魯迅的革命精神，永遠鼓舞著我們去戰鬥。我們要緊密地團結在以華國鋒同志為首的黨中央周圍，繼承毛主席的遺志，掀起學習馬列著作、學習毛主席著作的新高潮，堅持以階級鬥爭為綱，堅持黨的基本路線，堅持無產階級專政下的繼續革命，深入批鄧，繼續反擊右傾翻案風，堅決反對任何違背黨的三項基本原則的言論和行動，抓革命，促生產，促工作，促戰備，鞏固和發展無產階級文化大革命的勝利成果，把毛主席開創的無產階級革命事業進行到底。」

《人民日報》在國家領導人交替的關鍵時期，發表了紀念魯迅的社論，無疑是用魯迅的「永遠進擊」的精神來號召全國人民要統一思想、統一認識，在新的國家領導人華國鋒的領導下，繼承毛澤東的遺志，繼續革命，「永遠進擊」。

（2）《紅旗》雜誌紀念魯迅的專欄

《紅旗》雜誌在 1966 年第 14 期設立了題為「紀念文化戰線上的偉大旗手魯迅」的專欄，發表了紀念魯迅逝世三十週年大會上的會議發言，主要有姚文元的《紀念魯迅 革命到底》、黃平穩的《學習魯迅，永遠忠於毛主席》、劉路的《斥西蒙諾夫》、許廣平的《毛澤東思想的陽光照耀著魯迅》、郭沫若的《紀念魯迅的造反精神》、陳伯達的《在紀念魯迅大會上的閉幕詞》和《紅旗》雜誌的社論《紀念我們的文化革命先驅魯迅》等文章。

這篇社論緊密結合當時剛剛發動的無產階級文化大革命運動，把魯迅稱

為「我們的文化革命先驅」，強調要學習魯迅的「大無畏的戰鬥精神和徹底的革命精神」，把無產階級文化大革命進行到底。

社論指出：

> 魯迅最值得我們學習的，在於他對偉大領袖毛主席無比崇敬和熱愛……真正的革命者，都要像魯迅那樣，堅決跟毛主席走，走到底，按照毛主席指引的方向前進。在今天，我們比魯迅幸福多了，可以親聆毛主席的教導。我們一定要幹一輩子革命，讀一輩子毛主席的書，學習一輩子毛澤東思想，永遠忠於毛主席，忠於人民，忠於共產主義事業。

社論最後說：

> 在無產階級文化大革命的驚濤駭浪中，需要用毛澤東思想武裝起來的無產階級硬骨頭，需要遠見卓識、智勇雙全的革命闖將。魯迅的革命精神和他的鬥爭經驗，是一份寶貴的財富。我們要遵照毛主席的教導，學習魯迅的榜樣，要用毛澤東思想作指導，繼承和發揚魯迅的敢於革命、善於革命，敢於鬥爭、善於鬥爭的精神。

這篇社論不僅結合剛剛發動的「文化大革命」把魯迅塑造成「文化革命先驅」，而且把魯迅塑造成忠於毛主席的革命者，從而為紅衛兵樹立了一個文化革命的光輝榜樣，要求紅衛兵「都要像魯迅那樣，堅決跟毛主席走，走到底，按照毛主席指引的方向前進，」把無產階級文化大革命進行到底。

（3）《人民畫報》紀念魯迅的專欄

《人民畫報》1966 年第 10 期的附頁是紀念魯迅的專版，在附頁的正面刊登了魯迅的照片、紀念魯迅逝世三十週年大會會場的照片和報導；在附頁的背面刊登了毛主席高度評價魯迅的語錄，魯迅書寫的「橫眉冷對千夫指，俯首甘為孺子牛」的手跡，魯迅 1929 年在北師大演講的照片以及《答徐懋庸並關於抗日統一戰線問題》一文的部分手稿。

附頁的正面用通欄紅字刊登了毛主席語錄：

> 魯迅是文化戰線上，代表全民族的大多數，向著敵人衝鋒陷陣的最正確、最勇敢、最堅決、最忠實、最熱忱的空前的民族英雄。魯迅的方向，就是中華民族新文化的方向。
>
> 毛澤東

在毛主席語錄之下就是題爲《紀念文化戰線上的偉大旗手魯迅》的報導，詳細介紹了紀念魯迅逝世三十週年大會的情況。（詳見下文）

（4）《人民文學》的紀念魯迅的專欄

1966 年 6 月，「文革」爆發後不久，《人民文學》就停刊檢查，到 1976 年 1 月才開始復刊。

《人民文學》在 1976 年第 4 期（總第四期）設立了「學習魯迅札記」專欄，刊登了金學迅的《魯迅小說——反復辟的生動教材》一文，文章強調：「在反擊右傾翻案風的鬥爭中，讀點魯迅對於我們革命文藝工作者來說，很有現實的教育意義。」在第 5 期（總第五期）的「學習魯迅札記」專欄中刊登了倪墨炎的《戰地黃花分外香——讀〈朝花夕拾〉》一文，文章指出：「《朝花夕拾》是第一次國內革命戰爭前夕反對北洋軍閥復辟、倒退的產物，在反擊右傾翻案風的鬥爭中，我們讀到它更感親切，備受鼓舞，它是戰地黃花，因而使人感到分外香。」這兩篇文章都結合當時的政治形勢把魯迅的文章作爲反復辟、反擊右傾翻案風的工具。

《人民文學》1976 年第 6 期設立了「紀念魯迅 學習魯迅」的專欄，刊登了周建人的《鍥而不捨 戰鬥不息——紀念魯迅誕生九十五週年》、茅盾的《魯迅說：「輕傷不下火線」》、黎帆的《永遠進擊 繼續革命——紀念魯迅誕生九十五週年》、樊發稼的《魯迅的筆》（詩）、蘇偉光的《魯迅頌》（歌詞）等文章以及黃新波創作的《「怒向刀叢覓小詩」》（版畫）和鄭毓敏、潘鴻海、顧盼集體創作的《痛斥「四條漢子」》（水粉畫）兩幅美術作品。這些文章和美術作品都突出了魯迅的戰鬥的一面。例如水粉畫《痛斥「四條漢子」》不僅畫面突出魯迅的橫眉冷對的精神而且在附錄的文字說明中也突出了魯迅的戰鬥精神：「一九三六年，周揚、夏衍、陽翰笙等『四條漢子』賣力推行王明右傾機會主義路線，提出了『國防文學』這個資產階級口號。魯迅針鋒相對提出了『民族革命戰爭的大眾文學』這個無產階級口號，並且以馬克思主義的政治洞察力，看穿他們不是『正路人』，揭露了混入革命陣營的假馬克思主義反革命兩面派，表現了反潮流的大無畏革命氣概」。

蘇偉光在《魯迅頌》（歌詞）中不僅突出了魯迅的戰鬥精神而且突出魯迅的「孺子牛」精神，但是歌詞要表達的最主要的意思卻是「高舉紅旗永遠跟黨走」：

　　筆如投槍握在手，

浩然正氣寫春秋，

一身硬骨鐵錚錚，

一生戰鬥永不朽。

啊！魯迅，偉大的共產主義戰士，

啊！魯迅，文化戰線的英勇旗手。

長夜裏，你心中升起北斗星，

刀叢中，你衝鋒陷陣追窮寇。

護新苗，你甘灑熱血澆勁草，

向未來，你喜看曙光在前頭。

啊！魯迅，你的名字光耀中華民族，

啊！魯迅，你的精神鼓舞我們戰鬥。

我們學習你，橫眉冷對千夫指，

我們學習你，俯首甘爲孺子牛。

生命不息，衝鋒不止，

高舉紅旗永遠跟黨走。

樊發稼在《魯迅的筆》（詩）中引用魯迅的話「我並無大刀，只有一支筆」作爲詩的題記，突出魯迅的戰鬥精神。在詩的結尾，作者認爲魯迅式的「筆」在社會主義建設中對於保衛無產階級專政和文化大革命的勝利都有重要的作用：

今天啊，

偉大的社會主義祖國，

無比輝煌，

無比壯麗！

然而，

「戰鬥正未有窮期」！

樹欲靜而風不息，

我們必須百倍提高革命警惕。

爲了保衛無產階級專政，

爲了保衛文化大革命的勝利，

我們要永遠向魯迅學習。

要像魯迅那樣，

善於識別

豺狼如何裏上羊皮，

要用毛澤東思想的照妖鏡，

無情揭露走資派的種種把戲；

要以雷霆萬鈞之力，

粉碎「還鄉團」的陰謀詭計！

爲了這一切啊，

同志們，戰友們！

讓我們像當年魯迅那樣，

永遠握緊戰筆，

就像英雄的士兵，

永遠握緊手中的武器！

從整體上來說，《人民文學》這一期的「紀念魯迅 學習魯迅」專欄中所刊登的文章和美術作品，都密切結合當時的政治形勢，強調魯迅的永遠進擊的革命精神，在觀點上和《人民日報》所發表的《學習魯迅 永遠進擊》的社論保持高度一致，在某種程度上也可以說是《人民日報》這篇社論的文學化、形象化。

（5）江蘇師院學報增刊《紀念魯迅 學習魯迅》

「文革」中爲了結合政治形勢的需要出版了大量的魯迅評論集，如《學習魯迅 深入批修》（人民文學出版社，1972 年出版）、《學習魯迅 革命到底》（上海人民出版社，1972 年出版）、《學習魯迅 永遠進擊》（福建師範大學中文系、圖書館編，1976 年 10 月出版）等。

1976 年 8 月，江蘇師院學報出版了《紀念魯迅 學習魯迅》的增刊，刊登了該校中文系 74 級工農兵學員到紹興、杭州開門辦學後撰寫的文章，從這本文集中可以看出工農兵學員對魯迅的認識與當時的政治形勢密切相關。

編者在《編後記》中說：「今年是偉大的文學家、思想家、革命家魯迅誕生九十五週年、逝世四十週年。爲了更好地貫徹偉大領袖毛主席關於『讀點魯迅』、『文科要把整個社會作爲自己的工廠』、『學軍』的指示，我院中文系74 級師生，在院系各級黨組織的領導下，在工宣隊師傅的帶領下，在五、六月間步行拉練到魯迅故鄉紹興以及魯迅工作過的地方杭州開門辦學。在這次

開門辦學過程中，中文系 74 級師生把學習魯迅作品和廣泛的調查訪問，接受工農兵的再教育結合起來，把工人、貧下中農、魯迅親友和專業工作者的講課和老師的輔導結合起來，使師生受到了生動的階級鬥爭和路線鬥爭教育，同時也使魯迅作品的教學搞得比較活潑、紮實。這是中文系教育革命取得的可喜成果。為了紀念魯迅，學習魯迅，我們把中文系在紹興、杭州邀請部分同志講課的講稿以及工農兵學員在這次開門辦學中寫的部分文章，編印為本學報一九七六年增刊出版。」

工農兵學員在參觀了魯迅的故鄉之後受到了深刻的思想教育，更加認識到學習魯迅的重要性。一些學員說：「我們深深地感到，魯迅之所以能成為一個偉大的共產主義戰士，能寫出許多以農村生活為題材、以貧苦農民為主人的優秀作品來，除了他努力學習馬列、刻苦改造世界觀，親身參加尖銳、複雜的階級鬥爭等重要原因之外，還和他少年時生活在農村，接近與瞭解農民分不開的。我們是來自工農兵的大學生，一定要永遠保持工農本色，堅持開門辦學的正確方向，扎根於群眾之中，自覺限制資產階級法權，以魯迅先生為榜樣，認真學習馬列著作和毛主席著作，走一輩子與工農相結合的道路！」（俞琳、陶惠娟《難忘的印象 深刻的教育》）一位學員說：「我們一定要以魯迅為榜樣，把革命先輩艱苦奮鬥這個無產階級傳家寶接過來，發揚光大，並一代一代傳下去。為了消滅帝修反，為了實現共產主義偉大理想，我們要像魯迅那樣，刻苦學習馬列著作和毛主席著作，用馬列主義、毛澤東思想武裝自己的頭腦，與黨內外資產階級作長期堅持不懈的鬥爭，自覺抵制資產階級思想的侵蝕，用我們的實際行動限制資產階級法權，真正做到繼續革命一輩子，艱苦奮鬥一輩子」（宓勵平《學習魯迅 艱苦奮鬥幹革命》）

從這一輯增刊刊登的工農兵學員所撰寫的文章可以看出，這些工農兵學員對魯迅的認識與理解深受當時官方所塑造的魯迅形象的影響，通過這次赴紹興開門辦學的活動，又進一步加深了這一影響。這一方面表現出當時的工農兵學員對魯迅的熱愛，另一方面也表明官方對魯迅形象的塑造取得了成功，使工農兵學員能按照意識形態的要求來理解魯迅、學習魯迅。

（6）以魯迅為名的出版物

在「文革」中，一些造反派組織還創辦了一些以魯迅為名的出版物，這些以魯迅名字命名的出版物主要刊登中央「文革」首長的講話和這些組織的活動情況，主要用於交流和傳播信息。筆者在搜集研究資料的過程中就發現

了成都東方紅電影製片廠魯迅文藝戰團主辦的《魯迅文藝戰報》、舟山報社魯迅戰鬥團主辦的《魯迅戰報》和魯迅大學造反隊主辦的《魯迅戰報》。筆者看到的這一期《魯迅文藝戰報》刊登了《向無產階級文藝戰線的偉大旗手江青致敬——江青同志在文藝戰線上英勇鬥爭大事記》和用毛澤東《七律·為李進同志所攝的廬山仙人洞照》譜寫的歌曲。前文的標題後來被打了一個紅叉，批語是「反面教員」，這個紅叉和批語可能是有人在「四人幫」被打倒後所寫；舟山報社魯迅戰鬥團主辦的這一期的《魯迅戰報》（活頁文選 2）刊登了 1967 年 10 月 22 日《康生、姚文元、張春橋、李天祐等首長接見安徽赴京彙報代表團全體同志的講話紀要》；魯迅大學造反隊主辦的這一期《魯迅戰報》刊登了《緊緊掌握戰鬥的方向》和《四月十六日江青、陳伯達、康生講話要點》等文章。另外，一些以魯迅為名的造反組織也主辦了一些出版物，這些出版物雖然沒有以魯迅的名字來命名，但是也經常刊登魯迅語錄和魯迅的文章。

3、紀念魯迅的活動

（1）紀念魯迅逝世三十週年大會

六十年代，中國的國際形勢處於極為不利的局面，一方面，中國與以蘇聯為首的社會主義國家的關係已經破裂；另一方面，以美國為首的西方國家在朝鮮戰爭之後進一步加強了對中國的封鎖和制裁。

1966 年 5 月，毛澤東正式發動「文化大革命」以後，蘇聯的一些官方媒體和漢學家在 10 月份借紀念魯迅逝世三十週年的機會對中國的文化大革命提出了批評。10 月 19 日，上海、廣州、紹興等地隆重舉行紀念魯迅逝世三十週年的大會，但是這些大會都沒有來得及對蘇聯的批評作出反擊。在這樣的背景下，中央決定在 10 月 31 日舉行紀念魯迅逝世三十週年的大會來反擊蘇聯的批判。

據新華社報導：

> 各方面的負責人和各界代表周恩來、陶鑄、陳伯達、陳毅、謝富治、劉寧一、蕭華、楊成武、江青、劉志堅、張春橋、劉建勳、趙毅敏、郭沫若、許廣平、楚圖南、謝鏜忠、王力、關鋒、戚本禹、穆欣、姚文元、汪東興、周榮鑫、唐平鑄、胡癡、陳亞丁、曹軼歐、金敬邁、阮銘、聶元梓、張本、瞿希賢、李麗芳、錢浩梁、張塋哲、尉鳳英、鄭淑玉等，出席了大會。美國著名作家斯特朗、亞非作家

常設局秘書森納那亞克、亞非新聞工作者協會總書記查禾多、越南南方民族解放陣線常駐中國代表團代理團長阮明芳、日本人士金澤幸雄、英國人士洪若詩、安哥拉人士達克魯斯、智利人士巴佛羅‧柯爾特斯、新西蘭人士艾黎等外國朋友也應邀出席大會並在主席臺上就座。中共中央政治局常委、中央文化革命小組組長陳伯達主持大會並致閉幕辭；姚文元同志在會上作了長篇講話。在會上講話的還有北京地質學院學生黃平穩、北京長征中學學生劉路及許廣平、郭沫若。

從出席大會的人員和人數可以看出這次會議之隆重：在主席臺就座的有國家領導人、中央文革小組成員、北京紅衛兵造反派的頭頭及第三世界熱愛中國的友好人士，這不僅充分表明了這次會議的廣泛代表性和重要性，而且充分表明紅衛兵已經開始登上政治舞臺；出席會議的人數超過七萬人，是歷史上最大規模的紀念魯迅的活動，這極大地展示了中央決定進行「文化大革命」的信心和力量。

姚文元代表中央作了題爲《紀念魯迅 革命到底》的講話，他首先結合國際和國內形勢指出：

只有革命的人們，才有資格來紀念革命的戰士。只有在新的歷史條件下把革命繼續推向前進，才是對於歷史上無產階級革命戰士的最好的紀念。那些在帝國主義和資產階級面前卑躬屈膝的以蘇共領導集團爲中心的現代修正主義者，那些在社會主義革命時期死抱住資產階級舊思想、舊文化、舊習俗、舊習慣不放的資產階級代表人物，那些「本領要新，思想要舊」的反革命兩面派，還有那些在剝削階級腐朽文化垃圾堆上飛來飛去不肯離開的蒼蠅蚊子們，他們是根本沒有資格談論什麼紀念魯迅的。今天，在無產階級文化大革命中，在毛澤東思想的光輝旗幟下，大破「四舊」、大立「四新」的廣大工農兵和英雄的紅衛兵戰士，正在同美帝國主義及其走狗前赴後繼的進行鬥爭的全世界革命人民，才是最有資格來紀念魯迅的。紅衛兵戰士們向剝削階級舊事物猛烈進攻的豐功偉績，就是對魯迅最好的紀念！

姚文元接著對蘇聯利用魯迅來批評「文革」的言論進行了批駁：

最近，以蘇共領導集團爲中心的現代修正主義者，竟利用紀念

魯迅的機會，無恥地用誣衊魯迅來誹謗無產階級文化大革命。他們竟然把魯迅誣衊成什麼「人道主義者」「博愛的歌手」。他們胡說什麼魯迅主張舊時代的文學和藝術有「永久的價值」，魯迅反對文化領域中進行革命，反對文藝為無產階級政治服務。這真是對魯迅極其卑鄙的捏造。

姚文元特別指出在「文革」中學習魯迅的重要意義：

在魯迅留下的戰鬥的遺產中，有很多很深刻的思想，概括了文化戰線上階級鬥爭的歷史經驗，值得我們學習和發揚。現在舉出幾點：第一，我們要發揚魯迅「打落水狗」的戰鬥精神。第二，我們要發揚魯迅堅韌、持久的革命精神。第三，要學習魯迅觀察問題時的辯證觀點。第四，最重要、最根本的，是要學習魯迅為無產階級革命事業鞠躬盡瘁、死而後已的偉大的共產主義精神。

姚文元最後向紅衛兵發出了號召：

魯迅逝世三十年了。三十年來，中國的面貌發生了翻天覆地的變化。魯迅曾經滿腔熱情的呼籲過「我們應當造出大群的新的戰士」，這在他那個年代是不可能做到的，在今天，新戰士已經成為一支浩浩蕩蕩的文化革命大軍。今天，億萬人民都是舊世界、舊文化的批判者，在批判的廣度和深度上，都是魯迅那個時代所不能比擬的。

在這樣的階級鬥爭的歷史面前，魯迅那種永遠前進、革命到底的精神，更覺得珍貴。我們一定要像魯迅那樣不斷改造自己的思想，跟上不斷發展的形勢，永遠跟著偉大導師、偉大領袖、偉大統帥、偉大舵手毛主席鬧革命，永遠同革命的人民在一起，努力學習新事物，熱情支持新事物，在社會主義革命的階級鬥爭的烈火中，永遠前進，革命到底，永不中途退卻！永不掉隊！永遠忠於毛主席，永遠做毛主席的好學生和好戰士！

從姚文元的講話中，可以看出這次紀念魯迅的大會重點是以紀念魯迅的名義來動員廣大人民特別是紅衛兵的力量，反擊蘇聯的批判，永遠忠於毛主席，堅定不移地進行「文化大革命」，以「文化大革命」的實際行動來學習魯迅、紀念魯迅：「紀念魯迅，首先和主要的，就是要按照偉大的毛澤東思想，大大發揚（魯迅的）這種大無畏的、徹底的革命精神，敢想、敢說、敢做、敢闖、

敢革命，鍛鍊出一身無產階級的鋼筋鐵骨，同以美國為首的帝國主義、同以蘇共集團為中心的現代修正主義、同那些反華大合唱中亂跳亂叫的啦啦隊、同國內外的反動勢力、同一切牛鬼蛇神戰鬥到底。」「紅衛兵戰士們向剝削階級舊事物猛烈進攻的豐功偉績，就是對魯迅最好的紀念！」

大學生紅衛兵代表、北京地質學院學生黃平穩在題為《學習魯迅，永遠忠於毛主席》的發言中說：

> 我們要學習魯迅敢於鬥爭，敢於革命的精神，堅持運用大鳴大放、大字報、大辯論的形式，展開大揭露、大批判，堅決地向那些公開的，隱蔽的資產階級代表人物繼續進行義正詞嚴的口誅筆伐。我們要破字當頭，敢字領先。敢想、敢說、敢做、敢為、敢革命、敢造反，狠打「落水狗」，奮勇追窮寇，不獲全勝，決不收兵。

> 我們要學習魯迅的「韌」的戰鬥精神，善於鬥爭，善於革命。不怕打擊，不怕挫折，不怕黑雲迷霧，不怕狂飆閃電，不怕阻力大，不怕反覆多，革命到底，造反到底，毫不氣餒。我們要堅定地站在毛主席的偉大旗幟下，全面地徹底地批判資產階級的反動路線，保衛以毛主席為代表的無產階級革命路線。打倒調和主義，打倒折衷主義，打倒奴隸主義。我們要在游泳中學會游泳，在火熱的階級鬥爭中鍛鍊成長，把自己培養成無產階級革命事業的堅強可靠的接班人，誓把無產階級文化大革命進行到底。

> 我們要學習魯迅愛憎分明的無產階級立場，橫眉怒對美國為首的帝國主義、蘇共領導為中心的現代修正主義和各國反動派，橫眉怒對混進黨內的走資本主義道路的當權派和資產階級反動的學術「權威」，橫掃一切牛鬼蛇神，做無產階級革命的促進派。要無比熱愛我們偉大的導師、偉大的領袖、偉大的統帥、偉大的舵手毛主席，無比熱愛偉大、光榮、正確的中國共產黨，無比熱愛頂天立地的中國人民和美好的社會主義江山。要學好毛主席的《愚公移山》、《紀念白求恩》、《為人民服務》這三篇文章，當好無產階級和人民大眾的「牛」，當好毛主席的紅小兵，為崇高而壯麗的共產主義事業奮鬥畢生。

> 魯迅是為人民利益而死的，他死得比泰山還重。在緬懷魯迅的

同時，我們向一切革命老前輩莊嚴宣誓：我們一定接革命的班，接毛澤東思想的班，將革命進行到底！學習魯迅，永遠忠於毛主席，永遠忠於偉大的毛澤東思想！

中學生紅衛兵代表、北京長征中學學生劉路在題爲《斥西蒙諾夫》的講話中說：

我們紅衛兵紀念魯迅，就是要學習他的革命精神，像他那樣大造帝國主義的反，大造資產階級的反，大造修正主義的反，像他那樣「橫眉冷對千夫指，俯首甘爲孺子牛」。

就在我們紀念魯迅的同時，以蘇共領導爲中心的現代修正主義者卻趁機刮起一股妖風，大肆誣衊魯迅，對我國的文化大革命進行惡毒的攻擊。

西蒙諾夫在今年十月十八日的蘇聯《文學報》上寫了一篇文章，藉口紀念魯迅，誣衊偉大的共產主義戰士魯迅，攻擊我國的無產階級文化大革命。我們決不允許這個大叛徒玷污魯迅的名字。

劉路最後代表中學生紅衛兵宣誓：

我們毛主席的紅小兵、紅色的造反者，堅決高舉毛澤東思想偉大紅旗，用毛澤東思想這個最銳利的武器，以魯迅爲榜樣，將無產階級文化大革命進行到底！我們要讓天是毛澤東的天，地是毛澤東的地，人是毛澤東思想武裝起來的人！要把毛澤東思想的偉大紅旗插遍全世界！我們要革命到底！造反到底！爲全世界的無產階級革命事業貢獻出我們的青春和熱血！誓把無產階級文化大革命進行到底！永遠忠於毛主席！永遠忠於毛澤東思想！

許廣平在題爲《毛澤東思想的陽光照耀著魯迅》的講話中說：

毛主席稱讚魯迅是文化革命的主將，但魯迅總是以黨的一名小兵自命。他把自己的革命活動，叫做聽取「將令」的行動，把自己的革命文學叫做「遵命文學」。魯迅的一生所遵奉的命令，是革命人民的命令，是無產階級的命令，是黨和毛主席的命令。他努力學習和掌握毛澤東同志制定的黨的方針政策。他把自己全副精力放在無產階級的文化工作上。他像哨兵一樣，時刻關心著文化戰線上的動向，並投身於戰鬥的行列中去；他爲黨培育文化新軍，不辭勞瘁，

不避艱險；他節衣縮食的來支持黨的文化出版物。

魯迅對我們最敬愛的毛主席是無限的崇敬和無限的熱愛……當時魯迅和毛主席雖然住在天南地北，但魯迅的心，嚮往著毛主席，跟隨著毛主席，我們偉大的領袖毛主席，是魯迅心中最紅的太陽。

我們偉大的領袖毛主席，是我們政治戰線、軍事戰線上的最高統帥，也是我們文化戰線上的最高統帥。戰無不勝的毛澤東思想，在當時就是魯迅和一切革命文化工作者的最高指導原則。而魯迅則是毛澤東思想指導下，在文化戰線上衝鋒陷陣的一名最勇敢的戰士，一名偉大的旗手。

許廣平在講話中批評了蘇聯一些學者關於魯迅的評論：

蘇聯修正主義的老爺們，在這方面就特別大賣力氣，他們顛倒黑白，硬把魯迅這個偉大的共產主義戰士，歪曲為資產階級「人道主義者」，胡說什麼魯迅的思想，具有「反戰傾向」的「人道主義者性質」……我國的無產階級文化大革命，最沉重的打擊了國內的反革命修正主義分子，同樣的也最沉重的打擊了國外的形形色色的反革命修正主義分子。無論他們怎樣垂死掙扎，他們徹底滅亡的命運是注定了的，是永遠無法挽回的。

郭沫若在題為《紀念魯迅的造反精神》的講話中說：

我們今天來紀念魯迅，就是要照著毛主席的指示辦事：「學魯迅的榜樣，做無產階級和人民大眾的『牛』，鞠躬盡瘁，死而後已。」

魯迅一向是服從黨的正確領導的。他認為中國共產黨就是文化革命的總司令部。魯迅願意把毛主席和毛主席的親密戰友「引為同志」而能「自以為光榮」，在我看來，這可以認為是魯迅臨死前不久的申請入黨書。毛主席後來肯定魯迅為「共產主義者」，這也可以認為魯迅的申請書已經得到了黨的批准。

魯迅就是始終聽黨的話，無條件的擁護黨的政策、歌頌黨，特別是熱烈信仰毛主席。我們要學習魯迅，就是要學習魯迅替我們留下來的這種良好的榜樣。今天我們的時代比起魯迅在生的當時，在一切條件上都有天淵之別了。我們每一個人差不多都有毛主席的語錄、毛主席的選集、毛主席的詩詞，入目有輝煌的成績，入耳有浩

蕩的歌聲。我們可以親眼看到毛主席，親耳聽到毛主席的指示，我們是多麼幸運啊！我們就應該加倍努力的「讀毛主席的書，聽毛主席的話，照毛主席的指示辦事，做毛主席的好戰士。」

魯迅如果還活在今天，他是會多麼高興啊！他一定會站在文化革命戰線的前頭行列，衝鋒陷陣，同我們一起，在毛主席的領導下，踏出前人所沒有走過的道路，攀上前人所沒有攀登過的高峰。

郭沫若也對蘇聯學者關於魯迅的言論進行了嚴厲批駁：

今年九月二十五日是魯迅誕辰八十五週歲……但不容諱言，有的人卻是假借紀念魯迅之名，而進行歪曲魯迅、猖狂反華之實。蘇聯現代修正主義者便是一個例子。

蘇聯有一個雜誌，在所謂《迎接中國偉大作家魯迅誕生八十五週年》專欄中，發表一篇文章，題目叫《作家在繼續戰鬥》。在約二千四五百字的文章中，對於毛主席評價魯迅的話一個字也沒有提到，故意歪曲和抹煞魯迅的革命戰鬥精神，而說什麼「作家（魯迅）懷著深刻的人性和對人們的愛」。

這些現代修正主義者的小嘍囉們，他們狂妄的假借紀念魯迅來歪曲魯迅，以企圖達到猖狂反華、反共、反人民、反毛澤東思想的罪惡目的。

陳伯達在閉幕詞中指出紀念魯迅的意義，他說：

我想，在紀念魯迅的時候，重新溫習魯迅的遺囑，對於揭露現代修正主義者同美帝國主義者聯合反對革命、反對人民、反對共產主義、反對越南人民抗美鬥爭、反對新中國的一切陰謀詭計，是很有益處的。各國人民只要能夠認清現代修正主義者投降以美國為首的帝國主義的陰謀詭計，像我們毛主席經常指出的，各國人民都會把自己的命運掌握在自己手裏，那麼，一切革命將是無敵的。

毛澤東同志的偉大戰友魯迅精神不朽！讓我們踏著文化革命先驅者魯迅的足跡前進！讓我們在偉大的毛澤東思想道路上前進！

從紅衛兵和許廣平、郭沫若的講話中可以看出，他們基本上都是在按照姚文元的講話精神來演講，並結合當時的政治形式對魯迅的語言進行了新的闡發。黃平穩在結合紅衛兵的實際對魯迅精神進行了全新的解讀之後，代表大

學生紅衛兵宣誓要「學習魯迅，永遠忠於毛主席」；許廣平在講話中強調了魯迅對毛主席和共產黨的熱愛，稱魯迅是「黨的一名小兵」，毛主席是「魯迅心中最紅的太陽」；郭沫若在講話中也突出了魯迅對毛主席的熱愛，認為魯迅的《答徐懋庸並統一戰線問題》一文是魯迅臨死前的入黨申請書，而毛主席後來肯定魯迅為「共產主義者」，「這也可以認為魯迅的申請書已經得到了黨的批准」。

郭沫若的講話提出了魯迅入黨的問題，這也是「文革」中比較受關注的話題。蕭關鴻回憶說：「我記得『文化大革命』中，在紅衛兵的小報上，就曾看到有人給黨中央寫信，要求追認魯迅為中共黨員，並且說，如果魯迅活著，一定是文化革命的旗手，中央文革小組的成員。」〔註4〕

此外，劉路、許廣平、郭沫若都結合當時的國際形勢在講話中批駁了蘇聯的一些學者對「文革」的批評。

可以說，在這次大會上，通過姚文元、郭沫若等人的講話，魯迅不僅成了紅衛兵造反的榜樣，而且成為毛主席的忠實的一個小兵，並成為中蘇論戰的工具，因此這次歷史上規模最大的紀念魯迅的大會同時也是對魯迅歪曲、利用最嚴重的大會，深刻的影響了「文革」中廣大紅衛兵對魯迅的理解與認識，從而導致「文革」中政治利用魯迅現象的普遍化、極致化。

（2）石一歌編撰的有關魯迅的著作

1971 年秋，周恩來總理陪同埃塞俄比亞皇帝塞拉西來上海時專門對高校文科教材的編寫工作作出了指示，他說：「文科教材不能光是毛主席的詩文，對此主席本人也不會同意。也不能用太多的政治文件當作文科教材。我希望先用魯迅先生的作品作為文科教材，以後再逐漸擴充其他內容。上海在這個問題上要帶個頭，因為魯迅先生在上海生活了十年之久嘛。可以先成立魯迅教材編寫組，也要向工農兵學員講清楚魯迅生平，以及他與那些反動勢力的鬥爭。大學的文科復課，比理工科艱難，大家要一步步試驗。」11 月 29 日，張春橋按照周恩來的指示，叫朱永嘉先編一本二萬字左右的《魯迅傳》，這樣不僅可以為今後撰寫為江青樹碑立傳的《文藝思想鬥爭史》打下基礎，而且也可以向上級交差。經過上海市委寫作組總指揮、時任上海市委書記的徐景賢親自審批，朱永嘉在 1972 年 1 月 3 日正式組建了「復旦大學、上海師大復

〔註 4〕蕭關鴻《假如魯迅活著·序》，文匯出版社 2003 年 8 月出版。

課教材編寫組（《魯迅傳》編寫小組），組長是華東師大（當時已並為上海師大）的教師陳孝全，副組長是復旦大學的教師吳歡章，核心成員除正副組長外還有原上海京劇院的高義龍和工農兵學員夏志明、鄧琴芳等人，一般成員有復旦大學工農兵學員周獻明、林琴書，原上海社會科學院文學研究所王一綱，復旦大學中文系教師江巨榮、上海戲劇學院青年教師余秋雨，以及當時師大二附中的語文教師孫光萱等人。因為編寫組共有 11 人，所以起了一個「石一歌」的筆名（諧音為「11 個」）。這個教材編寫組在最初的工作地點復旦大學學生宿舍十號樓工作期間，陸續編出了《魯迅小說選》、《魯迅雜文選》、《魯迅散文詩歌選》等教材，署名均為「復旦大學、上海師大教材編寫組」，這些教材立即用到了課堂上。1972 年，編寫組撰寫了 10 萬字的《魯迅傳》初稿，寫作組負責人肖木向張春橋彙報說：生動不如王士菁，深度不如姚文元。張聽後沒有表示意見。1973 年，《朝霞》叢刊第 1 期發表了《魯迅在廣州》一章後，姚文元說：「這樣寫還可以，就怕淺了」。另外，這個教材編寫組的工農兵學員，還用「石一歌」的筆名編寫過一本少兒讀物《魯迅的故事》。

　　1974 年，這個教材編寫組搬遷到鉅鹿路上海作家協會所在地，改變了編寫教材的職能，並更名為「石一歌」小組，任務仍然是寫《魯迅傳》。《魯迅傳》在觀點上的主要錯誤是歪曲魯迅批孔的事蹟，把周揚等人當作了敵人。為了配合所謂「批林批孔」鬥爭的需要，「四人幫」黨羽下令把《魯迅傳》中魯迅後期的一章《再搗孔家店》作了大改後以《尊孔與賣國之間──從魯迅對胡適的一場鬥爭談起》為題提前發表出來。文章從魯迅不同時期、不同內容的四篇文章中，斷章摘句地引用魯迅的原話，得出所謂魯迅總結的關於「尊孔」與「賣國」的規律，把魯迅反帝反蔣的 1934 年幾乎寫成了「批孔年」。在《魯迅傳》最後一章《鞠躬盡瘁》中，也依照「四人幫」的調子，對周揚、夏衍等同志進行誣陷和批判。〔註5〕

（3）中學語文課本中的魯迅作品

　　「文革」期間，人民教育出版社統編的教材被停止使用，但是各省市都自編了本地區使用的教材，其中選錄的魯迅作品和「文革」前選錄的魯迅作品大多相同，只是隨著「文革」的進展又增添了一些魯迅文章：「在『批孔』時，《現代中國的孔夫子》被選入教材；評《水滸》時，《流氓的變遷》被選

〔註 5〕古遠清《余秋雨與「石一歌」──「文革」匿名寫作研究之一》，《魯迅研究月刊》2001 年第 1 期。

入教材；爲了證明『毛主席革命路線的偉大』，《答托洛茨基派的信》爲必讀篇目；1976 年 10 月以後，因批判張春橋的需要，《三月的租界》也被選入教材」。

此外，「文革」期間中學語文課本對魯迅及其著作進行了歪曲和利用，把魯迅塑造成毛主席的學生，把魯迅的作品塑造成「革命大批判的武器」：「《一件小事》用來證明知識分子應該向工農學習，進行嚴格的思想改造，『狠鬥私字一閃念』；《對於左翼作家聯盟的意見》，用來證明知識分子與工農結合道路的必要性；《論『費厄潑賴』應該緩行》是鬥爭形形色色『階級敵人』的最有力的武器；《『喪家的』『資本家的乏走狗』》和《文學與出汗》是批判『十七年』『資產階級教育路線』的活教材；《風波》詮釋的是『文革』最響亮的口號『反復辟、反倒退』；《故鄉》和《祝福》因揭露了舊中國的黑暗邏輯地證明今天的『文化大革命』就是好；《友邦驚詫論》是聲討美帝國主義的檄文」。〔註6〕

「文革」期間中學語文課本對魯迅作品的選錄與闡釋雖然從政治的需要出發，對魯迅進行了利用，造成了深遠的惡劣的影響，但也在客觀上促進了魯迅的傳播。

（4）學習魯迅著作的高潮

1975 年末，毛澤東發出了「讀點魯迅」的號召，由此掀起了全民學習魯迅著作的高潮。1976 年 10 月 19 日，《人民日報》刊登了新華社記者和通訊員採寫的魯迅故鄉人民學習魯迅著作的報導《戰鬥正未有窮期——訪魯迅故鄉紹興》。報導寫道：

> 在紀念魯迅誕生九十五週年、逝世四十週年的日子裏，我們訪問了魯迅的故鄉紹興。這裡的人民群眾，深深懷念著偉大的共產主義戰士魯迅，當前，他們正遵照偉大領袖毛主席的教導，緊密聯繫階級鬥爭和兩條路線鬥爭的實際，回憶魯迅戰鬥的一生，學習魯迅的革命精神，沿著毛主席的革命路線戰鬥前進。
>
> 魯迅的一生，跨越了中國舊民主主義革命和新民主主義革命兩個歷史階段。在多次復辟與反復辟的鬥爭中，在革命隊伍的不斷聚合和分化的過程中，魯迅用他那支潑辣、鋒利的「金不換」的巨筆，

〔註 6〕參見董奇峰、苗杰《中學語文教材（1950～1977）中魯迅作品的選錄與解讀》，《中國現代文學研究叢刊》2002 年第 1 期。

代表全民族的大多數，向著敵人衝鋒陷陣，密切地配合了當時共產黨領導的革命鬥爭，並爲我們積累了豐富的階級鬥爭和路線鬥爭經驗。今天，魯迅故鄉的人民，決心運用這些經驗，指導當前的鬥爭，搞好無產階級專政下的繼續革命，用戰鬥的實際行動紀念魯迅。

不久前，中共紹興縣委在秋瑾烈士故居，舉辦了一期學習魯迅的學習班。來自魯迅外婆家安橋頭、魯迅寄居過的皇甫莊和工作過的現紹興一中等單位的工農兵代表三十多人，反覆學習毛主席關於「魯迅是中國文化革命的主將，他不但是偉大的文學家，而且是偉大的思想家和偉大的革命家。」「魯迅的方向，就是中華民族新文化的方向」等教導，回憶魯迅的戰鬥生活，學習魯迅的有關著作，表示決心以魯迅的徹底革命精神爲榜樣，同一切修正主義和機會主義者作最堅決的鬥爭。

魯迅外婆家安橋頭的貧下中農，在魯迅著作學習小組裏，學習魯迅的著名小說《祝福》時，被稱爲「活著的祥林嫂」封婉珍含著眼淚回憶了她在舊社會的悲慘遭遇。封婉珍出身於貧苦船工家庭，十三歲時被迫當童養媳，受盡鞭打、折磨，幾次死去活來。她也曾像祥林嫂那樣反抗、出走，但憑著個人掙扎，始終掙不脫封建宗法的枷鎖。歷歷往事，記憶猶新。封婉珍憤怒地說：「誰要搞復辟，搞修正主義，搞陰謀詭計，想讓我們走回頭路，我們堅決不答應！」

在那「風雨如磐」的年代，在那黑暗與暴力的進襲中，魯迅從一個革命民主主義者轉變爲偉大的共產主義戰士，是他刻苦學習、真正弄通了馬克思主義的結果。無產階級文化大革命以來，魯迅故鄉的人民學習魯迅的榜樣，認真讀馬列的書和毛主席的書，在鬥爭中學，在鬥爭中用，取得了可喜成績。最近，錢梅公社聯誼大隊貧下中農理論隊伍重溫了毛主席關於「要搞馬克思主義，不要搞修正主義；要團結，不要分裂；要光明正大，不要搞陰謀詭計」的教導，清楚地看到：一切機會主義路線的頭子，都要篡改黨的基本路線，搞修正主義；都要結黨營私，搞宗派，鬧分裂；都要耍兩面派，搞陰謀詭計。貧下中農社員說，毛主席提出的「三要三不要」這三項基本原則，是區別真假馬列主義的試金石。我們就是要學習魯迅的戰鬥精神，和一切違背這三項基本原則的言論和行動作堅決的鬥爭！

在魯迅的故鄉，我們高興地看到，廣大幹部群眾學習魯迅「永遠進擊」的革命精神，堅持無產階級專政下的繼續革命，正沿著毛主席的革命路線奮勇前進。……在以魯迅先生的名字命名的樹人中學，廣大師生走「共大」的道路，堅持在農村辦分校，教師、學生輪流到三大革命運動第一線參加勞動，接受貧下中農的再教育，進行實地教學，為城鎮中學的改造，為鞏固發展教育革命的偉大成果開闢新路。在錢梅公社二大隊，下鄉知識青年姚子源「一人下鄉，全家落戶」的生動事蹟，更顯示了魯迅故鄉新一代的崇高思想境界和精神面貌。

「戰鬥正未有窮期，老譜將不斷的襲用」。階級鬥爭是長期的，我們要善於識別真假馬克思主義，戳穿偽裝的馬克思主義者。在紀念魯迅的日子裏，魯迅故鄉人民莊嚴宣誓：決心最緊密地團結在以華國鋒同志為首的黨中央周圍，堅決貫徹執行毛主席提出的「三要三不要」的基本原則，學習魯迅的徹底革命精神，同一切背叛馬列主義、毛澤東思想，篡改毛主席指示的人，同一切搞修正主義，搞分裂，搞陰謀詭計的人作堅決鬥爭，誓將毛主席開創的革命事業進行到底。

這篇報導詳細地描述了魯迅故鄉的人們結合政治形勢學習魯迅的先進事蹟，從中可以看出魯迅故鄉的人們把學習魯迅與當前的生產與鬥爭緊密地結合起來，巧妙地尋找到魯迅和當前的政策的結合點，把學習魯迅納入到毛澤東的路線之中，「決心運用（魯迅的）這些經驗，指導當前的鬥爭，搞好無產階級專政下的繼續革命，用戰鬥的實際行動紀念魯迅。」另一方面，從這篇報導中也可以看出由毛澤東掀起的學習魯迅的熱潮已經滲透到中國社會城鄉的每一個角落，這一運動雖然有實用主義的利用魯迅的傾向，但仍然極大地促進了魯迅的傳播，使魯迅的影響迅速地傳到了全中國的每一個角落。

（5）魯迅作品在民間的流傳

「文革」時期，魯迅的著作是在毛主席的著作之外唯一被官方允許閱讀的文學作品，在那個特殊的歷史時期，魯迅的著作成為廣大青年的精神食糧，並對「文革」時期的青年產生了深遠的影響。

作家張抗抗畢業於魯迅曾經任教過的中學，並在中學期間參加了「魯迅文學興趣小組」，她在《心靈的哺育者——魯迅》一文中回憶了自己在「文革」

時期閱讀魯迅的情況：

> 文革後期的那些閒散、迷茫的日子裏，我讀完了《吶喊》、《彷徨》、《故事新編》、《野草》，書中的《狂人日記》、《藥》、《傷逝》、《秋夜》等都是我十分喜愛的篇章。那時我對《阿Q正傳》尚不能完全理解。我問過父親：「魯迅先生爲什麼要醜化貧下中農」？父親目瞪口呆，無言以對。這就是魯迅任教過的那所中學在六三年～六六年三年中給我的教育。這對於實際上流於形式的「魯迅文學興趣小組」恰是一個莫大的諷刺。
>
> ……
>
> 一九六九年，我去了北大荒農場。在我能帶走得不多的書籍中，魯迅先生的作品佔了幾乎一半。在那周圍沒有更多的書籍、也不允許閱讀其他書籍的荒蕪的原野上，在寒冷而漫長的冬季的火爐邊，魯迅先生是一位幸存者，在身邊陪伴我們度過了那麼艱難的歲月。我有一本紅皮的《魯迅語錄》，是文革中不知哪一派摘錄下來作爲戰鬥的武器的，這時也成了我的寶貝，其中那些警句我至今都能背誦下來。「石在，火種是不會絕的」。「忠厚是無用的別名」。「在生活的路上，將血一滴一滴的流過去，以飼別人，遂自覺漸漸瘦弱，也以爲快活。」「苟活者在淡紅的血色中會依稀看見微茫的希望，眞的猛士，將更奮然而前行。」在鏟地休息的時候，在麥田看管小麥，在顛簸的爬犁上，在水利工地……我心裏默念著這些警句，翻來覆去，滾瓜爛熟，卻從來不覺得枯燥乏味，好像其中有無數道看不見的放射線透視到我的靈魂裏去了。有的後來成了我的人生宗旨和信條。我喜歡他的詩：「橫眉冷對千夫指，俯首甘爲孺子牛」；「忍看朋輩成新鬼，怒向刀叢覓小詩」；「我以我血薦軒轅」。這些小詩和座右銘記在小本本上，抄寫在紙條上，貼在炕邊桌頭。在那個年代中，它們源源不斷地提供給我精神力量。從這時候開始，魯迅先生作爲一個堅強的革命戰士，一個反抗黑暗勢力、尋求光明的勇士的形象，在我的心裏牢牢扎根了。一種由衷的敬仰和熱愛，代替了幼時帶有盲目性的神聖感和崇拜心理。

作家張揚從10歲開始看魯迅著作，魯迅的思想、人格和作品深深地影響了他的一生，在《他的「奶」和「血」養育了我的「肉」和「骨」》一文中，他回

顧了自己在「文革」中閱讀魯迅著作的情況：

一九六五年秋天，我上山下鄉到了瀏陽大圍山地區。農村文化生活十分貧乏，我偶而看到一本魯迅著作便如獲至寶，愛不釋手，能借便借來，借不到便先「偷」到手，看夠了再歸還。

不久，「文化革命」開場，魯迅被某些人神化了。記得有一次，從什麼地方看到一句「最高指示」：「不但馬、恩、列、斯要編語錄，魯迅也要編語錄。」魯迅在我心目中雖然從來不是神，但確實是一位偉人；那句「最高指示」是否確實我並不知情，也不想知情，但爲魯迅編語錄時正中我下懷的快事。於是，我搜羅了好幾本當時群眾組織編印的《魯迅語錄》。仔細閱讀之餘，認爲內容都偏重適應「文化大革命」需要的政治格言和說教，對原著、原文做了割裂和不恰當的取捨；對作爲文學家、思想家的魯迅，表現太貧乏，全無魯迅那種特有的幽默、犀利的筆鋒和絢麗豐富的文采。於是，在滿天的武鬥槍炮聲中，我每天躲在長沙市烈士公園一處綠竹簇擁的朱漆涼亭內編寫魯迅語錄。爲了盡力保存和發揚「全貌」，我摘引的語錄有時很長很長。限於當時的條件，沒有卡片，沒有全部魯迅著作，甚至連足夠的本本也沒有，無法分類，也無法摘錄全部有價值的語句，但總算編了半本《魯迅語錄》。後來，「文化大革命」終於到了「形勢大好，不是小好」的高潮階段，我終於被捲了進去。我將那半本《魯迅語錄》存放在一位女友手中，準備把「轟轟烈烈的文化大革命」「進行到底」後再編；可是，誰料到這場「革命」竟幾乎沒個「底」呢？

直到十幾年的噩夢完全過去，我與舊日的女友重逢之際，她鄭重捧出精心保存了多年的唯一信物，竟然是我親自摘抄的那半本《魯迅語錄》！

作爲「文革」時期以手抄本的形式流傳甚廣的小說《第二次握手》的作者，張揚還特別回憶了自己在「文革」時期創作這篇小說的經過及由此遭受到的磨難：

文化革命一開頭我便受到打擊；以後的十多年中，批鬥、逃亡、領悟之災連綿不斷，直到因爲在《第二次握手》問題上「利用小說

進行反黨活動」而受到「四人幫」直接迫害差點喪命。在這漫長而坎坷艱險的人生旅途中，魯迅的硬骨頭精神始終伴隨著、激勵著、錘鍊著我。

「文革」前期，我執筆起草的許多傳單、文章中，引用魯迅語錄時一律採用「黑體字」，這就是說，魯迅先生在我的心目中享有與「革命導師」相同或相近的地位。

一九六八年春，我受到「群眾專政」。在牢房中，我繪製了許多精緻的鋼筆畫，其中第一幅便是魯迅像，畫像下工工整整地寫著毛主席的評價，也是中國人民的評價：「魯迅的骨頭是最硬的。他沒有絲毫的奴顏和媚骨。」

……

我的《第二次握手》從一九六三年起前後共寫了五稿，其中在「文化大革命」期間寫的便有三稿（一九六七年、一九七零年、一九七三年）。其中，一九七零年稿（約六、七萬字）終於造成了全國規模的手抄本流傳；一九七三年稿（二十萬零五千字）是《握手》平反後據以修改並正式出版的藍本。「四人幫」曾訓斥我說：「文革」開場以後再如此「頑固的表現自己」便屬大逆不道了！可是我倒是覺著，只有在「文革」中頑強地一再重寫這本書，才表現出我的政治覺悟。如果沒有魯迅硬骨頭的精神榜樣，我大概不容易以如此堅忍不拔的態度與「四人幫」那一套文化政策「對著幹」。「文革」前期我編選的魯迅語錄有許多明顯是針對林彪、江青的封建法西斯統治政策的；在後來的歲月中，我也常常引據魯迅那些嚴正、鋒利、辛辣的語言和觀點剖析「史無前例」的烏煙瘴氣，並感到受益不淺。

我應當永遠感激偉大的魯迅。他的硬骨頭精神，極大地激勵了鐵窗歲月中的我。「立足於死、背水一戰」的結果，是使我有勇氣揭露並怒斥「四人幫」一彩在辦案中的大量違法亂紀行為。使他們狼狽不堪、深陷被動，被迫中斷預審達一年之久，從而使我自己爭取了時間。一九七六年九月下旬，當他們操起刀筆，重新開手辦案時，北京傳來了「四人幫」被粉碎的消息；成批殺人的血腥計劃終於被制止，我終於博得了第二次生命！（以後的材料證實：毛主席逝世

後，張春橋制定了一個「殺人」計劃，而在湖南「內定」第一批處
決的五十二人中，我被列爲「首惡」。）

魯迅不僅對那些在「文革」中熱愛他的青年產生了深刻的影響，而且又通過
這些青年對中國當代文化產生了深遠的影響，正是在這個意義上，魯迅研究專
家王富仁指出「魯迅第二次換救了中國文化」，「魯迅是中國文化的守夜人」。

張抗抗在成爲作家之後說：「我覺得，後來在我成年後的作品中所反映出
來的那種維護人的尊嚴的強烈願望、對弱者的同情、對正義的渴求，以及自
己對精神和個性壓抑的不自覺的反抗的人生態度，是受到我早期熟讀的魯迅
先生小說的深刻影響的。……所以，我始終認爲，魯迅先生在思想上對我們
這一代人的啓迪，在對於我們如何認識世界與文學、建立正確的人生觀、藝
術觀上所起的作用，要大於他作品的藝術性對我們的陶冶」。

作家張揚在八十年代說：「文學方面的早熟無疑是我日後成爲一個作家的
主要原因，卻不是我與『四人幫』『對著幹』，終於罹禍於文字獄並因此『成
名』的原因。我成爲『這樣一個』作家，要歸功於自兒童時代起便拼命啃魯
迅著作」。他特別指出：「雖然魯迅的思想、人格和作品對我有過深刻而重大
的影響，甚至可以說：沒有魯迅就沒有作爲作家的我；然而，由於『輩份』
相距甚遠，一般人是不容易注意和接受這一點的。……我的作品特別注重人
性的反映和感情的刻畫，而且一般都作爲悲劇處理，就是受了魯迅的性格和
他那些具有撕肝裂膽之力的悲劇作品的影響。魯迅著作的影響，還體現在我
的長篇小說《第二次握手》和《金箔》中」。〔註7〕

（6）發行紀念魯迅的郵票

1966 年 12 月 31 日，爲了紀念魯迅逝世三十週年，郵電部結合「文革」
的形勢發行了《紀念我們的文化革命先驅魯迅》的郵票，全套三枚，圖案分
別是「毛主席對魯迅的評價」、「魯迅像」、「魯迅手稿」，編號爲紀 122，前兩
枚郵票的設計者是劉碩仁、孫明春，第三枚郵票的設計這是孔紹惠，每個郵
票都印刷了 600 萬枚。這套郵票重點突出了魯迅「橫眉冷對千夫指」的戰鬥
精神，不僅將毛澤東對魯迅的崇高評價：「魯迅是中國文化革命的主將……」
這一段話作爲這套郵票中的第一幅郵票，而且也結合「文革」中的革命形勢
爲這套郵票設計了紅色的背景。

〔註 7〕以上引文均選自《當代作家談魯迅》，西北大學魯迅研究室編，西北大學出版
社 1984 年 7 月第 1 版。

1976 年 10 月 19 日，爲紀念魯迅逝世四十週年，郵電部發行了《紀念中國文化革命的主將魯迅》的郵票，全套三枚，圖案分別是「魯迅浮雕像」、「永不休戰」和「學習魯迅的革命精神」，編號爲 J.11。這三枚郵票分別採用了美術家張松鶴、湯小銘、沈堯伊的雕塑和油畫進行設計，設計者爲劉碩仁、鄧錫清，每個郵票都印刷了 1000 萬枚。這套郵票雖然是在「文革」結束 3 天後發行，但仍然屬於「文革」期間設計、審批的郵票。因爲「文革」後期設計、審批了 11 套「J」字頭紀念郵票（J.1 至 J.11），其中前 10 套在「文革」期間發行，這一套在「文革」結束（1976 年 10 月 16 日）之後 3 天才發行。

這套郵票也緊密配合「文革」政治形勢設計，例如第二枚郵票採用湯小銘《永不休戰》的油畫進行設計，畫面上的魯迅，頭部昂揚向上，兩眼蘊含著悲憤，手中握著筆，正在構思，體現出魯迅對階級敵人的刻骨仇恨和永不休戰的頑強戰鬥精神。

（7）重建紹興魯迅紀念館

「文革」中，紹興市對原來的魯迅紀念館進行擴建，在魯迅故居的旁邊仿照杭州等地的「紅太陽」展覽館建造了一座具有鮮明「文革」樣式的紹興魯迅紀念館，用闊大飛揚的「文革」式建築風格體現了魯迅是中國新文化運動旗手這一象徵含義。

（8）建立上海魯迅中學

1967 年，爲了紀念偉大的革命家、思想家和文學家魯迅先生，毗鄰魯迅紀念館、魯迅墓及魯迅故居的凌雲初級中學將校名改爲「魯迅中學」，這是上海市以魯迅命名的唯一一所中學。

4、魯迅著作的改編和魯迅的藝術形象

「文革」中，有關部門爲了宣傳魯迅而陸續出版了一些關於魯迅的畫冊和宣傳畫，極大地促進了魯迅在民間的傳播。

（1）組畫《魯迅——偉大的革命家、思想家、文學家》

1974 年 7 月，國務院文化組美術作品徵集小組編的《魯迅——偉大的革命家、思想家、文學家》（組畫）由人民美術出版社出版，鄭毓敏、潘鴻海、顧盼繪，沈欣、鍾秀達、馬立編文。編者在《前言》中介紹了魯迅的思想歷程並指出在當前「批林批孔」運動中學習魯迅的重要現實意義：

　　魯迅一生的革命實踐，是同中國人民的偉大革命鬥爭緊密聯繫在一起的。在國民黨反動派的白色恐怖下，魯迅刻苦學習馬克思列寧主義，自覺接受無產階級的領導，對黨和毛主席懷有深厚的無產階級感情。魯迅堅定不移地站在廣大勞動人民一邊，對黑暗的舊社會、吃人的舊禮教，即主張尊孔復古的反動派，給以有力的揭露和抨擊。魯迅一生經歷過多次革命的高潮和低潮，曲折和反覆，他以大無畏的革命的反潮流精神，和形形色色的階級敵人作了最堅決、最徹底的鬥爭。在戰鬥中，魯迅由一個革命民主主義者成為馬克思主義者，實現了世界觀的根本轉變。魯迅的一生表現了中國人民崇高的革命品質，為無產階級革命事業鞠躬盡瘁，死而後已。

　　毛主席號召共產黨員、革命幹部和革命的文藝工作者，都應該向魯迅學習。當前，在全黨、全軍和全國人民正在深入開展批林批孔的政治鬥爭和思想鬥爭中，學習魯迅的革命戰鬥精神，對於提高廣大革命人民的階級鬥爭和路線鬥爭覺悟，提高識別真假馬克思主義的能力，提高執行毛主席革命路線的自覺性，和批判修正主義，批判資產階級世界觀，反擊修正主義文藝黑線的回潮，繼續搞好上層建築包括各個文化領域的社會主義革命，都有重大的現實意義。

這個畫冊的封面是魯迅像（油畫），扉頁有紅字印刷毛澤東評魯迅的語錄。然後依次是 15 幅魯迅形象：1、偉大的革命家、思想家、文學家魯迅；2、尋求真理；3、「我以我血薦軒轅」；4、終止學醫，從事新文藝；5、上街宣傳；6、看到新世紀的曙光；7、忠誠無產階級革命事業；8、支持女師大學生的正義鬥爭；9、在廣州中大校務緊急會議上；10、刻苦學習馬克思主義；11、在「左聯」成立大會上講話；12、電賀毛主席和黨中央；13、痛斥「四條漢子」；14、關懷和培養青年；15、鞠躬盡瘁，死而後已。從這 15 幅圖的標題和說明文字中可以看出這些美術作品都結合了「批林批孔」、批判修正主義等運動，選擇了魯迅生平中能體現出魯迅革命色彩的事件作為創作的題材，從而以魯迅的權威性來表明「批林批孔」、批判修正主義等運動的合法性和正確性。例如，第 6 幅圖「看到新世紀的曙光」的說明文字是：「『十月革命一聲炮響，給我們送來了馬克思列寧主義。』魯迅從十月革命的勝利中受到鼓舞，看到『新世紀的曙光』。一九一九年爆發了反帝反封建的五四運動，中國革命進入了由無產階級領導的新民主主義革命。魯迅以新的姿態，投入了戰鬥行列。他始

終高舉打倒『孔家店』的革命旗幟，堅決反對尊孔復古，對鼓吹『吃人』的孔孟之道的反動派進行了有力的揭露和抨擊，向著帝國主義文化和封建文化展開了英勇的進攻」。第10幅圖：「刻苦學習馬克思主義」的說明文字是：「一九二七年十月，魯迅從廣州來到上海之後，進入了他思想上發生飛躍的新階段。殘酷的階級鬥爭現實，給魯迅以極深的感觸。不管鬥爭多麼緊張，環境多麼惡劣，他堅持結合革命鬥爭實際，如饑似渴的學習馬克思主義，並嚴於『解剖自己』，糾正了過去『只信進化論的偏頗』。他說：『以前認為很糾纏不清的問題，用馬克思主義的觀點一看，就明白了』。魯迅在戰鬥中樹立了堅定的馬克思主義的世界觀，成為一個偉大的共產主義者」。第 15 幅圖「鞠躬盡瘁，死而後已」的說明文字是：「共產主義者魯迅在文化思想戰線上，為中國人民的解放事業英勇奮鬥了一生。他逝世前幾個月寫的《答托洛斯基派的信》中，痛斥托派匪徒的賣國嘴臉，公開聲明擁護毛主席的革命路線，表達了對毛主席和中國共產黨的熱愛與敬仰。魯迅堅定的無產階級立場，為無產階級和人民大眾鞠躬盡瘁死而後已的徹底革命精神，永遠激勵我們沿著毛主席的革命路線，把無產階級專政下的繼續革命進行到底」。

《魯迅》組畫出版後受到了好評。1974 年 7 月 6 日，人民日報刊登了《樹共產主義戰士的光輝形象──喜看組畫〈魯迅〉》一文，這篇文章對《魯迅》組畫作出了高度評價，並指出了組畫的現實意義：

> 塑造魯迅光輝形象的組畫《魯迅──偉大的革命家、思想家、文學家》（以下簡稱《魯迅》），最近由人民美術出版社出版，和廣大工農兵讀者見面了。這是無產階級文化大革命以來，在「批林批孔」的偉大鬥爭中產生的比較優秀的作品。它通過15 幅生動的畫面，概括地表現了魯迅偉大的、革命的、戰鬥的一生。這是對共產主義戰士魯迅的熱情頌歌，也是推動我們學習魯迅的徹底革命精神，深入開展批林批孔的生動教材。
>
> 「魯迅是中國文化革命的主將，他不但是偉大的文學家，而且是偉大的思想家和偉大的革命家。」《魯迅》組畫，正是遵照毛主席的這一教導進行創作的。
>
> 《魯迅》組畫，以飽滿的感情，細膩的筆觸，比較成功地塑造了共產主義戰士魯迅的光輝形象。15 個畫面，幅幅都有魯迅出現，都以魯迅為主體。在創作實踐中，積極學習和運用革命樣板戲的「三

突出」創作經驗，取得了可喜的成績。一、多側面刻畫。爲了表現魯迅的革命氣質和革命精神，作品以魯迅一生的革命實踐爲素材，從階級鬥爭和路線鬥爭的高度，運用組畫的特點，多側面地揭示了魯迅的性格特徵。二、多方面陪襯。爲了突出魯迅形象，組畫作者調動了一切繪畫藝術語言，千方百計，從用光、著色、環境、道具、髮型、服飾等細節描繪，多方面對人物形象進行陪襯和烘托。

　　長期以來，圍繞著對魯迅的評價、宣傳和用文藝作品塑造魯迅的光輝形象，一直存在著尖銳、複雜的兩個階級、兩條路線的鬥爭。《魯迅》組畫的作者們，正是批判了修正主義文藝黑線，不斷提高階級鬥爭和路線鬥爭覺悟，加深了對偉大的魯迅的認識，加強了對魯迅的熱愛和表現好魯迅形象的強烈願望，又經過反覆加工創造，才取得了較好的成績。

這篇文章不僅明確指出《魯迅》（組畫）批判修正主義文藝黑線的政治意義，而且指出《魯迅》（組畫）學習和運用革命樣板戲的「三突出」創作經驗取得的成功，由此可以看出，《魯迅》（組畫）是貫徹江青的指示，利用魯迅來進行政治路線鬥爭的工具。

（2）《魯迅》美術圖片集

　　1976 年 9 月，上海人民出版社編輯出版了美術圖片集《魯迅》，收錄了「文革」期間創作的一些以魯迅爲主人公的美術作品，這些美術作品大多都收藏在上海魯迅紀念館和廣州魯迅紀念館。

　　畫冊的封面是張松鶴的《魯迅》（雕塑），其後依次是單行之和呂長天的《棄醫從文》（油畫）、王維新的《五四新文化運動的英勇旗手》（套色木刻）、陳逸飛、魏景山的《魯迅到平民學校》（油畫組畫之一）、廣魯的《魯迅在廣州》（國畫）、魏景山的《迎著戰鬥風暴前進》（油畫）、邵隆海的《夜訪魯迅》（油畫）、秦大虎的《深夜寫作》（油畫）、陳逸飛的《唯有新興的無產者才有將來》（油畫）、李以泰的《馬克思主義是最明快的哲學》（木刻）、譚尚忍的《魯迅與陳賡》（套色木刻）、哈瓊文的《「在你們身上，寄託著中國與人類的希望——致中共中央祝賀長征勝利」》（油畫）和湯小銘的《永不休戰》（油畫）。

　　這些畫基本上代表了「文革」期間創作的以魯迅爲題材的美術作品的特點，不僅重點描繪魯迅革命性的一面，而且借鑒「三突出」的創作方法，在構圖、著色等方面都可以突出魯迅的戰鬥精神，其中以湯小銘在 1972 年創作

的油畫《永不休戰》最有代表性，也最為著名。

1972 年，湯小銘應上海魯迅紀念館之邀創作了表現晚年的魯迅在病中堅持寫作的油畫《永不休戰》，標題是為參加全國第二展美術展覽而臨時加上去的，出自魯迅去逝前兩個多月寫的《答徐懋庸關於抗日統一的問題》一文，此畫也因此而成了魯迅與「四條漢子」作鬥爭的寫照。這幅畫充分表現出「文革」美術作品塑造魯迅的特點，在當年舉辦的全國第二屆美展上引起了廣泛的關注，一舉成為當時所有描繪魯迅的美術作品中最傑出的作品。

陳逸飛撰寫了《無產階級徹底革命精神的頌歌》一文，高度評價這幅畫的藝術技巧（1973 年第一輯《美術作品介紹》）。1976 年，剛剛復刊的《美術》雜誌第二期，不僅以整頁篇幅刊登這幅畫，而且發表了驍名的文章《不克厥敵，戰則不止——重談〈永不休戰〉》，文章高度評價作者成功地塑造出病中的魯迅形象，指出：「畫歷史人物、歷史事件，必須從現實的階級鬥爭、路線的需要選擇題材、確定主題。《永不休戰》從 1972 年創作以來，一起在現實革命鬥爭中起著教育人民、鼓舞人民的戰鬥作用，一個重要的經驗就在這裡……讓我們學習魯迅的革命精神，繼承魯迅的革命遺志，英勇戰鬥，『永遠進擊』，去奪取反擊右傾翻案風鬥爭的更大勝利！」

《永不休戰》這幅畫雖然在「文革」時期被政治鬥爭利用，但在當代油畫史上仍然佔有重要地位的，許多美術畫冊都收錄這幅作品。例如，1999 年出版的《20 世紀中國美術—中國美術館藏品選》不僅收錄了這幅畫，而且對這幅畫作出了高度評價：「湯小銘創作的這幅帶有鮮明主題的魯迅肖像畫，以寫實的手法，精謹的選型，沉穩的色調，嫻熟的技巧，刻畫了這位中國新文化運動旗手不屈不撓的形象。畫面呈三角形的構圖，濃重的緇衣使病中的魯迅形象如同雕塑般堅實有力，他那犀利中略帶憂鬱的眼神，雙唇緊閉的兩龐，緊握毛筆的雙手，無不傳遞著魯迅這位文學革命家的氣質和個性。魯迅身邊桌上的鬧鐘、藥瓶和厚厚的書籍、文稿等細節的描繪，都映現著魯迅先生『生命不息、戰鬥不止』的革命鬥爭精神。」

（3）魯迅展覽圖片

「文革」時期，各地的魯迅紀念館都關閉，有關工作人員在閉館期間製作了一些魯迅圖片的流動展覽到部隊、工廠和農村展覽。

1974 年 4 月，上海魯迅紀念館製作了《偉大的文學家、思想家和革命家魯迅》的流動展覽圖片，用 89 幅圖片展示魯迅戰鬥的一生，從 6 月至 1975

年 10 月多次到上海的部隊、工廠和農村展覽。

1976 年 1 月，上海魯迅紀念館把赴日展覽的《魯迅生平》展覽的內容製作成圖片和幻燈片，在上海的工廠、農村和部隊進行流動展覽。

另外，「四人幫」還利用魯迅展覽來達到他們的目的。1975 年，上海魯迅紀念館舉辦了魯迅「批林批孔」展覽，1976 年 4 月，上海魯迅紀念館按照上海市政府的指示在上海市青年宮布置了《學習魯迅、痛擊右傾翻案風》的圖片展覽，後來又到工廠、農村進行流動展覽，造成了很壞的政治影響。

這些帶有鮮明的時代色彩展覽圖片，大都突出了魯迅戰鬥的一面，在當時對於向廣大人民群眾傳播魯迅的戰鬥精神起到了重要的作用。〔註8〕

（4）紀錄片《魯迅戰鬥的一生》

1976 年，上海電影製片廠拍攝了大型文獻紀錄影片《魯迅戰鬥的一生》，石一歌編劇，傅敬恭導演，桑弧擔任顧問，孫道臨擔任解說。電影在公映後，因為劇本內容極「左」，在粉碎「四人幫」之後，又經過修改，但最後仍然被禁止繼續放映。

5、境外的反響

中國大陸在「文革」期間對魯迅的大力宣傳也也促使一些國外的官方的研究機構或學者關注魯迅，這極大地促進了國外翻譯魯迅、研究魯迅的工作，一些左翼學者還以革命的熱情大力宣傳、介紹魯迅。

（1）蘇聯的反響

五十年代，中蘇友好極大的推動了蘇聯的魯迅研究工作，但是，到了六、七十年代，隨著中蘇關係的破裂，蘇聯的魯迅研究也因此受到了一定的影響，魯迅研究一度還成為中蘇之間政治論戰的工具。

1966 年 10 月 8 日，蘇聯《文學報》刊登了康·西蒙諾夫為紀念魯迅逝世三十週年而撰寫的《想念魯迅（紀念魯迅逝世三十週年）》一文，在介紹了蘇聯出版魯迅著作的情況以後，西蒙諾夫對中國「文革」利用魯迅的現象進行了批評：「對此不能不高興，因為我們，蘇聯的文化工作者，深深地相信，目前在中國進行的稱之為『文化革命』的一切，是和人民格格不入的暫時的現象，而蘇中兩國人民之間的文化和文學的聯合是鞏固的、非暫時的、符合兩

〔註 8〕參見《四十紀程》上海魯迅紀念館 1990 年 12 月編印。

國人民的利益的。魯迅的偉大名字，在傳到我們耳中後，隨著所謂『文化革命』（實際上同革命和文化都毫無共同之處）而來的那種粗暴的不體面的反覆叫囂的背景上，將發生更加響亮和經常不斷的聲音來。」西蒙諾夫的這篇文章在中國受到了大規模地批判，被斥爲是蘇聯修正主義利用魯迅來反對中國的「文革」。

10 月 18 日，《蘇維埃文化報》發表了符·伊·謝曼諾夫爲紀念魯迅逝世三十週年而撰寫的《思想家——文學家（紀念魯迅逝世三十週年）》一文，指出了魯迅的思想特點和文學成就：「魯迅在自己身上把人道主義和革命性結合起來，同時也是另一種結合的光輝範例——民族性與國際性的結合。和二十～三十年代的虛無主義者不同，作家對於中國古典文學評價很高：李白和白居易的詩，李公佐和白行簡的傳奇，吳敬梓和曹雪芹的長篇小說。他巧妙的利用了簡練的描寫人物的形象和心理及其周圍環境等等的手法，同時和民族主義者相反，他努力研究歐洲作家的經驗，反對公式主義、抽象性和粗淺的勸人爲善的寫法。」謝曼諾夫最後指出了魯迅在文學上的貢獻：「傑出的作家、民主主義者、人道主義者魯迅第一個使中國文學登上了世界舞臺，使它和歐洲文學接近起來，同時成爲卓越的眞正有民族特點的藝術家，因此獲得了地球上一切思想進步的人們的敬愛。」

爲紀念魯迅逝世三十週年，蘇聯出版了《魯迅著作新譯》一書，收錄了魯迅雜文 17 篇，編者在該書「引言」中高度評價魯迅，並指出魯迅與俄蘇文學的關係：「徹底的人道主義者和國際主義者魯迅在他的雜文著作中對軍閥主義、法西斯主義、國民黨反動派進行了鬥爭，而維護眞正革命的藝術，主張努力吸收世界文學，特別是俄羅斯文學和蘇維埃文學的經驗。」

1971 年，艾德林在爲紀念魯迅誕生九十週年撰寫的《眞理的捍衛者——關於魯迅》一文中指出：「魯迅的人道主義的遺產，就是在今天，也像作家在世時一樣，是對損害進步、損害光明、損害多少世紀以來人們歷經千辛萬苦得來的文化的人們的批判。」

這幾篇文章都是針對中國「文革」時期對魯迅的評價，通過強調魯迅思想中的人道主義來含蓄地批評中國的「文革」對魯迅的歪曲。

1971 年 3 月，勃列日涅夫在蘇共二十四大上公開點名反華，並要同中共進行「堅持不懈」的鬥爭。此後，蘇聯報刊上掀起了反華的高潮，蘇聯的一些中國學家和魯迅研究家也以紀念魯迅，研究和評論魯迅爲名來反華，明確

批評了中國的「文革」，並指出了中國在「文革」中歪曲魯迅的政治目的。

謝曼諾夫在《魯迅與教條主義》（《亞非人民》雜誌 1968 年第 2 期）一文中批評了中國領導人的文化政策，指出：「近幾年來，中國領導不僅對世界古典文學，而且對幾乎在十月革命影響下發展起來的整個文學，都加以聞所未聞的咒罵。二十年代和三十年代的作家，在今天的中國得到承認的，事實上只有魯迅一人。對於魯迅，他們寧可歪曲而不打倒的。這裡起主要作用的，未必是魯迅的天才，因為中國的虛無主義者對任何天才都不予理睬的。在他們看來更重要的是：魯迅是民族新文化的始祖（要知道民族新文化是不能一點不留下的），而且是在一九四零年至一九四二年得到毛主席讚揚的。」

阿・尼・熱洛霍夫采夫在《偽造在繼續——讀中國報刊發表的關於魯迅的文章》（《遠東雜誌》1973 年第 2 期）一文中詳細地批評了中國「文革」對魯迅的歪曲：「唯一沒有被毛分子宣傳所咒罵過的三十年代的文學家，就只剩下了魯迅一人，雖然他的文學遺產也是被隱藏起來不讓人們看到。」因為「攻擊這位舉世聞名的作家，毛分子是下不了決心的，而利用他的威信和個別言論來達到純宣傳的目的，他們認為倒是更為有利和更為合適的。」另外，中國報刊總是「頑固地」把魯迅的活動和思想同毛主席的名字「聯結在一起」，「魯迅所表現的對人民和革命的忠誠，現在在中國變成了對毛澤東和他的『思想』的盲目忠誠」，這「距離」魯迅同毛主席的「真正關係太遠了」。在三十年代「根本談不上什麼特殊的『毛的路線』」，魯迅生前「聽也沒有聽說過什麼『毛澤東思想』」，當時「甚至還沒有『毛澤東思想』這樣的術語」，「因為『毛澤東思想』是直到四十年代才宣布的」。而魯迅在後期是「從進化論轉向馬克思列寧主義，而不是轉向毛澤東思想」，魯迅的思想同毛主席的思想是「根本水火不相容的」。熱洛霍夫采夫在《中國「文化革命」以後魯迅遺產的命運》（《中國文學研究在蘇聯》論文集，1973 年 8 月出版）中指出：中國「文革」「把魯迅生前進行的論戰拿來針對現在的反對派」——「就是那些不擁護現行政治路線的人」。「文革」「特別強調『路線鬥爭』和『階級鬥爭』」，「把魯迅當作是在人民中間鼓吹所謂『階級鬥爭』的手段之一」，在中國「關於魯迅的論文中，還清晰的表現出了「九大」制定的對內政組織路線的基本傾向：深入和擴大所謂『階級鬥爭』（即反對劉少奇和其他一切『持不同政見者』）」。因此，中國「當前的方針」是與「魯迅的創作精神」「大相徑庭」的，中國「利用魯迅的威信適應『文化革命』的需要和要求」，「『文化革命』的實質同這位

偉大作家的革命目標是根本對立的。」〔註9〕

　　從歷史的角度來說，蘇聯魯迅研究專家在六、七十年代撰寫的這些關於魯迅的文章雖然更多的是從中蘇意識形態之爭出發而寫的，借魯迅來批評中國的「文革」和中國共產黨，但是也具有重要的學術價值，是對中國「文革」對魯迅歪曲的一種反駁，對於促使中國的魯迅研究在「文革」後走上正軌起到了一定的作用。此外，蘇聯學者對於魯迅人道主義思想的強調也是魯迅研究的重要進展，對後來的魯迅研究也產生了一定的影響。

（2）日本的反響

　　1972 年，中日建交有力的推動了日本紀念與研究魯迅的活動，日本各地不僅相繼舉行了一些紀念魯迅的活動，並開始以魯迅為象徵來推動日中友好，而且日本的魯迅研究也取得了較多的成果。

　　1973 年，日本仙臺的友好人士為籌備紀念魯迅到仙臺留學 70 週年而成立了「仙臺魯迅記錄調查會」，開始詳細調查魯迅在仙臺留學期間的活動情況，並在 1978 年出版了記錄這次調查活動結果的《仙臺魯迅的記錄》一書，全書分為「周樹人來仙臺當時的社會背景」；「周樹人入學前後仙臺醫科專門學校」；「在學的周樹人」；「藤野先生」；「離仙臺前後的周樹人」；「其後的醫專和藤野先生」等六章，極翔實地記錄了魯迅在仙臺的情況，並首次刊登了一些與魯迅有關的檔案和照片。共有 385 位個人和 35 個團體為支持日中友好而參與了本次調查或為調查提供幫助，不僅推動了日中友好交流，而且為日本的魯迅研究乃至整個魯迅研究提供了一份重要的研究成果。

　　1974 年 5 月，世代劇團為了向日本民眾特別是學生宣傳魯迅而公演了霜川遠志創作的話劇《阿 Q 正傳》，並到全國各地巡迴演出。

　　1976 年，為紀念魯迅逝世四十週年，日本各地陸續舉行了一些紀念活動，這些活動都突出了魯迅是日中友好的先驅的主題。據新華社 1976 年 11 月 6 日電訊報導，「在廣大日本人民的心目中，魯迅也是一位救國救民的偉大戰士，是一位偉大的革命家，這在日本各地舉行的許多紀念活動中，都表現出來。魯迅還被廣大日本人民和研究界認為是日中友好的先驅，與藤野先生一起被尊為架設日中友好之橋的先賢，這在日本歷次舉行的有關紀念活動中，在建立的各種有關魯迅的紀念碑中，都有極為生動的表現」。在京都「魯迅逝

〔註 9〕轉引自陳冰夷《蘇修借魯迅為題反革的荒謬論點和卑劣手法》，《魯迅研究資料》第 2 輯。

世四十週年紀念活動實行委員會」散發的傳單寫道：「魯迅對敵人毫不妥協的徹底革命精神，對人民的獻身精神和敏銳的洞察力，是我們的學習榜樣。」「魯迅是日中友好的先驅」。日共（左派）機關報《人民之星》在一篇文章中提出：「我們必須明確魯迅的文學和魯迅的革命精神在今天的意義，把它真正的應用於日本的實踐。」〔註10〕

六、七十年代，日本的魯迅研究不僅在魯迅史實研究方面取得重要成果，而且在魯迅思想研究方面也取得了一些重要成果。

1967年，今村與志雄出版了《魯迅與傳統》一書，在該書第二部分「魯迅思想的形成」中論述魯迅早期創作和思想中的「孤獨」及由此而形成的「反抗」精神。1970年，檜上久雄出版了《魯迅——在革命中不朽的思想》一書，從革命的角度研究魯迅的思想；1977年，他又出版了《魯迅和漱石》一書，通過比較魯迅和夏木漱石用的思想和創作，指出魯迅的革命性及其在創作中所表現的堅韌鬥志。1975年，伊藤虎丸出版了《魯迅和末世論——近代現實主義的確立》一書，指出魯迅早期對於歐洲近代文學的翻譯與介紹目的在於促使群眾覺醒，這一時期的魯迅的文學是「預言者的文學」；魯迅在《狂人日記》時期從「預言的文學」走上「贖罪的文學」之路，他在《狂人日記》中表現出了進化論即「末世論」思想，而狂人也是魯迅自己的思想象徵，發狂表現了魯迅的覺醒，由此產生了「清醒的現實主義」，確立了中國現代現實主義文學。〔註11〕

（3）韓國的反響

六、七十年代，雖然受到政治意識形態的影響，韓國的魯迅研究成果很少，但是也出現了幾篇重要的論文。1961年，金潔洙撰寫完成了韓國第一篇研究魯迅的碩士論文《魯迅研究》，1966年，河正玉發表了《魯迅文學的背景》一文，1970年，李玲子完成了韓國第二篇研究魯迅的碩士論文《魯迅小說研究——其作品中所表現的民眾相》，這些文章都在一定程度上提升了韓國魯迅研究的水平。

在七十年代，韓國的社會民主運動也受到了魯迅的重要影響。韓國七十

〔註10〕 參見《日本一些地方各界群眾和友好組織舉行各種紀念活動紀念魯迅逝世四十週年》，《魯迅研究年刊》，1975～1976合訂本。

〔註11〕 彭定庵主編《魯迅：在中日文化交流的座標上》，春風文藝出版社1994年5月出版。

年代民主運動的代表人物任軒永在上大學時通過魯迅作品的日譯本瞭解魯迅以後開始眞正熱愛魯迅，他在 1974 年第一次被逮捕入獄時，在獄中以初級中文的閱讀能力通讀了魯迅作品的北京版原文。在《魯迅之於我的影響》（1999年）一文中，任軒永把魯迅對自己的影響分爲兩個時期：第一時期是在 1975年立意構思並寫出了《關於民族文學這一名稱》一文時，「當時，韓國文壇的民族文學論爭沸沸揚揚，論爭者各持己見，互不相讓……我當時讀了魯迅的《民族主義文學的任務與命運》、《論現在我們的文學運動》、《答托洛斯基派的信》、《答徐懋庸並關於抗日統一戰線問題》等文章，受到很大啓發，斗膽整理成《民族文學論》一文。我的主張被七十年代中期的韓國文壇所接受……事實上，他（魯迅）的『統一戰線』觀念在『南民戰』時期得以貫徹」。第二時期是參加地下統一戰線「南民戰」時期：「我的行動指針仍是魯迅。許多革命家或變節投敵，或最終遭遇不幸，而魯迅幾乎完好無損地將自身作爲革命的火花一直燃燒到生命的盡頭。我仰慕他的大智大勇。魯迅爲了文學而不畏政治鬥爭，爲了政治而自由自在地運用文學這一武器，甚至於爲政治評論而創造出獨特的『雜文』形式。打破文學家不能用文學進行鬥爭的通例的，就是魯迅。這正是魯迅教與我的。高爾基、海涅沒能做到的，魯迅就做到了。此乃我投身『南民戰』的名份了。」〔註 12〕

　　魯迅所倡導的「民族統一戰線」沒有在中國實現，卻在二十世紀七十年代的韓國民主運動中實現了，這充分體現出魯迅對韓國民主運動和進步文學運動的深刻的影響。

（4）美國的反響

　　美國的魯迅研究在中國「文革」期間取得了重要的進展，陸續出版了一批在魯迅研究史上影響深遠的研究成果。1972 年中美建交，又進一步促進了美國的魯迅研究。

　　1968 年，夏濟安的《黑暗的門》由美國華盛頓大學出版社出版；1971年，夏濟安的《魯迅和左聯的解散》由美國華盛頓大學出版社出版，另外還出現了兩部研究魯迅的博士論文：芝加哥大學的 W・A・萊爾撰寫了博士論文《魯迅短篇小說的舞臺》，印第安那大學的 C・J・艾爾伯撰寫了博士論文《蘇聯論魯迅》；1974 年，斯坦福大學的孫肖玲撰寫了博士論文《魯迅和中

〔註 12〕朴宰雨《韓國七八十年代的變革運動和魯迅》，《韓國魯迅研究論文集》，河南
　　　　文藝出版社 2005 年出版。

國木刻運動》，同年，P·韓南在哈佛大學《亞洲學報》發表了論文《魯迅小說的技巧》，另外，夏志清的《中國現代小說史》在 1961 年由哥倫比亞大學出版社出版第一版之後又在 1974 年由耶魯大學出版社第二版；1976 年威廉·萊爾撰寫的《魯迅的現實觀》一書由加利福尼亞大學出版部出版，這本書是以作者在 1971 年撰寫的芝加哥大學哲學博士學位論文《魯迅短篇小說的藝術效果》基礎上修訂而成的，作者指出寫作此書的目的就是為了介紹魯迅其人及其小說，從而與廣大讀者共享這份財富。在書中，作者將魯迅當作一位偉大的小說藝術家加以全面評述，試圖說明魯迅既是中國那個「一切都在發生革命的年代」中的「過渡狀態的知識分子」，又是將中國古老的文化傳統和歐洲的近代文明薈萃於一身的優秀代表，對於中國社會現實有著深刻的理解並作了高度的藝術表現。同年，威廉·萊爾編譯的《魯迅選集》由耶魯大學遠東出版社出版，收錄了《吶喊·自序》、《狂人日記》、《肥皂》、《阿 Q 正傳》、《隨感錄三十五》和《隨感錄四十》等 6 篇文章，書中附有對每篇文章的分析和詳細的英文注釋。此書是供美國大學中文系三、四年級學生使用的文學語言教科書。〔註13〕

從總體上來說，美國此期的魯迅研究逐漸擺脫「冷戰」時期從意識形態角度研究魯迅的弊端，在魯迅創作的藝術性方面取得了一些重要的研究成果，這不僅對於中國「文革」期間對魯迅的政治利用起到了一定的反駁作用，極大地推動了魯迅研究的健康發展，而且也對中國八十年代的魯迅研究產生了重要的影響。

（5）德國的反響

1972 年，中國和西德建交，西德的魯迅研究狀況因此而有所進展。1974～1975 年，中國外文出版社相繼出版了德文版的《魯迅小說選》和《魯迅——一個偉大的革命家、思想家和文學家》，後者圖文並茂，避開了當時從國內當從政治角度研究魯迅的弊端，這兩部書的出版對德語世界魯迅研究產生了一定的影響。

1976 年，魯迅逝世四十週年，西德漢學家舉行了紀念活動，陸續出版了一批研究魯迅的論著，如路茲·比克的《魯迅之成為革命作家》、《魯迅作品選譯》等，並計劃出版一套八卷本的魯迅作品集。

〔註13〕陳聖生《一部未完成的魯迅評傳——簡介美國 W·A·萊爾的〈魯迅的現實觀〉》，《魯迅研究月刊》1983 年第 5 期。

（6）英國的反響

在「文革」期間，英國的介紹與研究魯迅的工作雖然只出現了較少的成果，但是這些成果都具有較高的學術價值。

1972 年，劍橋大學的徐士文撰寫了博士論文《文體研究：魯迅的詞匯》，他對魯迅白話文的文學創作中的詞匯作了廣泛的調查和詳盡的記載，把魯迅在創作中使用的詞分為八類：白話（口語）、白話文（書面語）、文言、古老的口語、方言、外來語、引語、個人革新的語言，然後對魯迅用詞特點進行了全面比較，從而對魯迅創作的風格、特色提出了自己的看法。這篇論文在魯迅研究領域具有開創性和起發性，影響深遠。1973 年，戴乃迭翻譯的《無聲的中國——魯迅作品選》由牛津大學出版社出版，收錄了《阿 Q 正傳》、《復仇》、《哀范君三章》、《阿長與山海經》、《中國無產階級文學及前驅的血》等小說、散文、詩歌、雜文共 35 篇，這不僅是英國出版的翻譯比較準確的魯迅作品集，同時也是較為全面的魯迅作品集。

（7）新加坡的反響

1975 年 12 月，高飛撰寫的廣播劇《魯迅傳》由新加坡順成書局出版，這本書的出版具有重要的意義，不僅是魯迅文化史上第一部《魯迅傳》的廣播劇劇本，而且對於在新加坡傳播魯迅起到了重要的促進作用，至今仍然可以在新加坡網友建立的魯迅網站中收聽到這一廣播劇。

（8）意大利的反響

受到中國「文革」對魯迅宣傳的影響，意大利左翼進步學者在六七十年代先後出版了兩本重要的魯迅作品選。1968 年，埃斯多瓦·瑪西翻譯的魯迅雜文選以《偽自由書》為名由埃伊納烏迪出版社出版，收錄了魯迅雜文 55 篇，這也是意大利出版的第一部從中文直接翻譯的魯迅作品選。1969 年，普里莫洛薩·季里埃西（中文名季里梅）翻譯的魯迅小說全編以《奔月》為名由巴鏖德·多納托出版社出版，收錄了魯迅的《吶喊》、《彷徨》和《故事新編》中的全部小說，這也是魯迅的全部小說首次被譯成意大利語在意大利出版。這兩部魯迅作品選的出版不僅進一步促進了魯迅作品在意大利的傳播，而且也在一定程度上推動了意大利的左翼政治運動。

（9）法國的反響

法國的藝術工作者在七十年代也嘗試改編魯迅的作品，1975 年，法國導

演讓·儒爾德衣在巴黎第七大學阿卡利翁劇場公演了話劇《阿 Q 正傳》，這也是話劇《阿 Q 正傳》首次在法國演出，在一定程度上促進了法國觀眾對於魯迅的瞭解。

（10）臺灣地區的反響

在六、七十年代，魯迅在臺灣依然是被禁止傳播的，閱讀魯迅的作品甚至會被當局逮捕，陳映眞在 1968 年被逮捕，罪名之一就是偷讀魯迅的著作，他珍藏的一本《吶喊》也被作爲犯罪的物證。更不可思議的是，甚至「魯迅」這個名字在臺灣也是禁止提到的，胡雲翼撰寫的中國文學史當代部分，在寫到周氏兄弟的文學成就時就不得不把魯迅改稱爲「盧信」，把周樹人改稱爲「鄒述仁」。

但是一些知識分子和青年也設法突破當局的禁令閱讀魯迅的作品。1973 年美籍華人趙浩生在參觀上海魯迅故居時說：「我在青年時，已讀過魯迅作品。魯迅作品在臺灣是禁止出售的，但據我所知，人們還在偷偷的看。」

聶華苓是利用自己教中國現代文學的便利才開始閱讀魯迅作品的，她在《關於魯迅的雜想》一文中描述了自己在五、六十年代閱讀魯迅著作的奇特經歷：「魯迅的書在臺灣買不到；也沒有人公開看他的書。東海大學圖書館有魯迅的書，但不借給學生，藏在地下室。我在臺灣大學和東海大學教現代文學和寫作，才有資格借到魯迅的書。家住臺北，東海大學在臺中。魯迅的書就是在臺北、臺中之間奔馳的火車上看到的；書面包著《中央日報》，報上的標語是『反共必勝，建國必成』，有人走過，我就把書闔上，閉上眼睛作打瞌睡狀。」一些青年則是通過手抄本或複印本的形式閱讀魯迅作品的，女作家李黎在臺灣時曾讀過《阿 Q 正傳》的手抄本。另外一些青年則是在國外留學時才得以閱讀魯迅的作品，女作家施淑青在留學美國期間才得以閱讀魯迅著作，她說：「魯迅的《狂人日記》給了我很大的震動。《野草》集子裏的短文，我幾乎背得出來。」

一些臺灣的作家在閱讀了魯迅的作品之後受到了魯迅的深刻影響，這些影響不僅體現在他們在寫作上受到了魯迅創作風格的影響，而且也體現在他們因爲魯迅而熱愛中國，堅定中華民族的民族認同感。

陳映眞回憶說：「1950 年韓戰爆發，美國蠻橫介入中國內政，在冷戰與內爭的雙重構造下，臺灣實行極端反共的戒嚴體制，徹底肅清政治異己，禁絕三十年代以降進步文學家的作品。閱讀、持有魯迅先生的書就可能遭家破身

亡的厄運。正是在這險惡的環境下，我偶然又宿命的讀到了魯迅先生的著名
小說集《吶喊》。隨著年齡的增長，我逐漸加深了對魯迅先生作品極深刻的思
想感情與審美理解，並且在舊書店漸漸找到了《彷徨》和先生其他作品，也
漸漸看到了茅盾、巴金等三十年代中國作家的作品，從而徹底的改變了我的
人生觀和世界觀，在孤獨中燃燒著熱情，眺望著魯迅為之奮鬥的新生祖國。
因此，1968 年我的入獄，是我自少年時代不斷耽讀魯迅先生的必然結果；但
我對魯迅先生一仍恒抱著與年齒俱增的崇敬。正是魯迅先生在荒蕪的反共戒
嚴年月給了我堅定的理想、勇敢的生活和鬥爭的力量，而在反民族的「臺獨」
邪說橫行，民族認同白癡化的當下，更是魯迅先生的偉大作品，給了我永不
動搖的民族歸屬，也正是魯迅先生的偉大思想，使我毫無疑惑的回歸到光榮
的祖國！」〔註14〕

6、小結

　　「文革」時期是魯迅文化史上最為獨特的時期，不僅出現了形形色色的
《魯迅語錄》，而且也出現了各種以魯迅為命的紅衛兵組織，官方把魯迅塑造
成文化革命的先驅和黨的一名小兵，號召紅衛兵學習魯迅的造反精神，像魯
迅那樣在鬥爭中活學活用毛主席著作，用毛澤東的思想改造自己的靈魂。為
了反擊蘇聯利用魯迅來攻擊中國文化大革命的言論，中央文革小組召開了有 7
萬多人參加的紀念魯迅逝世三十週年的大會，這次大會的召開不僅表明「文
革」中歪曲利用魯迅達到了頂峰，而且成為中蘇政治論戰的工具，極大地影
響了普通群眾對魯迅的認識與理解。而有關魯迅的出版物和美術作品也都在
很大的程度上受到當時政治形勢的影響，把魯迅的言論運用的政治運動中
去，突出魯迅「橫眉冷對千夫指」的鬥士形象。

　　不過在民間，一些青年還通閱讀魯迅作品從精神上走近魯迅，成為魯迅
精神的真正繼承者。國外的魯迅研究，特別是蘇聯、美國和日本的魯迅研究
雖然也在一定程度上受到各國政治環境的影響，但大都對魯迅作出了比較客
觀的評價，有力地彌補了中國魯迅研究在「文革」時期的偏至，進一步推動
了魯迅研究的發展。

〔註14〕《陳映真在就任魯迅博物館名譽研究員儀式上的答謝辭》，《魯迅研究月刊》
　　　　2005 年 12 期。

九、「讀點魯迅」──七十年代末的魯迅文化史（1977年～1979年）

　　1976年10月「文革」結束之後，「文革」對魯迅的歪曲與利用所造成的不良影響仍在相當程度存在著，國家有關部門在「文革」結束之後很快就開始著手清除這些不良影響，不僅加強了魯迅著作出版工作，籌備新版《魯迅全集》，而且成立了中國魯迅研究學會，並組建了魯迅研究室，極大地修正了「文革」對魯迅研究所造成的破壞。

1、魯迅著作的出版

（1）魯迅著作注釋「紅皮本」和「綠皮本」的出版

　　1974年2月5日，魯迅著作編輯室向國務院「出版口」領導小組提交了《關於出版〈魯迅全集〉注釋本的請示報告》，內容包括出版附有注釋的《魯迅全集》和魯迅著作單行本、出版全部魯迅書信、注釋工作的具體方案及有關組織機構和人員編制等問題。

　　在等待姚文元批示期間，魯迅著作編輯室決定選擇魯迅早期的《吶喊》和後期的《且介亭雜文末編》進行注釋，以摸索注釋《魯迅全集》的經驗。按照當時「三結合」的模式，魯迅著作編輯室邀請解放軍51101部隊和北京電子管廠參加《吶喊》和《且介亭雜文末編》的注釋工作，稍後又專為《阿Q正傳》設了一個注釋組，邀請北京汽車製造廠參加。為了加快注釋工作的進度，魯迅著作編輯室從6、7月份開始邀請一些高校的中文系承擔一些注釋任務，到1975年的上半年，陸續分配完畢魯迅著作各單行本的注釋任務。

　　魯迅著作編輯室要求各注釋組在集體討論的基礎上寫出初稿，打印後分發給一些有關單位或個人廣泛徵求意見並據以修改，再由魯迅著作編輯室指定專人前往參與討論後定稿，或由各注釋組主要成員帶改定稿來京，經魯迅編輯室參與討論後共同定稿。定稿後，即根據統一的格式由各注釋組在其所在地排印「徵求意見本」。

　　各注釋組的進展速度雖然不太一致，但都順利完成了各自的注釋任務。據主持這項工作的王仰晨先生回憶：

　　　　1975 年 8 月，北京電子管廠理論小組（實際上是魯編室）注釋的《且介亭雜文末編》印出；1976 年 1 月，中國人民解放軍 51101 部隊理論組注釋的《吶喊》印出；1976 年 5 月，天津城廠工人理論組、南開大學中文系注釋的《彷徨》印出；1976 年 8 月，上海造船廠、新建機械廠理論組，上海師範大學中文系注釋的《且介亭雜文》印出；1976 年 9 月，中國人民解放軍海軍 38001 部隊，廣州業餘大學文藝班、寫作班，廣州魯迅紀念館，中山大學中文系 74 級師生注釋的《而已集》印出；1976 年 10 月印出四本：首都鋼鐵公司特鋼公司帶鋼廠工人理論組，大興縣紅星人民公社理論組，北京大學中文系注釋的《墳》；天津大沽化工廠，天津市郵政局工人理論組，天津師範學院中文系注釋的《華蓋集》；吉林省開山屯化纖漿廠工人理論組、延邊大學中文系注釋的《二心集》；長春市鋼廠工人理論組、吉林大學中文系注釋的《偽自由書》。

　　　　1977 年 1 月，揚州鋼鐵廠工人理論組、揚州師範學院中文系注釋的《野草》印出；1977 年 2 月印出了 3 本：紹興尚旺大隊魯迅學習小組、杭州立新塑料廠理論小組、杭州大學中文系注釋的《朝花夕拾》；上海師範大學中文系注釋的《且介亭雜文二集》；北京廣播器材廠、北京維尼綸廠、北京市房修一公司、北京師範大學中文系注釋的《集外集》；1977 年 3 月，鞍山鋼鐵公司工人理論組、遼寧大學中文系注釋的《準風月談》印出；1977 年 5 月印出了兩本：天津拖拉機廠工人理論組、天津師範學院中文系注釋的《華蓋集續編》；湖北省新華印刷廠工人理論組、華中師範學院中文系注釋的《花邊文學》；1977 年 7 月，37514 部隊理論組、廈門大學中文系注釋的《兩地書》印出；1977 年 8 月，濟南柴油機廠工人理論組、淄博礦

務局東方紅總廠工人理論組、山東大學中文系注釋的《故事新編》
印出；1977年10月印出兩本：廈門大學中文系注釋的《漢文學史
綱要》；福建師範大學中文系、福建省三明鋼鐵廠工人理論組注釋的
《輯錄古籍序跋集》。

1977年11月印出四本：河北大學中文系注釋的《南腔北調集》、
南京工人魯迅學習組、南京大學《集外集拾遺》注釋組注釋的《集
外集拾遺》；旅大市《集外集拾遺補編》注釋組注釋的《集外集拾遺
補編（上卷）》；福建師範大學中文系、福建三明鋼鐵廠工人理論組
注釋的《譯文序跋集》；1977年12月印出兩本：山東新華印刷廠、
山東師範學院注釋的《集外集拾遺補編（下卷）》；廣西大學中文系
注釋的《三閒集》；1978年5月，武漢大學中文系、長江航運管理
局宣傳處注釋的《熱風》印出；1979年2月，上海第五印染廠工人
理論組、復旦大學中文系注釋的《中國小說史略》印出。

這些鉛印的「徵求意見本」，因為一律用紫紅色封面，被人們
稱為「紅皮本」。有的印數很少，只有五六百本，注釋詳細，每篇文
章都有「題解」，把時代背景、中心思想都概括出來。

各注釋組的主力是院校的老師，但因為知識分子是臭老九，需
要工人、解放軍參加，謂之摻沙子，以利臭老九的改造。

1904年到1933年的書信，由北京化工實驗廠、北京第三通用
機械廠、北京塑料二廠、北京南口採石場、北京水磨石廠、北京新
華印刷廠和北京師範學院中文系1975級師生混合編組分頭執筆，再
由北京師範學院中文系魯迅書信注釋組整理修訂，在1978年4月油
印了上下兩冊徵求意見本；1934年到1936年書信由上海師範學院、
上海教育學院、上鋼三廠、上棉二十一廠、上海自動化儀表廠、上
海警備區司令部和上海師範大學中文系注釋，在1978年8月油印了
「徵求意見本」。

1912年到1927年9月的魯迅日記由北京魯迅博物館和吉林師
大注釋；1927年10月到1936年10月的日記由復旦大學中文系注
釋，1978年12月油印了徵求意見本。

1979年12月起，人民文學出版社開始出版帶有注釋的魯迅著

　　作單行本，一律淡綠色封面，人們稱爲「綠皮本」。這個「綠皮本」
　　是根據「紅皮本」定稿的，原來的注釋組幾乎都來人參加定稿，但
　　是沒有說明是在「紅皮本」的基礎上加工修改的，可能是因爲「紅
　　皮本」是「四人幫」時期搞的。〔註1〕

七十年代末按照「三結合」原則建立的魯迅著作各卷本的注釋組構成了魯迅
文化史上獨特的現象，這不僅進一步推動了廣大工農兵群眾學習魯迅著作的
熱潮，而且也在客觀上促進了魯迅研究在民間的開展，參加注釋的一些工農
民群眾後來就成爲魯迅的研究者和傳播者。毫無疑問，他們對魯迅著作所作
的注釋帶有明顯的時代色彩，但是相比於「文革」期間對魯迅著作的歪曲和
利用，已經有所進步，所以這些「紅皮本」魯迅著作單行本在粉碎「四人幫」
之後能很快地在加以修改之後以「綠皮本」的形式出版，對於在「文革」後
傳播魯迅作出了重要的貢獻。

（2）籌備新版《魯迅全集》

　　在清理「四人幫」對魯迅著作出版以及魯迅研究的破壞的同時，人民文
學出版社決定出版新版的《魯迅全集》來紀念魯迅誕辰一百週年。

　　1977 年 9 月 11 日，國家出版局向中央遞交了《關於魯迅著作注釋出版工
作的請示報告》。根據出版局給中央的報告，中央爲了加強《魯迅全集》的編
輯出版工作，決定派胡喬木、林默涵同志來領導並主持出版魯迅全集的工作，
同時派秦牧、馮牧等人協助工作，中央決定《魯迅全集》的第一卷和第二卷
由胡喬木直接負責，其後各卷由林默涵負責。胡喬木後來因爲忙於其他工作，
便委託林默涵代爲主持，馮牧也因有別的工作未能參加這項工作。但有關的
重大問題，編輯組是向胡喬木直接請示的。

　　12 月初，林默涵、秦牧來到人民文學出版社後，和魯迅著作編輯室一起
就注釋、整理與出版工作的有關方針性的問題以及注釋體例重新進行了反覆
討論，進一步明確了一些重要問題。此外，經胡喬木同意，魯迅著作編輯室
成立了以林默涵同志爲首的五人領導小組，並聘請周建人、郭沫若等八位同
志爲顧問。

　　經過緊張的工作，作爲魯迅誕生一百週年紀念活動中的重要項目之一的
16 卷《魯迅全集》終於在 1981 年 8 月末全部出齊。

〔註 1〕王仰晨《魯迅著作出版工作的十年（1971～1981）》，《魯迅研究月刊》1999 年
　　　　第 11 期。

2、紀念魯迅的文章與著作

（1）紀念魯迅的文章

　　粉碎「四人幫」之後，魯迅研究領域也開始撥亂反正，清理「四人幫」的不良影響。首先就是揭露「四人幫」對魯迅著作出版工作的迫害。魯迅研究室編輯的《魯迅研究資料》在1977年出版的第2輯中設立「黨和魯迅」、「批判修正主義」等專欄，刊登了《蘇修借魯迅為題反華的荒謬論點和卑劣手法》、《「四人幫」在三十年代部分反革命罪證資料的說明》、狄克的《我們要執行自我批判》、致魯迅的一封信、藍蘋的《三八婦女節》、姚蓬子脫離共黨宣言和《關於以下九封信的說明》一文，不僅突出魯迅和共產黨的親密關係，而且批判了「蘇修」和「四人幫」對魯迅的歪曲。例如《關於以下九封信的說明》一文就是揭露姚文元竊取魯迅書信的罪行的：「一九六八年，在轟轟烈烈的無產階級文化大革命中，革命群眾發現了魯迅致明甫（茅盾）的九封書信手稿。階級異己分子姚文元得知後，立即指令將九封書信手稿取走，扣押在自己手裏，達九年之久。直至『四人幫』被粉碎後，才從姚文元黑窩裏查找到七封手稿，後又找到一封手稿照片，另外一封還在繼續查找中（後來找到，在第三輯中刊登）。這是『四人幫』破壞魯迅書信出版的又一罪證」。人民日報在1977年1月17日刊登了人民文學出版社魯迅著作編輯室撰寫的《投以光輝，群魔畢現》一文，詳細揭露了「四人幫」干擾、破壞魯迅著作出版的情形。《人民文學》在1977年第3期設立了「學好文件抓住綱，深揭怒批『四人幫』」專欄，刊登了羅蓀的《「棍子」何損於魯迅——清算姚文元惡毒誹謗魯迅的罪行》一文，指出：「姚文元卻用心險惡的在尼采問題上大作文章，把『在文化戰線上，代表全民族的大多數』的『中國文化革命的主將』魯迅污蔑為尼采反動哲學的介紹者、追隨者，一而再地把尼采哲學的反動垃圾倒在魯迅頭上……姚文元攻擊魯迅的另一根棍子是說：魯迅是一個唯心主義者，而且是一個主觀唯心主義者」。

　　「四人幫」對魯迅研究的干擾與破壞所造成的魯迅研究領域的不良傾向也得到了清理。1979年10月17日的人民日報刊登了茅盾的《答〈魯迅研究年刊〉記者的訪問》一文，茅盾指出：「魯迅研究中有不少形而上學，把魯迅神化了，把真正的魯迅歪曲了。魯迅最反對別人神化他。魯迅也想不到他死了以後，人家把他歪曲成這個樣子。」茅盾還特別指出：魯迅研究中也有「兩個凡是」的問題，即，「凡是魯迅罵過的人就一定糟糕，凡是魯迅賞識的人就

好到底」。這說明清理「四人幫」對魯迅研究所造成的不良影響是一個長期的重要的工作。

（2）《魯迅（1881～1936）》圖片集

1977 年，文物出版社出版了《魯迅 1881～1936》圖片集，收錄了魯迅的 114 幅照片（包括局部放大的 12 幅照片）。這部圖片集在 1976 年 6 月就已經編輯好，因此也帶有比較明顯的「文革」色彩，不僅在扉頁引用了毛澤東在《新民主主義論》中高度評價魯迅的語錄，而且比較突出魯迅的革命性和戰鬥性的一面。編者在《後記》中指出：「魯迅的照片從不同的年代和不同的側面，紀錄了魯迅的光輝形象，反映了魯迅站在無產階級和人民大眾立場上，「橫眉冷對千夫指，俯首甘爲孺子牛」的鬥爭精神和戰鬥生活，它是十分珍貴的革命文物，是學習和研究魯迅的重要史料。」爲了突出魯迅的光輝形象，編者也對一些照片進行了剪裁和修飾，例如，把 1927 年魯迅和「洪洪社」的合影中的林語堂修成了 3 個石頭，把魯迅和蕭伯納、宋慶齡等七人的合影抹去了林語堂和伊羅生這兩個人變成了五人合影。1980 年，伊羅生到中國訪問，對這張被修飾過的照片感到「又傷心又好奇」，茅盾向他解釋說：「那是文革時期的遺跡……在當時，很多做法都是反常的。」

3、紀念魯迅的活動

（1）毛澤東對魯迅著作出版工作作出批示

1975 年 10 月 28 日，魯迅之子周海嬰在胡喬木的支持下上書毛澤東，就魯迅著作出版與魯迅研究工作提出了一些要求和建議。11 月 1 日，毛澤東就魯迅著作的出版與魯迅研究工作作出了重要批示：「我贊成周海嬰同志的意見，請將周信印發政治局，並討論一次，做出決定，立即實行。」這個批示對於魯迅著作的出版工作和魯迅研究工作產生了重要的影響。

爲了落實毛澤東的指示，國家出版局和國家文物局陸續出臺了一些政策，准許人民文學出版社出版魯迅著作，組建了魯迅研究室，極大地推動了魯迅著作出版工作和魯迅研究工作的進展。可以說，周海嬰作爲魯迅的後代在關鍵的歷史時刻爲衝破「四人幫」對魯迅著作出版工作和魯迅研究工作的干擾與破壞，推動魯迅著作的正常出版和魯迅研究工作的正常開展作出了重要的貢獻。

（2）組建魯迅研究室

1976年2月，南開大學中文系主任李何林受命組建魯迅研究室，陸續從全國各地調進了一些魯迅研究專家，在北京西皇城根北街2號開展了魯迅研究工作，先後啓動了《魯迅年譜》的編撰工作、魯迅手稿的整理出版和研究工作，並編輯出版了《魯迅研究資料》叢書和《魯迅研究動態》雜誌，這些工作爲八十年代魯迅研究的迅猛發展打下了良好的基礎。1980年10月22日，魯迅研究室併入魯迅博物館，成爲魯迅博物館下屬的研究機構，繼續爲魯迅研究工作提供良好的基礎和平臺，並逐漸發展成爲國內外重要的魯迅研究中心。

（3）成立魯迅研究學會

1979年5月8日，茅盾和周揚聯合發起的「魯迅研究學會」在北京舉行了第一次籌備會議，中國社會科學院副院長、中國文聯副主席周揚在會上作了題爲《學習魯迅，沿著魯迅的戰鬥方向繼續前進》的講話，周揚說：

> 建國十七年，我們研究魯迅的工作做得還是太少，林彪、「四人幫」橫行的十年又把魯迅糟蹋了，現在清除了「四人幫」，我們才有可能重新開始有組織、有計劃、有系統地進行這項工作。進一步認識魯迅、學習魯迅，肅清「四人幫」在對待魯迅問題上所散佈的各種謬論的流毒，就成了當前一個迫切的任務。「四人幫」對待魯迅的態度，和他們對待毛澤東的態度大體相同。他們實際上是反對宣傳魯迅和研究魯迅的，但是有時他們也把魯迅抬出來，把魯迅神化，其目的就是要藉此去打擊一切反對他們或不贊成他們的人，打擊一切真正革命的人。這是在新的歷史條件下，歪曲宣傳魯迅的一種新的形式，一種很陰險的形式。

周揚接著指出當前應當學習魯迅精神的幾個方面：

> 首先應該學習他的勇於改革的精神……我們的國家經受了林彪、「四人幫」的浩劫，經濟上和文化上至今還處於相當落後的狀態，現在，黨中央根據十一屆三中全會的精神，在經濟戰線以及其他各條戰線上提出了調整、改革、整頓、提高的方針，這個方針貫徹了力求改革的精神……要使我們的社會不斷發展和進步，我們的社會制度不斷完善，我們黨的領導不斷改進，沒有銳意改革的精神是不成的。……改革就是破除違背人民利益的舊事物，給代表人民利益的新事物開闢道路。這種精神在魯迅身上表現得最鮮明、最突出，

也是最可寶貴的，在今天還是鼓舞我們前進的力量。

其次一點，是魯迅的清醒的現實主義精神。……魯迅這種注意觀察、反對瞞和騙的精神，在我們今天仍然有巨大的現實意義。林彪、「四人幫」不是就搞瞞和騙嗎？他們講假話騙人，他們在文學藝術上鼓吹一套唯心的、反對現實主義的東西，用陰謀、撒謊、捏造、誹謗來代替藝術，他們把瞞和騙發展到極端，從而對我們的社會和我們的文學藝術造成了極端的危害。我們要通過學習魯迅的現實主義精神來淨化這種惡濁的空氣。……我們贊成真實地揭露我們生活中的陰暗面，也正是表明我們有信心克服缺點和錯誤；但我們也反對片面誇大陰暗面，追求個別現象的所謂真實。

第三，還要學習魯迅探求真理的懷疑精神。……懷疑不是目的，目的是要有個正確的判斷，是要認識真理。實踐是檢驗真理的唯一標準。實踐證明是正確的，就要敢於堅持，實踐證明是錯誤的，就要光明磊落的修正，這是通向真理、發展真理的正常道路。沒有半點懷疑精神，人云亦云，習慣於重複本本上的東西，滿足於已有的結論，我們的科學和革命事業就不能前進。

一句話，就是要用馬克思主義的歷史唯物主義觀點來看待魯迅，學習魯迅銳意改革和實事求是的精神，身體力行，自強不息，而不是把魯迅看成偶像，在他面前頂禮膜拜。

5月10日，新華社播發了題為《重新認識魯迅、學習魯迅》的電訊，把周揚的講話概括為如下內容：「當前文學戰線的一項重要的戰鬥任務，就是要重新認識魯迅、學習魯迅。這就是要運用馬列主義、毛澤東思想的立場、觀點和方法，對魯迅生平和魯迅著作進行全面的深入的研究，掃除『四人幫』在魯迅研究工作中散佈的唯心主義、形而上學的流毒和影響」。

11月14日，魯迅研究學會舉行成立大會，學會籌備小組負責人陳荒煤向大會報告了籌備工作及今後工作的意見。他說，成立魯迅研究會的目的是為了團結全國各地專業和業餘的老中青魯迅研究工作者，共同促進和發展魯迅研究工作，把魯迅研究工作提高一步。學會成立後的主要工作，是要辦好《魯迅研究》刊物，為全國專業和業餘的魯迅研究者提供「爭鳴」和「齊放」的園地。魯迅研究學會通過了學會章程，選舉學會理事七十二人。學會由宋慶齡擔任名譽會長，茅盾任會長，並聘請胡喬木、周揚、周建人、胡愈之、成

仿吾、馮乃超、李一氓、夏衍、陽翰笙、巴金、曹靖華等爲顧問。

魯迅研究學會的成立表明「文革」後魯迅研究領域撥亂反正的開始，不僅有助於系統地清除「四人幫」在「文革」中歪曲利用魯迅所產生的流毒，而且有助於魯迅研究走上正軌。但是，鑒於魯迅在中國文化界的重要地位，魯迅研究學會的官方色彩也很明顯，這也從一個方面顯示出官方通過魯迅研究界來影響整個文化界的意圖，讓魯迅研究學會成爲官方意志的傳聲筒。

魯迅研究學會在八十年代改稱爲中國魯迅研究會，逐漸減弱官方色彩，定位爲非營利性社會組織，「爲從事魯迅作品評論、研究、教學以及關心魯迅研究事業的廣大教師、理論工作者、作家、編輯與業餘研究者自願結成的具有學術性、專業性和全國性的社會團體」。學會的宗旨是：「在馬克思主義和鄧小平理論指導下，堅持四項基本原則，遵守憲法、法規和國家政策，遵守社會道德風尚，爲弘揚魯迅精神，宣傳魯迅業績，活躍魯迅研究的學術空氣，提高魯迅作品教學水平，推動海內外魯迅研究者的學術交流作出貢獻」。（參見中國魯迅研究會簡介）

（4）全國人大關於魯迅研究的提案

1978年6月，全國人大代表、魯迅博物館館長兼魯迅研究室主任李何林在五屆全國人大二次會議上提交了兩個提案：「第227號：組織人力編寫《魯迅大辭典》案」和「第228號：成立全國性的魯迅研究所案」。

在前一個提案中，要求有關部門支持編纂《魯迅大辭典》，在後一個提案中，建議有關部門成立一個全國性的魯迅研究所，李何林在提案中指出：

> 現在全國的魯迅研究組織，除各院校中文系爲教學科研需要成立的「魯迅研究小組」估計有二十個上下外，1975年11月毛主席和黨中央批示，在北京魯迅博物館內成立了「魯迅研究室」和在天津、武漢、紹興、廣州成立了四個「魯迅研究小組」。今年五月，社會科學院文學研究所又宣布該所也成立了「魯迅研究室」。但都人單力薄（最多十幾人，少則三、二人），資料不多；雖各自任務不同，但研究項目亦或有重複之處。對現代中國這樣一個少有的文學家、思想家和革命家，仿照其他國家成立的名作家研究所那樣，成立一個全國性的「魯迅研究所」，集中全國一部分研究人力和圖書資料，有計劃的進行一些重大的研究編寫項目，比如編寫《魯迅大辭典》和較詳細的《魯迅傳》等等；並組織全國的魯迅研究工作，都是很

有必要的。

這兩個提案對於魯迅研究工作提出了很好的建議，但是最後都沒有得到落實，《魯迅大辭典》雖然啓動了編纂工作，但是至今都未能定稿出版，建立全國性的魯迅研究所則根本沒有被列入有關部門的議事日程。

4、魯迅著作的改編和魯迅的藝術形象

（1）《偉大的文學家、思想家、革命家魯迅》展覽圖片

1977 年 2 月，人民美術出版社出版了由新華通訊社編輯的《偉大的文學家、思想家、革命家魯迅》（新聞展覽照片農村普及版），這是粉碎「文革」後出版的一套面向廣大農民宣傳魯迅、普及魯迅的展覽照片。

這套展覽圖片共 23 張，雖然名爲《偉大的文學家、思想家、革命家魯迅》，但是圖片的重點仍然是突出魯迅作爲革命家的一面，從而引導廣大人民群眾學習魯迅的革命精神，並把魯迅的革命精神運用到當時的「批林批孔」、批判修正主義、反擊「右傾」翻案風等政治運動中去。

例如，第六幅圖片，包括《莽原》的扉頁、《論「費厄潑賴」應該緩行》發表時首頁、「老虎尾巴」的彩色照片，和魯迅的一段語錄：

> 魯迅：總之，倘是咬人之狗，我覺得都在可打之列，無論它在岸上或在水中。（魯迅《論「費厄潑賴」應該緩行》）

這幅圖片的文字說明是：

> 這裡是魯迅在北京阜成門內西三條胡同二十一號住所裏的工作室兼臥室——即「老虎尾巴」。從一九二四年到一九二六年，魯迅在這裡寫了許多戰鬥的文章。
>
> 《論「費厄潑賴」應該緩行》最初發表在《莽原》半月刊第一期。一九二五年十二月，魯迅總結歷史上階級鬥爭的教訓，寫了這篇著名的戰鬥論文。文章批判了孔孟之道「仁愛」、「忠恕」的虛偽本質，痛斥了危害革命的妥協論調，提出了「痛打落水狗」的徹底革命原則，啓示革命人民警惕復辟派的反撲，將革命進行到底。

這一幅圖片用上述內容表達了魯迅批判孔孟之道的思想和「痛打落水狗」的徹底革命精神。

第十六幅圖片包括魯迅油畫、《答托洛斯基派的信》結尾部分影印件和一段魯迅語錄：

在你們身上，寄託著人類和中國的將來。

魯迅

魯迅油畫的說明文字是：

魯迅熱愛毛主席，熱愛共產黨。一九三五年十月底，魯迅得知毛主席率領中國工農紅軍勝利到達陝北的消息後，滿懷激情的致電毛主席，祝賀長征勝利。他在電報中寫到：「在你們身上，寄託著人類和中國的將來」。

《答托洛斯基派的信》結尾部分影印件的說明文字是：

一九三六年春，周揚等人推行王明右傾投降主義路線，背著魯迅，解散「左聯」，成立文藝家協會，提出了「國防文學」這個資產階級口號，放棄無產階級對文藝戰線的領導權。周揚一夥還誣衊魯迅是「左」的宗派主義者、「托派」等等。托洛斯基分子乘機寫信給魯迅，惡毒攻擊抗日民族統一戰線，挑撥魯迅和黨的關係。魯迅堅定地站在無產階級立場上，在這封信中，憤怒的揭露托派的卑鄙行徑，莊嚴聲明堅決擁護毛主席的革命路線，表達了他對偉大領袖毛主席無限崇敬的感情。

這幅圖片用上述內容突出魯迅熱愛毛主席和中國共產黨並批判「托派」的精神。

第十七幅圖片包括魯迅執筆的油畫、《答徐懋庸並關於抗日統一戰線問題》部分手稿、《三月的租界》手稿和一段魯迅語錄：

敵人是不足懼的，最可怕的是自己營壘裏的蛀蟲，許多事都敗在他們手裏。

魯迅：致蕭軍、蕭紅信

《答徐懋庸並關於抗日統一戰線問題》手稿下的說明文字是：

由於魯迅堅持了馬克思主義原則，擊中了「國防文學」的要害，周揚等「四條漢子」大搞陰謀詭計，趁魯迅重病臥床之際，寫信恐嚇魯迅，揚言要「實際解決」。但是魯迅毫不動搖，他在病中以頑強的毅力，用整整四天的時間，寫了《答徐懋庸並關於抗日統一戰線問題》這篇討伐「國防文學」的戰鬥檄文，對「國防文學」給予有力批判。

《三月的租界》手稿下的說明文字是：

當時鑽在革命營壘裏的「蛀蟲」、國防文學的另一鼓吹者張春

橋，化名狄克，寫黑文瘋狂攻擊魯迅。魯迅寫了《三月的租界》一
文予以痛斥，戳穿了狄克，即張春橋為帝國主義和國民黨反動派賣
命效勞的假革命和投降派的醜惡嘴臉。

這幅圖片用上述內容不僅突出了魯迅堅持馬克思主義的立場，痛擊「四條漢
子」的精神，而且結合粉碎「四人幫」的現實，突出魯迅批判「四人幫」的
精神。

這套展覽還表現出魯迅生活艱苦樸素和勞動人民心連心的精神。例如第
十九幅圖片包括魯迅的衣服、日用品和一段魯迅語錄：

生活太安逸了，工作就被生活所累了。

轉摘自孫伏園《魯迅先生二三事》

說明文字是：

魯迅始終保持革命者的本色，過著艱苦樸素的生活，同工農群
眾心連心，無保留得把生命獻給了祖國和人民。他不為名，不為利，
永葆革命青春。

一九二七年九月，魯迅的一位朋友來信要為魯迅謀取諾貝爾獎
金。魯迅立即回信拒絕說：「還是照舊得沒有名譽而窮之為好罷」。
魯迅反對特權思想，認為革命成功後，文藝工作者一定要得到「從
豐報酬，特別優待」、「做特等車、吃特種飯」，這是「不正確的觀念」。
左圖是魯迅穿過的布長衫、圍巾、毛衣和鞋。

中左圖是魯迅的鑷子，說明文字是：

一九三六年的一天，魯迅得知附近一位人力車工人的腳被劃破
了。就急忙從家裏奔出來，用這把小鑷子小心得把玻璃碎片取出來，
為他包好腳，並送給他藥品。

中右圖是一個魯迅的講義夾，說明文字是：

魯迅在大學教書時，不像資產階級教授學者那樣，手拎大皮
包。他只是用一塊樸素的印花布來包講義夾。

右圖是「金不換」毛筆，說明文字是：

「金不換」毛筆，是紹興一家筆莊生產的毛筆。用魯迅的話說，
這是一枝「每枝五分錢的便宜筆」。幾十年來，魯迅使用的全是這種
筆，魯迅一向認為寫文章最重要的是作者可是革命人。

另外，這套展覽圖片還用了不少的篇幅展示了當時群眾學習魯迅的一些場

面，從而引導廣大人民群眾學習魯迅。

這套圖片的封面是一位女教師在魯迅墓前的魯迅坐像前向打著少先隊旗、戴著紅領巾的小學生介紹魯迅，同時還有一隊海軍官兵正在朝墓地走去，魯迅的墓前還有一些工人在瞻仰魯迅。

第一頁是毛主席語錄和魯迅在1930年9月20日照於上海的照片。毛主席語錄用紅色字體印刷，選取了毛澤東在《新民主主義論》和《在延安文藝座談會上的講話》論述魯迅的兩段話。

> 魯迅是中國文化革命的主將，他不但是偉大的文學家，而且是偉大的思想家和偉大的革命家。魯迅的骨頭是最硬的，他沒有絲毫的奴顏和媚骨，這是殖民地半殖民地人民最可寶貴的性格。魯迅是在文化戰線上，代表全民族的大多數，向著敵人衝鋒陷陣的最正確、最勇敢、最堅決、最忠實、最熱忱的空前的民族英雄。魯迅的方向，就是中華民族新文化的方向。《新民主主義論》

> 魯迅的兩句詩，「橫眉冷對千夫指，俯首甘為孺子牛」，應該成為我們的座右銘。「千夫」在這裡就是說敵人，對於無論什麼兇惡的敵人我們決不屈服。「孺子」在這裡就是說無產階級和人民大眾。一切共產黨員，一切革命家，一切革命的文藝工作者，都應該學習魯迅的榜樣，做無產階級和人民大眾的「牛」，鞠躬盡瘁，死而後已。
> 《在延安文藝座談會上的講話》

第二十一幅圖片是魯迅博物館的講解員在魯迅的胸像前向少先隊員、解放軍官兵和穿著民族服裝的各民族群眾介紹魯迅的場面。說明文字是：

> 偉大領袖毛主席李來教導我們，要繼承和發揚魯迅的革命精神，要「讀點魯迅」。當前，廣大工農兵、革命幹部和革命知識分子，正遵照毛主席的教導，緊密結合現實的階級鬥爭和路線鬥爭，學習和發揚魯迅的革命精神，向階級敵人，向修正主義，永遠進擊，長期作戰。

> 這是廣大群眾到北京魯迅博物館，觀看《魯迅戰鬥的一生》陳列。

第二十二幅圖片是群眾購買和學習魯迅著作的場面。

左邊的照片的背景是新華書店中書架上的魯迅著作，書架上有魯迅頭像和印在紅板上的毛主席對魯迅的評價：「魯迅是中國文化革命的主將，他不但

是偉大的文學家，而且是偉大的思想家和偉大的革命家」。購買者有普通群眾和解放軍士兵。說明文字是：

> 魯迅永放光芒的著作，是革命人民極為寶貴的精神財富。解放以來，特別是文化大革命以來，魯迅著作大量出版發行。這是廣大群眾正在北京新華書店踴躍購買魯迅著作。

右邊的照片是輔導員手持魯迅的《而已集》在向工人講解魯迅，工人在認真聽講、記筆記的場面。背景是牆報，標題是《我們是怎樣學習魯迅的》，其中有用紅色字印在黃色紙張上毛主席的評價：魯迅是中國文化革命的主將，他不但是偉大的文學家，而且是偉大的思想家和偉大的革命家。文字說明是：

> 北京塑料二廠的工人理論輔導員在宣講魯迅著作，彙報自己學習的體會。

第二十三幅圖是工農兵在學習和注釋魯迅著作的場面。上邊的照片中幾位工人手持魯迅《且介亭雜文末編》正在學習，桌子上還有幾卷《毛澤東選集》。背後的牆上掛著魯迅執筆怒視遠方的油畫。文字說明是：

> 北京汽車製造廠工人正在學習魯迅雜文《三月的租界》，決心學習魯迅，永遠進擊。

下面的照片是工農兵學員、教師和海軍某部的指戰員在一起討論魯迅著作的注釋。說明文字是：

> 福建廈門大學中文系的工農兵學員、教師和海軍某部的指戰員一起注釋魯迅著作。

這套展覽圖片雖然具有鮮明的時代特點，比較突出魯迅的革命性和戰鬥性的一面，但比起組畫《魯迅》來已有明顯的進步，那就是並沒有完全刪去魯迅作為文學家和思想家的一面，而是在展示魯迅革命家的一面時也涉及魯迅作為文學家和思想家的一面。另外，這套展覽圖片也展示了工農兵學習魯迅的場面，從而號召廣大群眾都來學習魯迅，繼承並發揚魯迅的精神。

（2）越劇《祥林嫂》

1976 年 10 月粉碎「四人幫」後，在「文革」中被批判、打倒的越劇也迎來了新生。為紀念魯迅逝世四十一週年，上海越劇院在 1977 年 10 月在北京劇場演出了《祥林嫂》。導演吳琛、吳伯英，演出首次採用男女合演的方式進行，袁雪芬、金彩鳳分別飾演祥林嫂，史濟華飾演賀老六。劇本在 1962 年演出本的基礎上作了必要的修改，使全戲更加精練。

袁雪芬在經歷了「文革」的磨難後對再次飾演祥林嫂有更多的感悟，並體會到演出《祥林嫂》一劇在「文革」後的現實意義，她在《重演〈祥林嫂〉》一文中說：「今天在藝術舞臺上再現祥林嫂的悲劇，正是爲了不讓祥林嫂的悲劇在今天生活中重演」。「我們就要用歷史的回顧對比現實，牢牢記住過去，不能忘記我們現在生活在幸福的社會主義時代是打破了封建禮教的鐐銬，從吃人的祥林嫂時代走過來的；不能忘記繼承魯四老爺衣缽的『四人幫』的吃人的本質」。

《祥林嫂》是粉碎「四人幫」後上海越劇院排演的第一個優秀保留劇目，也是經歷「文革」劫難後越劇獲得解放的標誌，演出以後，在全國產生了極大的反響，先後有 70 多個兄弟劇種的劇團或越劇團來上海越劇院學習或移植此劇。戲劇家沈西蒙、漠雁在《上海文藝》1978 年第 3 期上發表了題爲《贊越劇〈祥林嫂〉》的長篇評論，認爲該劇「在藝術上，她也是不可多得的一齣好戲。她劇本好、導演好、表演好、音樂好、舞美好。整個演出像一部和諧的樂章，給人的藝術感受是強烈的、深遠的」。1978 年，《祥林嫂》被上海電影製片廠和香港鳳凰影業公司攝製成彩色寬銀幕戲曲藝術片，劇中主要唱段被中國唱片社製成唱片和錄音帶發行，演出劇本也由上海文藝出版社在 1978 年第二次出版。〔註 2〕

5、境外的反響

（1）日本的反響

①成立「魯迅之會」

1979 年 10 月 27 日，池上正治、高橋碧、永島廉司和守屋雅代等人在日本東京成立了「魯迅之會」，會員大約有 150 名左右。該會的前身是竹內好在 1954 年發起成立的、已經活動了 25 年的「魯迅之友會」。1980 年 7 月 31 日，《魯迅之會會報》第 1 號「發刊詞」指出：「魯迅之會的目的是促進魯迅和竹內好的讀者的相互交流。」「魯迅之會」的《會則》介紹該會的活動主要有：「（1）每隔一年召開一次全體會議；（2）召開定期的讀書會、研究會、講演會及其他工作；（3）一年發行兩期以上的《會報》；（4）收集有關文獻及資料」。「魯迅之會」的活動比較正常，以讀書會、座談會、研究會等形式爲主，平

〔註 2〕凌月麟《「越劇界的一座紀程碑」——越劇〈祥林嫂〉的六次公演》，《上海魯迅研究》第 9 輯。

均半個月活動一次。讀書會是學習魯迅著作或者日中兩國出版的魯迅研究著作，如 1980 年 7 月《阿 Q 正傳》讀書會；座談會是圍繞有關魯迅的一個或幾個問題進行討論，如 1980 年 6 月的「魯迅與許欽文」座談會；研究會是通過調查進行關於魯迅的專題研究，如 1980 年和 1981 年先後幾次召開的「魯迅在東京」研究會。到 1980 年 7 月，共召開讀書會 18 次，研究讀書會 6 次，暢談會 5 次，研究會 1 次，同時還發行「通訊」、「會報」，發表通訊 13 次，組織訪華旅行，舉辦暑期集訓，收集有關魯迅與竹內好的資料。

在魯迅誕辰一百週年前夕，該會部分會員組成的「魯迅讀者訪華團」一行 17 人，來中國進行了為期 12 天的訪問，參觀了北京、西安、南京、上海等地，並將該會為紀念魯迅百年誕辰而製作的「魯迅在東京」幻燈片以及專門編印的「魯迅在東京」特集──魯迅之會會報 1981 年夏第 3 號贈送給我國有關單位。這一期會報刊登了會員們對魯迅在東京學習和居住過的三橋旅館、弘文學院、伏見館、伍舍、一軒屋、民報社等遺址的調查報告，和魯迅在弘文學院參加日本柔道活動的文獻資料。〔註 3〕

「魯迅之會」成立之後所開展的各種豐富多彩的活動，有力地推動了魯迅在日本的傳播與研究，此外，通過這一組織的長期的堅持不懈的活動，可以團結並鼓勵一大批魯迅愛好者和研究者堅持研究魯迅、傳播魯迅的工作，確保日本的魯迅研究長期開展下去。

②演出有關魯迅的劇作

1977 年，劇作家霜川遠志出版了話劇《魯迅傳》的劇本，包括《藤野先生》（《仙臺的魯迅》）、《東京的魯迅》、《紹興的魯迅》、《北京的魯迅》和《上海的魯迅》等五部話劇的劇本，終於實現了寫作魯迅生平五部曲的願望。

世代劇團在 1974 年 5 月演出了霜川遠志改編的話劇《阿 Q 正傳》之後到日本全國各地巡迴演出，1978 年世代劇團又排演了霜川遠志由《藤野先生》修改而成的《眼裏的人》一劇，繼續在日本各地巡演。從 1974 年至今，世代劇團先後在東京、福井、秋田、岩手、仙臺、廣島、鹿兒島等地，為數以百計的學校演出了《阿 Q 正傳》和《眼裏的人》兩劇，有數以十萬計的學生觀看了演出。霜川遠志欣慰地說：「看過魯迅劇的第一批高中生，現在已經走上工作崗位，相信魯迅精神會對他們走向社會起良好的作用，會對推動日中人

〔註 3〕王惠敏《日本東京成立魯迅之會》，《魯迅研究動態》1985 年第 5 期。

民的友好起良好的作用。」〔註4〕

③魯迅研究取得了新進展

這一時期，日本的魯迅研究雖然成果較少，但是也有幾位學者的著作在魯迅研究領域取得了新的進展。山田敬三在《魯迅的世界》一書中主要探討了魯迅的現實主義和浪漫主義的方法，展現了作爲革命家的魯迅的思想變化過程，再現了魯迅「偷火者」的形象。1978 年，竹內實出版了《魯迅遠景》一書，在「時代」一章裏，主要批駁胡菊人所說的魯迅如果不死的話就會很快和是日本特務的內山完造決裂的觀點；在「作品」一章裏，指出阿 Q、閏土有「共同性」，是「同時存在的」，都有著紹興的鄉土氣；在「評論」一章裏，通過分析《死》和《答徐懋庸並關於抗日統一戰線問題》兩篇文章，指出「兩個口號」之爭不僅表現出魯迅的復仇心理很強而且顯示出魯迅「有家長作風」。

（2）法國的反響

法國翻譯魯迅的工作在七十年代達到了高潮，1977 年，爲了把魯迅著作完整地、系統地介紹到法國，以便對魯迅進行深入的研究，米歇爾·露阿夫人和巴黎第三大學中文系主任於儒柏教授發起組建了「魯迅翻譯中心」，這個中心彙集了巴黎的專業和業餘的魯迅研究者，計劃逐步把《魯迅全集》譯成法文。〔註5〕

（3）美國的反響

1977 年，梅爾·戈德曼編輯的《五四時代的中國現代文學》由哈佛大學出版社出版，收錄了提交給在美國德達姆舉行的中國現代文學研究國際學術會議的論文 17 篇，其中有 4 篇研究魯迅的論文：荷蘭學者佛克瑪的《俄國文學對魯迅的影響》、加拿大學者維林吉諾娃的《魯迅的〈藥〉》、美國學者米爾斯的《文學與革命——從摩羅到馬克思》、美國學者李歐梵的《一個作家的誕生——關於魯迅求學經歷的筆記》。維林吉諾娃用布拉格學派的結構主義方法研究《藥》，李歐梵用心理分析的方法研究魯迅的內心的煎熬與掙扎都取得了重要的突破，在魯迅研究史上產生了深遠的影響。

1979 年，林毓生撰寫的《中國意識的危機》由威斯康辛大學出版社出版，

〔註 4〕魯青《爲寫魯迅而豁出生命》，《魯迅研究動態》1985 年第 5 期。
〔註 5〕錢林森《魯迅在法國》，《魯迅研究年刊》1980 年。

該書第六章專門論述魯迅。林毓生認爲：「魯迅意識的特點是：既有整體性的反傳統思想，又對某些中國傳統的價値觀在認識上、道德上有所承擔，二者之間，存在著深刻的未解決的緊張」，因此，魯迅的意識危機並沒有能夠解決。林毓生的觀點在中國產生了重要的影響，啓發了一些學者在 80 年代反思魯迅。

（4）蘇聯的反響

1977 年，蘇聯圖書出版社出版了爲魯迅研究而專門編製的工具書《魯迅》，該書是魯迅著作的索引，它的出版極大地方便了研究者。索羅金在爲該書撰寫的序言中高度評價魯迅，指出：「作爲偉大的文學家、思想家和革命家，魯迅當之無愧的被賦予新中國文化的奠基者的光榮稱號。他的藝術創作，大膽的思想，以及徹底的追求、奮鬥和模範的一生，在他逝世之後近四十年的今天都仍然起著現實的積極的作用。他的聲譽已遠遠超出了國界，他的創作已經在人類文化遺產的寶庫中佔據著應有的地位。」

（5）意大利的反響

這一時期，意大利介紹魯迅的工作又取得了一定的進展。1978 年，安娜・布雅蒂翻譯的魯迅雜文集《文學與書評》由米蘭的馬佐塔出版社出版，收錄了《春末閒談》、《文學與出汗》、《三月的租界》、《「硬譯」與「文學的階級性」》等 43 篇雜文。

（6）德國的反響

德國在這一時期也在翻譯魯迅作品方面取得了進展，在 1979 年先後出版了兩部魯迅作品集：沃爾夫岡・顧彬翻譯的《野獸訓練法》由奧伯鮑姆出版社出版，收錄了魯迅的 4 篇小說，5 篇雜文，5 首詩歌，譯者還對每篇文章作了詳細的介紹；埃格貝爾特・巴凱和海因斯・施普萊茲翻譯的《魯迅：同時代人》由柏林萊布尼茨文化交流協會出版，收錄了魯迅小說、雜文共 26 篇。

6、小結

七十年代末是魯迅文化史上的一個重要轉折時期，「文革」對魯迅的歪曲與利用所造成的不良影響急需清除。爲了撥亂反正，通過清除「文革」歪曲魯迅的影響來清除思想文化領域的「文革」流毒，中央政府相繼成立了魯迅研究室、並由文化界的領導人出面發起魯迅研究會，啓動新版《魯迅全集》

的編纂工作，這些都在一定程度上有助於扭轉「文革」歪曲魯迅所造成的不良影響。但是，「文革」造成的不良影響並不是在短時期就能完全清除的，因此，在當進的一些出版物和美術作品中仍然殘存「文革」的影響。其實，「文革」雖然歪曲了魯迅，但卻極大地促進了魯迅的傳播，使魯迅滲透到中國的每一個角落，影響了許多中國人的精神生活。

十、「魯迅精神永在」——八十年代的魯迅文化史（1981 年～1989 年）

　　在八十年代初，中央爲了徹底清除「文革」的影響，隆重舉行了紀念魯迅誕辰一百週年的系列紀念活動，極大地清除了「文革」時期歪曲利用魯迅所造成的不良影響，不僅有力地推動了魯迅研究的正常開展，使魯迅研究成爲八十年代中期的顯學，而且也極大的促進了思想解放運動。但是，在八十年代末，因爲政治上的原因，魯迅又逐漸被官方邊緣化。

1、魯迅著作的出版

（1）1981 年版《魯迅全集》的出版

　　爲紀念魯迅誕辰一百週年，人民文學出版社在 1981 年 3 月到 8 月陸續出版了新版的 16 卷本《魯迅全集》，分普精裝本、特精裝本、特精裝紀念本、平裝本四種裝幀。這套全集在 1958 年版全集的基礎上進一步充實完善：首先是在 1958 年版全集的基礎上增加了大量的文章，不僅新增收了魯迅日記，補收了 1100 多封魯迅的書信，恢復了《集外集》、《〈集外集〉拾遺》兩書的初版原貌，而且還增添了《集外集拾遺補編》和《譯文序跋集》、《古籍序跋集》，這樣就比 1958 年版全集增加了約 200 篇文章。另外，爲了便於讀者查閱和研究魯迅作品又在增加了一卷「附集」，收錄了《魯迅著譯年表》、《全集篇目索引》、《全集注釋索引》等；其次是在 1958 年注釋的基礎上吸收了魯迅研究界的眾多成果新增、修改了許多注釋條目，把原有的 5800 餘條，50 多萬字內容的注釋，修改、擴充爲 23000 餘條，200 多萬字的內容的注釋。這些新增和修

改的注釋有一部分涉及敏感的人與事，如對《答徐懋庸並關於抗日統一戰線問題》的注釋涉及到對「兩個口號」論爭的評價問題，對「杜荃」的注釋涉及對郭沫若的評價問題，但是在魯迅著作編輯室同仁的堅持下，在胡喬木的支持下，並得到了周揚、夏衍、茅盾、成仿吾、馮乃超等當事人的同意，經多次反覆最終作出了比較符合歷史面貌的注釋。這些敏感注釋的最終定稿也是十一屆三中全會後撥亂反正，實事求是精神在魯迅研究領域的體現。另外，有些注釋則有助於讀者理解魯迅的作品和活動，如魯迅在 1930 年 5 月的一天日記中寫道：當天先給友人覆信，到醫院看病，和馮雪峰一起到爵祿飯店會客，而後一起去吃冰激凌。注釋指出魯迅這天經潘漢年聯繫到爵祿飯店會見的客人是當時黨的主要領導人之一李立三，這樣就使讀者明白了魯迅當天的真實的活動。

　　但是，1981 年版《魯迅全集》也存在一些問題：首先就是一些注釋不夠詳細和準確，不僅一些重要的人物和史實沒有注釋或注釋的不詳，而且在一些注釋內容中還存在著一些「左」的思想的影響；其次是存在一些編校錯誤，20 年來，這套全集多次再版，編者對其中的四百多處進行了挖補；另外，一些重要的文章如《兩地書》原信等沒有收入全集。

　　雖然如此，1981 年版《魯迅全集》的出版仍然具有重大的意義，不僅極大地促進了魯迅著作的傳播和魯迅研究的發展，而且也對於「文革」後中華民族的思想解放產生了深遠的影響。

（2）臺灣出版的三種《魯迅全集》

　　1987 年，臺灣解除了對魯迅著作出版的禁令，引發了出版界出版魯迅著作的熱潮。1989 年 9 月，在魯迅誕辰一百零八週年之際，臺灣出版了兩種《魯迅全集》：唐山出版社出版的《魯迅全集》共 13 卷，按照《魯迅三十年集》編排，並增補了書信、日記、佚文等內容；谷風出版社的《魯迅全集》是人民文學出版社的繁體字版，但是刪節了原注。這兩種《魯迅全集》的出版受到了讀者的好評，有評論指出：「魯迅是公認的中國近代的偉大的文學家，思想家。而在臺灣，中國新文學的傳統可說斷層了四十年。如今《魯迅全集》得以在臺灣出版，乃是臺灣文化界、出版界的一件盛事。」10 月，風雲時代出版社出版宣布將在兩個月內出齊《魯迅全集》，這樣臺灣就一年內出版了三種《魯迅全集》，極大地促進了魯迅在臺灣的傳播。

2、紀念魯迅的文章與著作

（1）《人民日報》社論《魯迅精神永在》

為紀念魯迅誕辰一百週年，《人民日報》不僅在 1981 年 9 月 22 日重新發表了毛澤東的《論魯迅——在延安陝北公學魯迅逝世週年紀念大會上的講話》一文，而且在 9 月 25 日發表了社論《魯迅精神永在》。社論把魯迅稱為「中華民族新文化的開創者、偉大的共產主義戰士」，指出「在當前繼往開來的重要歷史時期，我們應該更深入地繼續學習和發揚魯迅精神」。

社論指出：「我們要繼承和發揚魯迅『我以我血薦軒轅』的愛國主義精神」；「我們要繼承和發揚魯迅『橫眉冷對千夫指，俯首甘為孺子牛』的全心全意為人民服務精神」；「我們要繼承和發揚魯迅敢於鬥爭、『鍥而不捨』的韌性戰鬥精神」；「我們要繼承和發揚魯迅『對敵狠、對己和』的原則精神」；「當前，我們特別要繼承和發揚魯迅堅信黨的路線、擁護黨的領導、忠實地遵奉『革命的前驅者的命令』的共產主義精神」。社論最後發出呼籲：

> 魯迅精神是祖國的瑰寶，是民族文化遺產中最珍貴的部分。深入地研究和繼承魯迅的思想遺產，把它變成我們全民族建設社會主義精神文明的寶貴財富，是發展民族文化的迫切需要。

> 我們期待新時期的魯迅研究領域取得更豐碩的成果，讓學習魯迅、研究魯迅在全民族中蔚然成風，讓魯迅精神永放光芒！

經歷過「文革」之後，特別是在十一屆三中全會之後，國內、國際形勢都發生了重大的變化。在這樣的背景下，這篇社論把魯迅精神歸納為五個方面，並結合當前的國際和國內形勢對魯迅精神作了全新的解讀，指出了繼承和發揚魯迅精神的重要現實意義。例如，「我們要繼承和發揚魯迅『橫眉冷對千夫指，俯首甘為孺子牛』的全心全意為人民服務精神」，是因為「我們的文學藝術工作者應該學習魯迅的榜樣，把為人民服務當作自己的神聖使命，把黨和人民的利益當作自己的創作的出發點和歸宿。像魯迅那樣，和黨採取同一步調，注意文藝的社會效果，用文藝來團結人民、教育人民，鼓舞人民為建設社會主義四個現代化而奮鬥」；「我們要繼承和發揚魯迅敢於鬥爭、『鍥而不捨』的韌性戰鬥精神」，是因為「在十年動亂之後，我們要把『四化『建設搞好，要建設高度的社會主義的精神文明，更加需要發揚這種『鍥而不捨』的韌性戰鬥精神，才能戰勝一切艱難險阻，奪取更加輝煌的勝利」。另外，社論針對

國內出現的資產階級自由化的傾向，特別指出要學習魯迅擁護共產黨的領導的精神，這是因爲「在建設繁榮富強的、高度民主的、高度文明的現代化社會主義強國的漫長征途中，我們需要發揚光大魯迅的這種精神。對那種擺脫黨的領導、擺脫社會主義道路的資產階級自由化傾向，要加以嚴重的注意，進行堅決的鬥爭。我國各族人民、廣大青年和廣大文藝工作者，都應該以魯迅爲光輝榜樣，緊密地團結在黨的周圍，萬眾一心，群策群力，攀登新的高峰。」

這篇社論最後向全國人民發出學習魯迅、研究魯迅的號召，極大地推動了魯迅在全國的傳播，掀起了八十年代研究魯迅的高潮。

（2）紀念魯迅的詩歌

1980 年 10 月 20 日，爲了紀念魯迅逝世四十四週年，《人民日報》刊登了紹興五中教師章玉安的詩歌《假如他還活著——獻給敬愛的魯迅先生》：

> 假如他還活著，我不知道
> 人們將對他怎樣稱呼？
> 假如他還活著，我不知道
> 他會怎樣向後輩囑咐？
>
> 他也許正身居高位
> 但也許——不過是普通一卒。
> 官高，他不忘爲孺子牛之諾，
> 位卑，他絕無絲毫的奴顏媚骨！
>
> 他也許已經得到了種種榮譽，
> 但也許——才剛剛從獄中放出
> 榮譽中，他感受到新的吶喊、彷徨，
> 監獄裏，他會寫出新的《準風月談》、《僞自由書》。
>
> 他也許不再用那張印花包裹去裝他的講義，
> 但決不會盛氣凌人地昂首闊步；
> 他也需要出席一些重要會議，
> 但不會跟著三個警衛，兩個秘書。

他也許坐上了現代化的轎車，

但決不用窗簾把路邊的一切擋住，

他會把手伸向每一個流浪者，

他要靜聽讀了很多書的待業青年的傾訴……

他也許是在灑墨謳歌「新的生活」，

但也許——正在彈毫針砭時弊世痼。

他也許有了較多的歡愉和喜笑，

但也許——正在經歷著新的不安與憤怒……

這首詩結合當時社會上的腐敗現象有感而發，用魯迅的行為來批評當時的腐敗現象，並呼喚魯迅精神的歸來。

（3）出版《魯迅畫傳》

為了紀念魯迅誕辰一百週年，人民美術出版社在 1981 年出版了大型攝影畫冊《魯迅畫傳》，「真實、全面、科學地介紹魯迅先生光輝的一生」。這本畫傳一個突出的特點就是恢復歷史真實的面目，所選的照片全部使用原版，不加修飾，讓那些被修掉的人物重新與讀者見面，如在「文革」中發表過的 1927 年 1 月 2 日攝於廈門南普陀的魯迅「向廈門大學辭職後與『泱泱社』的合影」，把原照片中的林語堂修成了三塊大石頭；1935 年 5 月 26 日為斯諾編譯的《活的中國》所攝照片，本來是魯迅與姚克的合影，卻以莫須有的罪名把姚克修掉了。這本畫傳的出版具有重要的意義，標誌著傳播魯迅、研究魯迅的工作逐漸擺脫「文革」的影響，在一定程度上恢復了魯迅的真實面目。宋慶齡在《序言》中特別指出：「用生動的畫圖使這位偉大的文學家、思想家、革命家的光輝形象再現於廣大讀者面前，這是一件很有意義的事情。」

（4）出版《魯迅美術形象選》

為紀念魯迅逝世五十週年，陝西人民美術出版社在 1986 年出版了由魯迅博物館編選的《魯迅美術形象選》一書，收錄了魯迅博物館館藏和向全國徵集的美術作品 102 幅，按照畫種中所表現的魯迅生平時間編排。

國畫有：佚名的《闔家歡》、馬變元的《聽長媽媽講故事》、宗其香的《魯迅幼年生活》、吳永良的《魯迅幼年和農民朋友放牛釣蝦》、古元的《拿起筆

來戰鬥的開端》、吳作人的《魯迅與李大釗》、周思聰的《魯迅接待來訪青年》、司徒喬的《故鄉》（插圖）、李連仲的《索傳圖》、蔣兆和的《紀念劉和珍君》、潘晉拔的《大夜彌天》和《在中國左翼作家聯盟大會上》、盧沉的《月光如水照緇衣》、周思聰的《魯迅與陳庚會見》、尹瘦石《橫眉冷對千夫指》、范曾的《魯迅造像》、潘晉拔的《於無聲處聽驚雷》、蔣兆和的《我作一個小兵》和《魯迅像》、李琦的《魯迅像》、周思聰的《當一名小兵》、顧盼的《魯迅》、陳秋草的《追懷魯迅學習魯迅》、姜燕的《魯迅像》；油畫有：黃金祥的《惜別》、張祖英的《離京去日留學》、張洪年的《棄醫從文》、張立國的《魯迅與青年在北大》、張文新的《魯迅在北京》、夏曄的《秘密會見》、李瑞祥和潘晉拔的《永遠進擊》、王恤珠的《魯迅在中山大學緊急會議上》、韋其美的《魯迅在廣州中山大學緊急校務會議上》、左輝的《魯迅在左聯會上》、張文新的《魯迅在左聯成立大會上》、黎冰鴻的《魯迅接見青年木刻家》、李宗津的《夜談（魯迅與瞿秋白）》、潘鴻海的《魯迅在講座》、趙大鵬的《悼楊杏佛》、湯小銘的《起看星斗正闌干》、陳逸飛的《希望》、楊爲銘的《偉大的歷程》、黃金祥的《魯迅祝賀紅軍長征勝利》、靳尚誼的《魯迅像》；版畫有鄔繼德和馮俊臣的《去當鋪》、楊可揚的《質鋪與藥店》、趙延年的套色木刻《離家去南京》、張懷江的木刻《魯迅與馮雪峰》、野夫的木刻《魯迅與兒童》、張漾兮的套色木刻《魯迅與瞿秋白》和木刻《魯迅像》、鄧中鐵的木刻《魯迅像》、譚尚忍的木刻《魯迅與陳賡》、樓兆炎的木刻《魯迅在南京青龍山煤礦》、俞啓慧的木刻《探求》、魏揚的套色木刻《心向延安》、沈堯伊的木刻《魯迅與青年》、楊先讓的木刻《魯迅在廈大平民學校講話》、趙延年的木刻《魯迅在辛亥革命中》、曹劍鋒的銅版畫《先驅（魯迅與李大釗）》、鄔繼德的木刻《長夜有明燈》、彥涵的套色木刻《魯迅像》、張佩義的木刻《魯迅在中大緊急校務會議上》、邵克萍的套色木刻《喜閱青年木刻新作》、趙瑞春的套色木刻《怒向刀叢覓小詩》、曹劍鋒的版畫《1927年魯迅在上海演講》、李以泰的版畫《馬列主義是最明快的哲學》、張奠宇的銅版畫《長夜——魯迅與柔石》、譚尚忍的版畫《魯迅和青年》、李以泰的版畫《當革命時版畫之用最廣》、陳煙橋的木刻《魯迅和他的戰友們》、朱慧旺的木刻《爲了忘卻的記念》、李樺的木刻《魯迅在木刻講習會上》、黃永玉的木刻《魯迅與木刻青年》、鄔繼德的木刻《魯迅與內山完造》、冒懷蘇的木刻《以沫相濡》組畫之一、邵慧的木刻《魯迅與瞿秋白》、顧盼和邵慧的木刻《寒凝大地發春華（魯迅與陳賡會面）》、查

士銘的木刻《拓荒者》、趙延年的木刻《抗議》、譚尚忍的木刻《義無反顧》、歐陽興義的木刻《魯迅送書給青年》、李以泰的木刻《戰鬥的檄文（三月的租界）》、趙延年的木刻《魯迅像》、黃新波的木刻《橫眉冷對千夫指，俯首甘爲孺子牛》、伍必瑞的木刻《魯迅像》、盛增祥的版畫《魯迅》、沈堯伊的木刻《魯迅像》、盧沉的木刻《魯迅像》；雕塑有：陳淑光的《少年時代的魯迅》、高照和應眞華的《魯迅與藤野先生》、張松鶴和曹崇恩的《魯迅像》、應眞華的《魯迅像》、沈文強的《孺子牛》、蕭傳玖的《魯迅胸像》、張松鶴的《魯迅頭像》、潘鶴的青銅雕塑《魯迅像》；素描有郁風的《魯迅像》；水粉畫有鄭毓敏、潘鴻海、顧盼的《我以我血薦軒轅》；刺繡畫有高婉芬的《魯迅與蕭伯納》；宣傳畫有錢大昕的《魯迅的方向就是中華民族新文化的方向》和徐欣的《魯迅博物館赴瑞典展覽海報》。

編者在《後記》中說：「五十年來，特別是建國以來，中國的美術家們創造了大量的藝術品，描繪出自己心中的魯迅形象。爲了紀念魯迅先生，也爲了檢閱這一方面的成績，我們編輯這本《魯迅美術形象選》。」通過這一畫冊可以看出，創作題材重複的現象很明顯，魯迅重要的革命活動通常都有多幅的美術作品來表現，例如，王恤珠的《魯迅在中山大學緊急會議上》和韋其美的《魯迅在廣州中山大學緊急校務會議上》都是用油畫來表現魯迅在中大校務緊急會議上的正義凜然的形象；周思聰的國畫《魯迅與陳庚會見》、譚尚忍的木刻《魯迅與陳賡》、顧盼和邵慧的木刻《寒凝大地發春華（魯迅與陳賡會面）》都是描繪魯迅會見陳賡的情景的。其次，從這個畫冊也可以看出，大多數美術作品的創作都在一程度上受到了時代因素的影響，其中又以占畫冊絕大多數篇幅的表現魯迅革命性的題材更爲突出，例如，陳逸飛在「文革」期間創作的油畫《希望》是表現魯迅對共產黨寄予厚望的主題，在畫中站在書桌邊的魯迅手持一封寫給毛澤東的信注視遠方，這無疑虛構了魯迅寫信給毛澤東的故事。再次，畫冊中表現魯迅革命性的題材占絕大多數，不僅涉及魯迅紀念劉和珍、「左聯」五烈士、楊杏佛，而且涉及魯迅和李大釗、瞿秋白、馮雪峰、陳延年、陳賡等共產黨人的交往，以及對共產黨、毛澤東的信任與景仰，例如，蔣兆和的《我作一個小兵》、李琦的《魯迅像》、周思聰的《當一名小兵》都是表現魯迅對馮雪峰說自己可以用筆做黨的一個小兵的革命精神的。

從數量上來說，這本畫集中收錄了國畫 24 幅、油畫 20 幅、版畫 45 幅（其中木刻 36 幅）、雕塑 8 個、素描 1 幅、水粉畫 1 幅、刺繡畫 1 幅、宣傳畫 2

幅。從數量上來說，木刻有 36 幅，佔了超過總數的 1／3 的篇幅。李樺在題為《高山仰止》的序言中說：「收入這本集子中的美術作品都是當代畫家和雕塑家的創作，其中以木刻為較多。這是因為新興木刻是魯迅先生晚年一心倡導的一門革命美術，而木刻家們對於魯迅先生感受最深，景仰最切，從感情上最敬愛他們的導師，所以出現在新興木刻中的魯迅形象和魯迅小說插圖特多，是可以理解的。」

（5）魯迅研究取得了一批重要的成果

經過「文革」十年的歪曲與破壞，魯迅研究在八十年代逐漸走上正軌並取得了一大批重要的學術成果，不僅王瑤、唐弢、李何林、陳湧等老一輩魯迅研究專家相繼出版或發表了一系列影響深遠的論著，而且在八十年代湧現出的錢理群、王富仁、林賢治、王曉明、汪暉等一大批傑出的中青年魯迅研究專家都陸續出版或發表了一系列重要的論著，使魯迅研究成為八十年代的顯學。

從魯迅研究學術史的角度來看，王富仁在 1986 年出版的《中國反封建思想革命的一面鏡子——〈吶喊〉、〈彷徨〉綜論》（詳見下文分析）、錢理群在 1988 年出版的《心靈的探尋》這兩部著作都具有轉變魯迅研究範式的作用。如果說王富仁的這部專著改變了新中國建國以來所形成的以陳湧為代表的從中國社會政治革命角度研究魯迅的範式，「回到魯迅那裡去」，從思想革命的角度研究魯迅，把魯迅研究引入文化研究領域，那麼錢理群的這部著作則把魯迅研究從外部研究引入內部研究，從心理（錢理群稱之為「心靈辯證法」）的角度研究魯迅的思想和創作，寫出了自己心中的魯迅。

錢理群指出：「研究魯迅，不可能採取『隔岸觀火』的『鑒賞』態度，必定要『自己也燒在這裡面』，在魯迅那裡『發現我們自己』，與魯迅進行心的對話。」錢理群自述，《心靈的探尋》是「第一次正視我的研究對象——魯迅（以及中國現代作家）內心的矛盾，分裂，痛苦，孤獨，彷徨，軟弱與絕望，同時也在『打碎』自幼形成的關於我們生活的宇宙、世界、關於人，人性，關於我們自己以及我們的研究對象的『絕對完美性』的神話（與童話）。」他的這部著作「展示了魯迅心靈深層潛流的壯麗流程，以魯迅為聚焦點，考察了我們民族的思維方式和靈魂發展的生動歷史，發出了對現實人生的熱情呼喚。全書以思維篇、心境篇、情感篇、藝術篇謀章布局，構成了一個複雜的多側面的整體。」（引自該書內容提要）錢理群通過北大的課堂向北大學子傳播魯迅精神，但是他的富有個性和激情的魯迅研究所影響的不僅僅是北大學

子，而是社會上的眾多的青年。張夢陽在《中國魯迅學通史》中高度評價錢理群的魯迅研究，認為「他以這種嶄新的研究態度、話語系統和思維方式，開闢出了一個全新的魯迅世界，把經過自己生命體驗和熱血浸潤的全新的魯迅意象傳遞到了廣大青年心中。」在某種程度上也可以說，作為有良知的一代學人的代表，錢理群已經成為八十年代以來溝通魯迅和當代青年的橋樑，為繼承和發揚魯迅精神做出了重要的貢獻。

在學院派的魯迅研究之外，一些民間的魯迅研究者在八十年代也陸續出版或發表了一些魯迅研究論著，其中以詩人林賢治的《人間魯迅》為代表。

林賢治的《人間魯迅》分為《探索者》、《愛與復仇》、《橫站的士兵》三部，他認為魯迅既不是「純粹思辨的哲人」，也不是「革命黨之驍將」，而是「把自己消磨在思想啟蒙的漫長而無止境的工作之中」的「精神界之戰士」，同時，魯迅也是「人之子，人所具有的他都具有」。張夢陽在《中國魯迅學通史》中指出林賢治在書中「以散文的抒情筆調，富有詩意的描寫了魯迅這位『人之子』在創作、社交、婚姻、愛情、友誼等不同層面的人間感受和心靈歷程。」林賢治的這部著作出版於 1989 年和 1990 年，雖然在出版之初曾經受到批判，但是仍然是眾多的魯迅傳記之中寫得最好的傳記之一，不僅深受讀者的歡迎，分別在 1998 年和 2004 年修訂再版，而且得到了學術界的高度評價。魯迅博物館研究館員王得後認為《人間魯迅》「有見解，有思想，有激情」。林賢治不僅「注意到了魯迅的人間性或平民性，注意到了魯迅完全是為老百性的生存溫飽以及發展在考慮問題」，而且「認識到魯迅鬥爭的深刻性和堅定性，把魯迅塑造為一個『橫站的士兵』」。北師大教授王富仁認為：「林賢治這部《人間魯迅》在魯迅研究史上的意義和作用，就是把一個政治系統中的魯迅和學院派語言系統中的魯迅，還原為一個人間魯迅；通過魯迅一生具體的人生選擇和文化選擇，來解剖他作為一個人在人生經歷中的價值和意義。把魯迅堆積為思想文化史上的一個人來瞭解是必要的，但更重要的是把魯迅作為一個人，作為一個健康的、發展的有著自己獨立的選擇的中國現代人來認識」。（引自《人間魯迅》出版座談會的發言記錄）

3、紀念魯迅的活動

（1）紀念魯迅誕辰一百週年大會

1981 年 9 月 25 日，魯迅誕生一百週年紀念大會在人民大會堂隆重舉行。

據新華社報導：

黨和國家領導人胡耀邦、葉劍英、趙紫陽、陳雲、華國鋒、彭真、鄧穎超和各界代表共六千多人出席。人民大會堂主席臺正中懸掛著魯迅的巨幅畫像，主席臺對面的橫幅上會寫著：「魯迅是中國文化革命的主將，他不但是偉大的文學家，而且是偉大的思想家和偉大的革命家。魯迅的方向，就是中華民族新文化的方向。」內山眞野、路易・艾麗、井上靖和夫人、許與極、康斯坦丁・基利茲、哈桑・邁庫利、喬西、內山嘉基和夫人、飯島春敬和夫人、露阿夫人、卡什費、瓦爾特・考爾、威廉・萊伊爾、萬徒勒里，以及各國駐華使節、專家、記者，旅日臺灣籍著名作家陳舜臣、香港《文匯報》副總編輯曾敏之等應邀出席了紀念大會。

紀念大會由魯迅誕生一百週年紀念委員會主任委員鄧穎超主持。大會在莊嚴的國歌聲中開始。鄧穎超首先代表魯迅誕生一百週年紀念委員會對參加紀念大會的各國朋友，對參加紀念大會的各方面的同志表示熱烈歡迎和感謝，對各國人民和人民團體發來的賀電表示衷心的感謝。鄧穎超說，「這次紀念魯迅誕生一百週年的活動，規模之大，地區之廣，是空前的；紀念的形式多種多樣，豐富多彩。這充分說明了魯迅的深遠影響和紀念他的偉大意義。我相信通過紀念活動，將進一步繼承和發揚魯迅的革命戰鬥精神，進一步促進我國社會主義精神文明的建設」。

中共中央主席胡耀邦在大會上講話。胡耀邦高度評價了魯迅的歷史地位和偉大功績。他說，「現在，我們隆重集會，紀念魯迅誕生一百週年，就是要學習他的革命精神，紀念他爲中國人民建樹的不朽功勳」。

胡耀邦在講話中強調指出，「魯迅是通過長期的實際鬥爭和獨立思考而接受共產主義世界觀的，所以他的信仰是非常堅定的。魯迅的革命精神是那種鼠目寸光、稍受挫折就灰心喪氣的人所不能比擬的，也是那種對革命抱著不切實際的幻想，以爲一革命就應當出現『極樂世界』，否則就嘲笑以致咒罵革命的人所不能比擬的。魯迅沒有在組織上加入共產黨，但他是個眞正的馬克思主義者、共產主

義者」。

胡耀邦說，「魯迅是偉大的愛國主義者，又是偉大的國際主義者。他十分重視中外文化的交流，用很大精力吸收外國的進步文藝」。

胡耀邦在講話中再次強調，「幾年來，我們黨一直肯定，現在仍然肯定，文藝戰線的絕大多數領導者和文藝工作者都是站在正確的立場上，做了辛勤的努力，文藝工作是很有成績的部門之一。但是，在充分肯定文藝戰線的主流的同時，我們也指出了文藝工作中同時存在著某些不健康的、消極的，有害於人民的東西。前年冬天和去年春天，我們黨曾爲此發表了一系列的意見，並且同文藝界的同志們進行了多次親切的討論，進一步提出了繁榮文藝的許多建議。可惜的是，我們黨的一些帶根本性的重要意見，沒有引起文藝界同志的充分注意」。

他說，「要促進文藝的健康發展，正確地開展批評和自我批評是十分必要的。現在的情況是，好些優秀的作品，得不到應有的發揚，而某些很壞的作品，則得不到有力的批評和譴責。對好作品和不好的作品，都缺乏馬克思主義的科學地分析和評論」。

他說，「黨中央已經並將繼續精心指導全黨，對於文藝界、理論界、出版界、新聞界發表過嚴重錯誤言論的人們，採取分析態度，區分不同的情況，加以正確對待」。

他說，「幾十年來的經驗告訴我們，在人民內部，唯一有效的方法就是恢復和發揚我們黨歷來行之有效的批評和自我批評的優良作風。我們要一步一步地恢復和發揚這種作風，先黨內後黨外，先幹部後群眾，經過一段時間，使我國人民人人都學會使用這個武器，正確運用這個武器」。

胡耀邦最後強調指出，「我們黨鑒於歷史的教訓，決不會拋棄忠於黨、忠於人民、忠於偉大事業的同志，也決不會拋棄犯了錯誤而願意改正的同志。總之，我們的路途遙遠，道路艱險，我們必須緊緊地手拉著手，心連著心前進！我們還必須加強同各國進步文藝界思想界的友好往來，吸取他們的一切優良成果，並同他們一起，共同爲世界和平和人類進步事業而攜手並進」。

在經過「文革」之後，特別是在粉碎「四人幫」之後，思想文化領域出現了一些與中央政策有所違背或牴觸的思想傾向，「文藝工作中同時存在著某些不健康的、消極的，有害於人民的東西」，爲了及時地、大力地清除這些可能影響到共產黨的領導、社會主義制度的穩固和改革開放政策的實行的不良思想傾向，中共中央舉行了紀念魯迅誕辰一百週年的大會，目的是統一思想、統一認識，清除意識形態領域出現的種種不良傾向，推動社會主義精神文明建設。從胡耀邦的講話可以看出，他結合國內、國際的形勢強調魯迅是愛國主義者和國際主義者，「是個眞正的馬克思主義者、共產主義者」，主要是以魯迅爲旗幟號召國內的知識分子特別是文藝工作者要像魯迅那樣擁護中國共產黨的領導，擁護社會主義制度，擁護改革開放的政策。胡耀邦在講話中還重點闡述了中共中央對當前文藝領域出現的不良傾向的處理意見，指出：「決不會拋棄忠於黨、忠於人民、忠於偉大事業的同志，也決不會拋棄犯了錯誤而願意改正的同志」，明確要求那些犯了錯誤的同志盡快改正，回頭是岸，否則就不是人民內部的矛盾，而是階級矛盾了。

魯迅誕生一百週年紀念委員會第一副主任委員周揚在紀念大會上作了題爲《堅持魯迅的文化方向，發揚魯迅的戰鬥傳統》的長篇報告。周揚在報告中概述了魯迅的生平，分析了產生魯迅的歷史條件，魯迅思想的發展過程和魯迅的偉大貢獻，他說，「魯迅的道路，典型的反映了二十世紀中國優秀知識分子不斷追求眞理、不斷前進的道路，不斷地從愛國主義、民主主義走向社會主義、共產主義的道路」。

周揚說，「魯迅最卓越的歷史功勳是他在文化戰線上，以自己輝煌的戰鬥實績，爲整個中華民族的文化開闢了一個嶄新的方向。這個方向概括地說，就是民族的、科學的、大眾的方向。魯迅所代表的文化方向，並沒有隨著新民主主義革命的完成而過時，而將隨著社會主義現代化建設事業的前進而進一步發展和發揚光大。魯迅的方向，仍然是我們應當繼續堅持並加以發展的方向；魯迅的遺產，仍然是我們建設社會主義精神文明的寶貴財富，是我們中華民族文化前進道路上無可爭議的前導和明燈」。

周揚在談到繼承魯迅的戰鬥傳統，建設社會主義精神文明的時候強調指出，「我們要聯繫今天的實際，發揚魯迅的革命精神和科學精神，並將兩者很好的結合起來」。

周揚在報告中強調說，「以魯迅爲代表的中國革命作家藝術家們所開闢的

中國新文化的發展道路，是無比廣闊的，只要堅持黨的十一屆三中全會的路線和黨中央所指示的四項基本原則，認眞學習黨的六中全會所通過的《關於建國以來黨的若干歷史問題的決議》，堅持文藝爲人民服務，爲社會主義服務，毫不動搖地貫徹執行百花齊放、百家爭鳴的方針，用馬列主義、毛澤東思想武裝自己的隊伍，我們的文學藝術必將取得更光輝的戰績」。

周揚說，「我們今天隆重的紀念魯迅誕生一百週年，既是表達我們對魯迅的崇高敬仰，又是對我們國家的一代新人寄予一個殷切的希望。在我們的時代裏，已經湧現出一大批沿著魯迅等先輩所開闢的新文化方向前進的作家藝術家。但是，在我們工作中也存在不少缺點和錯誤，一部分文藝工作者有資產階級自由化傾向和其他錯誤傾向，沒有受到領導方面及時的應有的批評和鬥爭，文藝領導工作中的軟弱渙散狀態，急待克服。我們一定要在黨中央的領導下，正確地運用批評和自我批評的武器，發揚成績，克服缺點。我們堅信，在我們這樣一個具有悠久文明和歷史傳統的東方大國裏，一個嶄新的東方式的偉大的社會主義文藝復興一定會到來」。〔註 1〕

周揚作爲文藝界的領導人，他的講話重點是貫徹並落實胡耀邦講話的精神，因此他聯繫當時文藝領域中出現的一些錯誤傾向，對今後的文藝工作作出了指示，要求文藝工作者「要聯繫今天的實際，發揚魯迅的革命精神和科學精神，並將兩者很好的結合起來」；「要在黨中央的領導下，正確地運用批評和自我批評的武器，發揚成績，克服缺點」。

在魯迅誕生一百週年之際，全國各省、市、自治區按照中央的部署都舉行了紀念大會或其他形式的紀念活動，各省、市、自治區的黨政領導人都出席了紀念魯迅的活動並發表講話，極大的推動了學習魯迅、研究魯迅的工作。

（2）紀念魯迅誕辰一百週年學術討論會

紀念魯迅誕生一百週年學術討論會的籌備工作，從 1980 年 3 月就已開始，一直受到中央的重視和關懷。據新華社報導：「各地在有關部門的組織下，許多專業和業餘的魯迅研究工作者經過精心撰寫和認眞評議，向討論會提交了 160 多篇論文。這次學術討論會的規模之大，內容之豐富，是自從有了魯迅研究這門學問以來六十年中前所未有的。它充分表明我們黨和人民對這位偉大的文學家、思想家、革命家、世界文化偉人的崇高敬仰，和對他遺留給

〔註 1〕以上參見《首都隆重集會紀念魯迅誕辰一百週年》，《人民日報》1981 年 9 月
　　　　26 日。

我們的思想文化瑰寶的無比珍視，也充分表明我們文藝界、學術界、知識界對魯迅思想文化遺產的科學研究已經日益發展，具有了相當廣泛的規模和日漸提高的學術水平」。

1981 年 9 月 17 日上午，紀念魯迅誕生一百週年學術討論會在北京隆重舉行開幕式。

據新華社報導：

> 這次學術討論會是規模空前的一次魯迅研究工作者的盛會，是紀念魯迅誕生一百週年的主要活動。來自二十九個省、市、自治區的代表共一百六十多人參加了這次學術討論會。他們當中有長期從事魯迅研究的老專家，有中青年魯迅研究工作者，還有魯迅研究工作的組織者，魯迅研究論著的編輯、出版和翻譯工作者。

> 魯迅誕生一百週年紀念委員會主任委員鄧穎超、第一副主任委員周揚、副主任委員周建人、胡愈之、葉聖陶以及中宣部、中國社科院、文化部、中國文聯及各協會、對外友協的負責人朱穆之、廖井丹、賀敬之、李卓然、周巍峙、鄧力群、陳荒煤、傅鍾、林林等出席了開幕式。

> 參加開幕式的還有文化藝術界、學術界的一些老前輩。

> 中國社會科學院副院長梅益致開幕詞，他說，「魯迅的著作和思想，是我們民族最寶貴的文化遺產；魯迅的方向，是我們民族新文化的方向。我們今天建設高度的社會主義文化，魯迅仍然是我們的前導和明燈。我們對魯迅的研究，不僅關係到對魯迅本人的學識和貢獻的評價，而且關係到對中國新文化運動的評價，以及對中國民主主義革命的評價，關係到我們民族文化未來的前進道路。魯迅研究，在文學研究以及整個社會科學研究中佔有非常重要的地位。正因為這樣，如何使我們的民族科學的繼承魯迅的文化遺產，如何使我們的民族文化切實地沿著魯迅的方向前進，便成為我們每一個魯迅研究工作者光榮的戰鬥任務」。

> 梅益在談到近年來魯迅研究獲得新成果以後說，「為了促進魯迅研究進一步繁榮發展，我們應該更加努力學習，學習馬克思列寧主義的基本理論，學習文學、哲學、歷史學、社會學等各個科學領

域的基本知識，尤其重要的是還得學會善於掌握和運用馬克思列寧
主義的原理來分析具體問題，來從事研究工作」。

　　　　梅益在講話中強調說，「魯迅是偉大的文學家、思想家和革命
家。魯迅思想的革命性就是他的批評精神和戰鬥精神。在事物面前，
他堅持要「有明確的是非，有熱烈的好惡」；他還堅決主張「作者的
任務，是在對於有害的事物，立刻給以反響和抗爭，是感應的神經，
是攻守的手足。」「學習這些教益，學習和繼承魯迅的戰鬥精神，對
於今天我們面臨的思想戰線上的新任務，克服軟弱渙散的精神狀
態，批評資產階級自由化的錯誤傾向，深入地開展批評與自我批評，
都具有深刻的現實意義」。〔註2〕

從梅益的報告中可以看出，他強調魯迅研究在中國社會科學研究領域的重要
性，強調馬列主義對魯迅研究的指導作用，強調用魯迅的批評精神和戰鬥精
神來反擊思想戰線上出現的資產階級自由化傾向，這些基本上都是在進一步
強調胡耀邦講話的精神，不僅爲這次學術討論會定下理論基調，而且也從政
治上對魯迅研究界提出了明確的要求，爲今後的魯迅研究指明了方向。

（3）北京及全國各地的紀念活動

　　按照中央的統一部署，全國各地都在魯迅誕辰一百週年之際隆重舉行了
各種形式的紀念活動，各地的黨政軍領導人都參加了紀念魯迅的活動。據魯
迅誕生一百週年紀念委員會編印的《紀念委員會工作彙報》，可以看出北京及
全國各地舉行的紀念活動之隆重：

　　　　全國各省、市、自治區都準備召開紀念大會、組織紀念活動。
紀念活動的重點，是關於魯迅研究的學術討論和向廣大群眾進行學
習魯迅的普及宣傳。現將工作摘要彙報如下：

（一）首都的主要紀念活動

1、九月二十五日上午九時，在人民大會堂舉行六千多人參加的紀念
　　大會。由鄧穎超同志主持，胡耀邦同志致詞，周揚同志作報告。
　　現在大會的準備工作已經完全就緒。

2、從九月十七日開始，舉行全國性的魯迅研究學術討論會。十七、

〔註 2〕參見《紀念魯迅誕生一百週年學術討論會隆重開幕》，《人民日報》1981 年 9
　　　月 18 日。

十八兩天舉辦專題學術報告；十九、二十兩天分七個組進行專題
學術討論會，出席的專家、學者約三百人。二十一日到二十三日，
聽取魯迅研究學會工作報告和各組討論情況彙報；選舉魯迅研究
學會理事會。二十五日閉幕。

3、九月二十日開始，在美術館舉辦《紀念魯迅誕生一百週年美術、
書法、攝影展覽》；在魯迅博物館舉辦《魯迅生平展覽》和《魯
迅著作版本展覽》。展覽也已全部開幕。十九日，魯迅博物館已
經重新開館，開館前舉行了剪綵儀式。

4、九月中旬起，陸續安排在京演出單位的紀念演出共六臺：話劇《阿
Q正傳》（中央實驗話劇院）、芭蕾舞劇《祝福》（中央芭蕾舞團）、
評劇《祥林嫂》（中國評劇院）、話劇《咸亨酒店》（北京人民藝
術劇院）、歌劇《傷逝》、小舞劇《祝福》和雙人舞《傷逝》（中
國歌劇舞劇院）。全國同時放映電影：《魯迅傳》（文獻紀錄片）、
《傷逝》和《藥》。

5、《人民日報》、《光明日報》、《解放軍報》、《工人日報》、《中國青
年報》、《北京日報》等報紙和全國性文藝刊物，以及《人民中國》、
《中國建設》、《人民畫報》、《北京週報》等對外刊物都已陸續發
表介紹、論述、紀念魯迅的文章和作品，以配合開展紀念活動
（按：據不完全統計，國內各報刊共發表了約 2000 篇有關魯迅
的文章）。

6、中央人民廣播電臺、電視臺和北京人民廣播電臺、電視臺在紀念
活動期間，除及時報導有關新聞消息外，還將播放根據魯迅作品
改編的各種文藝節目、介紹魯迅生平及其作品的專題節目等。

7、大會之後，編輯出版《魯迅誕生一百週年學術討論會論文集》和
《魯迅誕生一百週年紀念文集》。

　　　在魯迅誕生紀念日之前，人民文學出版社出版十六卷本增訂
新版《魯迅全集》、《魯迅詩稿》袖珍本，並陸續重印、編印一批
回憶魯迅、研究魯迅的專書。

　　　外文出版局已出版《魯迅全集》四卷本增訂版，並將陸續出
版法文版《魯迅全集》第一卷；孟加拉文版《魯迅小說選》；英

文版《魯迅詩選》、《吶喊》；法文版《中國小説史略》；朝文版《魯迅傳》等八種。

截至目前，已知全國各出版社在今年將出版的魯迅著作和有關研究魯迅的論著、史料、資料等約五十——六十種。

8、七月三十日印發了《魯迅誕生一百週年紀念宣傳要點》和《魯迅簡介》，供各地的魯迅紀念委員會及報刊、宣傳部門參考。

向我國駐外使館（包括領事館共一百七十個）提供了一套四十幅的《魯迅誕生一百週年紀念展覽圖片》。向國內發行一套六十幅的展覽圖片。

9、紀念委員會設計製作了魯迅誕生一百週年紀念章；中國人民銀行發行魯迅誕生百週年銀幣；郵票公司將於九月二十五日發行紀念郵票、紀念信封等。

10、中國文聯、對外友協、中國作協還邀請了五十三名外賓，前來參加紀念活動。二十三日晚三單位領導同志還將舉行招待會。

（二）全國各地紀念活動

委員會秘書組編印了《簡報》，發送各地，交流了各地的紀念活動情況。全國各省、市、自治區均在當地黨委領導下，聯合有關單位組成了籌備紀念活動的機構，積極開展紀念活動。

根據已報來計劃的二十三個省、市、自治區的情況，絕大部分都將於九月二十日前後召開紀念大會。同時舉辦學術討論會、通俗講座以及魯迅生平、美術、書刊展覽，紀念演出，播放、放映電視、電影等；各地報刊發表紀念文章、出版有關魯迅研究的著作等，都做出了積極的安排。

各地的紀念演出也很豐富多彩。例如，上海越劇院的越劇《仙臺行》、《長歌當哭》；上海芭蕾舞團的芭蕾舞劇《魂》；浙江話劇團的《夢幻》；浙江紹劇團的《男吊、女吊、跳無常》；陝西秦腔《祝福》等等。目前已知全國將上演的紀念劇目有二十五個。

從這個簡報可以看出，按照中央的部署，國家有關部門爲紀念魯迅誕辰一百週年舉辦了許多的活動，也可以說，國內紀念魯迅誕辰一百週年的活動是在

中央的大力推動下才舉行的。中央大張旗鼓的舉行這些紀念活動的重點是「關於魯迅研究的學術討論和向廣大群眾進行學習魯迅的普及宣傳」，目的是以魯迅為旗幟來扭轉「文革」後思想領域和社會上出現的種種不良的思想傾向，以馬列主義毛澤東思想為指導，推動改革開放和經濟建設的發展。

（4）發行紀念魯迅的郵票

1981 年 9 月 25 日，為紀念魯迅誕生一百週年，郵電部發行了《魯迅誕辰一百週年》郵票，編號是 J67，全套 2 枚，主圖分別是青年時期留學日本和晚年的魯迅，茅盾在病中為這套紀念郵票題簽，這是茅盾一生的最後一件題字，十分珍貴。郵票設計者張克讓採用了魯迅生前最喜愛的藝術形式木刻版畫進行設計，選取了兩個在魯迅一生中有典型意義的鏡頭。其中第二枚「晚年時期的魯迅」，設計者選用了 1936 年魯迅在全國第二次木刻流動展覽會上的場面為背景，再現了魯迅先生的神采風貌：魯迅先生手夾捲煙，香煙嫋嫋，似乎在和許多木刻青年侃侃而談，指點著新文化運動的方向。這兩張郵票所塑造的魯迅形象已經擺脫了「文革」時期間出版的那兩套重點突出魯迅的革命精神的郵票的影響，重點表現魯迅的真實的精神面貌。

（5）建立魯迅文學院

1984 年，中國作家協會為了紀念魯迅，把在 1980 年恢復的中國作協文學講習所正式定名為魯迅文學院，成為中國第一所也是唯一的一所專門培養作家的教學機構，為新中國培養了大批作家：「新中國培養的最知名作家中起碼有半數以上經過了魯院的薰陶；半個多世紀以來，魯院共培養近 2000 名中青年作家，通過函授教育培訓了近 50000 名文學青年和數百海外華文文學寫作者」。「後來成為著名作家的馬烽、西戎、胡正、瑪拉沁夫、陳登科、鄧友梅、蔣子龍、張志民，葉文玲、韓石山、張抗抗、陳世旭、鄧剛、王安憶、莫言、畢淑敏、余華、劉震雲、談歌、關仁山、徐坤、邱華棟、刁斗、梅卓、孫惠芬、紅柯、柳建偉、祝勇等都曾在魯院就學」（引自該校的簡介）。

中國作家協會設立魯迅文學院，主要目的就是以魯迅為旗幟，號召中國作家要向魯迅學習，為建設社會主義精神文明作出貢獻。

（6）舉辦「魯迅與中外文化」學術討論會

為紀念魯迅逝世五十週年，中國社會科學院在 1986 年 10 月 19 日至 23 日舉辦了「魯迅與中外文化」國際研討會，來自國內外的 100 多位魯迅研究

專家出席了本次會議。這次會議確定「魯迅與中外文化關係」的主題，「一方面是適應我國對外開放方針政策的不斷貫徹執行和思想文化界文化研究熱潮興起及日趨深入的需要……另一方面也是適應整個魯迅研究工作自身不斷向綜合、宏觀和整體化研究方向發展趨勢及需要，努力使研究工作在思想觀念、審視角度、研究方法及認識結論上都有一些新的進步、變化和突破。」〔註3〕特別引人注目的是，竹內實、丸山升、伊藤虎丸、林毓生、李歐梵、卜立德、魯阿夫人、謝曼諾夫等國外著名的魯迅專家出席了這次會議，這也是國外魯迅研究專家首次大規模的出席在中國國內舉行的魯迅研討會。中央書記處書記胡喬木作了《魯迅對中外文化的分析態度》的報告，中國社科院文學研究所所長劉再復作了《沿著魯迅開闢的文化方向繼續探索》的主題發言。這次研討會在魯迅研究史上具有轉折意義：「把魯迅與中外文化的聯繫置於重要位置，打破了以中國現實政治為唯一參照系的研究模式，人們從不同的方面、不同的理論視野關照魯迅，形成了富有研究者個姓的魯迅形象」〔註4〕。此外，這次會議不僅在內容方面有新的突破，而且在方式上還進行了新的嘗試，如嚴格限制大會發言時間，發言者只講要點，設立大會發言評議人，當場對發言者進行質疑，這些國外學術會議上常用的方式都是在國內魯迅研究會議上首次採用。

這次會議在 1991 年紀念魯迅誕辰一百一十週年的大會上遭到了嚴厲的政治批判，被視為資產階級自由化思潮在魯迅研究領域的表現。〔註5〕

（7）建立魯迅公園

1989 年，為紀念魯迅，上海市將虹口公園正式改名為魯迅公園，成為國內第二個以魯迅命名的公園，與座落於公園中的魯迅墓和魯迅紀念館和附近的魯迅故居共同構成了紀念魯迅先生的重要場所，進一步促進魯迅精神的傳播。

（8）咸亨酒店重新開張

1981 年 9 月 14 日，為紀念魯迅誕辰一百週年，咸亨酒店在紹興魯迅路 44 號按照當年的格局重新開張，這開創了此後利用魯迅發展經濟的先河。1991～1992 年該店又重新擴建改造。

〔註3〕趙存茂《魯迅與中外文化學術討論會綜述》，《魯迅研究》第 12 輯。
〔註4〕汪暉《魯迅研究的歷史與批判》，《文學評論》1988 年第 5 期。
〔註5〕參見《空前的民族英雄》，陝西教育出版社 1996 年出版。

4、魯迅著作的改編與魯迅的藝術形象

魯迅著作的改編和魯迅藝術形象的塑造在魯迅誕辰一百週年之際達到高峰，不僅出現了多部由魯迅著作改編或表現魯迅的電影和劇目，而且也出現了眾多的美術作品。據不完全統計，為了紀念魯迅誕辰一百週年，各地就陸續上演了 25 個劇目，主要有上海越劇院的越劇《仙臺行》、《長歌當哭》；上海芭蕾舞團的芭蕾舞劇《魂》；浙江話劇團的《夢幻》；浙江紹劇團的《男弔、女弔、跳無常》；陝西秦腔《祝福》等。

（1）趙延年的木刻連環畫《阿Q正傳》

1980 年 8 月，上海人民美術出版社出版了趙延年創作的黑白木刻連環畫《阿 Q 正傳》，共有 58 幅圖，按照小說原文節錄分幅，左頁是魯迅小說節錄文字，右頁是有關圖畫。

趙延年在談到創作《阿 Q 正傳》連環畫的體會時說：「1968 年我在『牛棚』中讀到魯迅先生創作《阿 Q 正傳》成因的文章，文中說，中國不革命則已，再有革命，就會有阿 Q 式的革命黨，那怕是二三十年以後（大意）。讀到這一名言，深感魯迅先生對我國國民性中的阿 Q 精神，認識深刻之極，因為文革中的種種，正反映出這種『阿 Q』式革命黨的所謂造反。因此我想若有一天我還能拿起刻刀，我就要用形象來體現魯迅先生筆下的阿 Q 形象」。1972 年，趙延年開始恢復上課，並著手進行創作《阿 Q 正傳》插圖的準備。1978 年他正式動筆，在勾出一部分草圖後，便到紹興柯橋農村深入生活，在近半個月裏，他畫了許多人物形象、風景與道具等。在 1980 年初完成了黑白木刻連環畫《阿 Q 正傳》。

趙延年創作的阿 Q 像非常成功，他是以一位質樸、憨厚的紹興農民為原型，而後又雜以狡猾之徒的神情特點提煉而成。據版畫研究家李允經描述：「畫面上阿 Q 那眼神，呆滯中略露狡黠，愚蠢中略顯狡詐，鼻孔中堵塞著失敗的辛酸，微翹的下唇卻示人以精神勝利的醜態。分明是失敗後的走避，但卻默念著『兒子打老子』的口頭禪反顧對手，虛張聲勢。至於那額上的癩瘡疤，則是他永恆失敗的光榮標誌。」趙延年不僅用了超過全部畫作 1／4 的篇幅來重點刻畫阿 Q 的形象，而且幾乎連環畫中的每一幅圖畫都以阿 Q 的活動為中心作巧妙構圖，細緻畫出了阿 Q 喜怒哀樂的神態和他精神勝利法的特徵。

凌月麟評價說：「作品均以黑白對比強烈、運刀大膽簡潔、線條剛勁有力，

富有刀、木風味。對於阿 Q 形象，採用大平刀，以粗獷的刀觸，把他的形態
與神態雕刻的黑白色交相映襯，呈現出一種呼之欲出的立體感。而對趙太爺、
假洋鬼子則用大塊黑色。出版後，作者又修改重刻了 11 幅，增加了 2 幅，共
60 幅」。〔註6〕這套木刻連環畫在在藝術上取得了成功，此後又多次被許多魯
迅讀物作為插圖，進一步促進了魯迅著作的傳播。

（2）裘沙、王偉君的《阿 Q 正傳二百圖》

1981 年 7 月，為紀念魯迅誕辰一百週年，人民美術出版社出版了裘沙、
王偉君夫婦聯合創作的連環畫《阿 Q 正傳二百圖》，這 204 幅圖畫全部是素描，
大部分用木炭繪成，少部分用了木炭和油畫棒創作而成。

裘沙在「文革」中經歷了許多磨難，目睹了眾多的「阿 Q 相」和社會陰
暗面，由此萌發了創作阿 Q 美術作品的念頭，從 1974 年開始著手構畫草圖，
到 1980 年 2 月初應出版社之約，用了 70 個日日夜夜正式完成畫作。裘沙和
王偉君採用現實主義手法進行創作，別出心裁地使用了富有表現力的木炭素
描來描繪人物的表情和心理活動，從而使連環畫中許多畫面氣氛顯得抑鬱而
悲愴。在《〈阿 Q 正傳二百圖〉創作追記》中，裘沙和王偉君指出：「魯迅是
站在摸索國人靈魂的高度來塑造阿 Q 的，是站在揭示中國人生的高度來寫《阿
Q 正傳》的。」「《阿 Q 正傳》不是單純的悲劇，更不是單純的喜劇，他雖然
撕破了國人靈魂中無價值的東西，但正是這些無價值的東西毀滅了我們的魂
靈，甚至今天仍然要繼續滅著」。

凌月麟評價說：「《阿 Q 正傳二百圖》成功之處還在於作者用大量的紹興
地區的風土人情習俗，把畫面充實豐富起來，使作品具有濃鬱的鄉土氣息。
未莊街景、彎曲小河、小酒店、石拱橋、河埠頭、烏篷船、賭攤、喧鬧的露
天社戲、村外的尼姑庵、古色古香的招撫深宅大院、中西合璧的錢府屋宇等，
組成了一幅江南村鎮、水鄉的風俗畫，增添了畫面的生動性、形象性，使作
品充滿了地方色彩和生活情趣」。〔註7〕

但是，裘沙、王偉君也對魯迅的原作做了一些改動，例如，為了減弱阿 Q
的流氓氣，作者把小尼姑的年齡改小，而且用老鷹捉小雞的姿態，突出阿 Q

〔註 6〕凌月麟《美術作品中的阿 Q 形象——魯迅小說〈阿 Q 正傳〉六種插圖、連環
畫》，《上海魯迅研究》第 12、13 輯。
〔註 7〕凌月麟《美術作品中的阿 Q 形象——魯迅小說〈阿 Q 正傳〉六種插圖、連環
畫》，《上海魯迅研究》第 12、13 輯。

對弱小者報復的心理，這在一定程度上違背了魯迅原作的精神。

裘沙、王偉君的《阿 Q 正傳二百圖》出版後得到了國內外知識界的好評，不僅在 1981 到 1983 年先後到烏魯木齊、紹興等 8 個地方展覽，而且又在 1986 年紀念魯迅逝世五十週年之際赴日本東京和仙臺展覽，極大地促進了魯迅著作的傳播。他們後來又以魯迅作品為題材創作了《世界之魯迅和魯迅之世界》系列素描，又獲得了廣泛的好評。

（3）話劇《阿 Q 正傳》

為紀念魯迅誕生一百週年，陳白塵在 1980 年將《阿 Q 正傳》改編成電影劇本交給上海電影製片廠拍攝，1981 年，他應江蘇話劇團的邀請又將電影劇本改編成七幕話劇。1981 年第 4 期的《劇本》雜誌刊登了陳白塵的這個改編本上，8 月，中國戲劇出版社出版了劇本的單行本。在魯迅百年誕辰之際，中央實驗話劇院也在北京演出了陳白塵改編的七幕話劇《阿 Q 正傳》。

陳白塵在《〈阿 Q 正傳〉改編者的自白》一文中說：《阿 Q 正傳》「本身就存在著一切戲劇電影的因素」，「從故事發展編排來說，按照原著稍加剪裁就行了。」陳白塵按照小說中九個章節的順序將全劇分為七幕，另外增加了序幕，他把小說的前四章的內容進行了壓縮，並把最後一章的內容進行了擴充，增加了阿 Q 蹲監獄以及縣官、把總、白舉人等人「定案」的幾場戲。另外，陳白塵在劇本結構上採取了中國傳統戲劇的分場與話劇分幕相結合的方法，在通過戲劇的分場方法使地點和場景都隨阿 Q 的轉移而變化的同時，又通過分幕的方法把這些情節合併與歸攏。這樣處理不僅使得全劇的結構更加完整，而且也能更好地揭示出阿 Q 的悲劇。

陳白塵為了豐富和擴展劇作的社會背景，在原作中的人物的基礎上又從魯迅別的小說中移植了航船七斤、紅鼻子老拱、藍皮阿五、紅眼睛阿義等人物，這樣的處理不僅能更突出的刻畫出阿 Q 的麻木、愚昧形象，而且能更廣泛地揭露出封建意識對人民的迫害。

陳白塵認為「阿 Q 時代並未完全死去，阿 Q 的靈魂還在我們中間游蕩，只有槍斃了阿 Q 的靈魂，我們的四化才能實現。」為此，他在劇本中結合社會現實寫了大量的富有啟發性的解說詞來警示人們。例如劇中阿 Q 被槍斃後，加了解說詞：「阿 Q 死了！阿 Q 雖然沒有娶過女人，但並不像小尼姑咒罵的那樣斷子絕孫了。據我們的專家考證說，阿 Q 還是有後代的，而且子孫繁多，至今不絕……」這樣的處理不僅不違背原著的精神，而且更好的闡發了原著

的精神，是一種成功的創造。在演出時，有的劇團採用由扮演魯迅的演員來朗誦這些解說詞，有的劇團乾脆由扮演成當代人的演員來朗誦這些解說詞，這樣不僅增加了演出的吸引力，而且增加了劇本的現實意義。〔註8〕

（4）電影《阿Q正傳》

為紀念魯迅誕辰一百週年，上海電影製片廠拍攝了《阿Q正傳》，編劇陳白塵，導演范砀，攝影師陳震祥，阿Q由第一次上銀幕的上海曲藝團演員嚴順開扮演。

要忠實的表現出魯迅在《阿Q正傳》中的意思是比較困難的，魯迅在1930年10月13日《致王喬南信》中寫道：「我的意思，以為《阿Q正傳》，實無改編劇本及電影的要素，因為一上演臺，就只剩了滑稽，而我之作此篇，實不以滑稽或哀憐為目的，其中情景，恐中國此刻的『明星』是無法表現的。」但是，這部在陳白塵改編的劇本的基礎上拍攝的《阿Q正傳》基本上忠實於原著的精神，「試圖在喜劇性的場面中表現出阿Q的悲劇命運。它追求一種嚴肅而深沉的風格，追求寧可笨拙，不使油滑的藝術效果。它努力把握和強調阿Q的品性，成功地表現了阿Q的精神勝利法。對於阿Q式的革命，影片表現得淋漓盡致」。另外，「影片運用許多旁白，以保持原著的思想性和風格，形成了該片一個明顯的特點」（電影《阿Q正傳》簡介）。第一次演電影的嚴順開在影片中的表演非常成功，他不賣弄噱頭，不肆意誇張，成功地塑造出了阿Q形象。

影片在國內外都獲得了良好的反響，先後獲得1982年第2屆中國電影金雞獎最佳服裝獎（曹穎平），1983年第6屆《大眾電影》百花獎最佳男演員獎（嚴順開），葡萄牙1983年第12屆菲格臘·達·福茲國際電影節評委獎；獲瑞士1982年第2屆國際喜劇電影節最佳男演員「金手杖獎」（嚴順開）。另外，這部影片也成為第一部入選戛納電影節的華語影片，成為中國電影走向世界的一個里程碑。

（5）話劇《咸亨酒店》

為紀念魯迅誕辰一百週年，北京人民藝術劇院導演梅阡根據魯迅小說中的主要人物編寫而成了四幕話劇《咸亨酒店》，其中以《長明燈》，《狂人日記》

〔註8〕凌月麟《戲劇舞臺上的阿Q形象——魯迅小說〈阿Q正傳〉的六個話劇改編本》，《上海魯迅研究》第10輯。

和《藥》爲主，旁及《明天》，《孔乙己》，《祝福》和《阿Q正傳》中的人物，以反封建作爲貫穿全劇的主題。以長明燈作爲封建勢力的象徵，把單四嫂，祥林嫂等的悲慘命運和狂人的慘死，夏瑜的被殺這兩條線結合在一起，構成了戲劇的主要情節。在這部話劇裏，狂人、孔乙己、阿Q、祥林嫂等同時出現在舞臺上。「《咸亨酒店》像是一部吶喊的交響曲，發出了震撼心靈的力量。揭露了黑暗勢力，欺壓民眾的殘酷手段，同時向觀眾展示了一幅發人深思的生活畫卷」（引自該劇演出介紹）。梅阡希望通過演出，能把魯迅先生的精神和思想介紹給廣大觀眾。北京人民藝術劇院動用了最強的演員陣容，趕排了這個話劇。該劇後來也成了北京人民藝術劇院的經典保留劇目之一。

（6）四幕芭蕾舞劇《祝福》

爲紀念魯迅誕辰一百週年，中央芭蕾舞團演出了由蔣祖慧編導的四幕芭蕾舞劇《祝福》，主演郁蕾娣、武兆寧，魯迅筆下的著名人物祥林嫂由此第一次出現在芭蕾舞臺上，這不僅是魯迅著作首次改編成芭蕾舞劇上演，而且也是中央芭蕾舞團決心創立芭蕾舞的中國學派所取得的一個可喜成果，同時也是中國第一部注重心理描寫的芭蕾舞劇。編導蔣祖慧用芭蕾的形式塑造出了有情感深度的中國人形象，希望通過這部舞劇向愚昧、盲從的封建意識挑戰。

該劇「在尊重原著精神的前提下，充分發揮舞蹈的抒情性功能，把祥林嫂充滿悲劇性的人生遭遇，放在嚴酷、冷漠的現實和內心向善、渴望生活的激烈衝突與對比中去揭示，從而發揮了抒情悲劇的藝術感染力，收到了催人淚下的強烈效果。全劇的精華在第二幕，它通過群舞營造氣氛，交待戲劇性衝突的背景，運用獨舞、雙人舞揭示劇中人物的情感世界和命運，在充滿戲劇性的同時又不失去舞蹈的流暢與抒情，充分顯示了編導的藝術才華」。（引自該劇演出介紹）在1980年舉行的文化部直屬院團劇作觀摩評比中，該劇先後獲得編劇、表演一等獎，作曲、舞美二等獎。

（7）芭蕾舞劇《魂》、《傷逝》、《阿Q》

爲了紀念魯迅誕辰一百週年，上海芭蕾舞團創作並上演了根據魯迅小說改編的三部芭蕾舞劇《魂》、《傷逝》和《阿Q》。

芭蕾舞劇《魂》由朱國良、錢世錦創作，蔡國英、林培興、楊曉敏擔任編導，余慶雲、石鍾琴分別飾祥林嫂，歐陽雲鵬飾賀老六，孫加民飾祥林，董錫麟飾魯四老爺與閻王。劇情是：「祝福之夜。受盡了封建禮教摧殘的祥林

嫂被趕出了魯家大門。痛苦、悲憤和絕望使她產生了幻覺。她彷彿看到死去
的兒子阿毛來到了自己的身邊；她又進入地獄和賀老六見面。可是閻王鬼使
神差，拖出了祥林……地獄和人間一樣吞噬著祥林嫂破碎的心靈。幻覺消失
了，茫茫大雪，漫漫長夜，何處是她的歸宿呢？」

芭蕾舞劇《傷逝》由錢世錦創作，蔡國英、林培興擔任編導，歐陽雲鵬、
吳國民分別飾涓生，余慶雲、湯蘇蘇分別飾演子君 A、B。《傷逝》劇情是：「涓
生要走了。他要離開這曾給了子君和他歡樂、希望和愛的地方……一年前的
春天，他和子君是多麼幸福啊！現在，這一切都化作了無可追蹤的幻影──
『白的、黑的』縈繞在涓生心間……愛情凝固了，生活也不會永久是幸福和
安寧。感情的隔膜、黑勢力的逼迫使子君頹唐了，涓生也無能為力，於是只
有分離。涓生終於走了，他要去尋找新的生活」。

芭蕾舞劇《阿 Q》由錢世錦創作，蔡國英、林培興擔任編導，林建偉、
王國平分別飾阿 Q，余慶雲、施建芳分別飾吳媽，陳旭東飾趙太爺，劇情是：
「阿 Q 醒來了。他去賭錢，先贏後輸，十分懊惱。『精神勝利法』使他得到
解脫，他反敗為勝了。阿 Q 去做工，和吳媽有了一場『戀愛悲劇』。阿 Q 看
到了『革命』。然後，他也幻想『革命』。阿 Q 莫名其妙地被抓。他立即被處
死了」。

上海芭蕾舞團創作的這三部芭蕾舞劇獲得了成功。杜宣在《祝魯迅作品
改編舞劇成功》一文中說：「上海芭蕾舞團為了紀念這位文學大師，將他初期
的著名小說《傷逝》、《祝福》和《阿 Q 正傳》改編為舞劇。這種勇於探索、
敢於創新的精神，我們是十分讚賞的。」「芭蕾舞團的編導家們編演出魯迅先
生的名著，使我國的觀眾通過他們所熟悉的子君、涓生、祥林嫂、阿 Q 等典
型人物來熟悉芭蕾舞的語言；同時芭蕾舞劇又可以通過魯迅名著的偉大影響
擴大觀眾面。我相信，這一創舉對我國舞劇的發展將會起著歷史性的作用」。
〔註9〕拾鳳在《最好的紀念》的一文中指出：「《魂》和《傷逝》都給人以清新
感，特別是《阿 Q》，簡直有點喜出望外。因為它既是芭蕾，確又是中國民族
氣派的芭蕾。阿 Q 的扮演者林建偉和舞劇的編導們顯然都是屬於『從零開始』
的革新派人物，他們敢於冒『砸鍋』的危險，一定要通過《阿 Q》的創作和演
出，為芭蕾民族化積累一點經驗或教訓。沒有一股振興中華的氣魄是不可能
的。他們運用了民族戲曲的許多好東西，對阿 Q 這個人物的手、眼、身、法、

〔註9〕 杜宣《祝魯迅作品改編舞劇成功》，《上海舞蹈藝術》1981 年第 3 期。

步進行了逐步研究和探索，使芭蕾舞壇上終於亮出了一顆中國氣派的阿 Q『星座』」。〔註10〕

（8）歌劇《傷逝》

為紀念魯迅誕辰一百週年，王泉、韓偉根據魯迅的同名小說改編了歌劇《傷逝》，人民音樂家施光南作曲。這部歌劇不僅是首部由魯迅的作品改編成的歌劇，而且也是中國歌劇史上的一部重要作品，在中國歌劇史上首次以西洋美聲歌劇形式表現了中國舊時代的城市小知識分子的普通生活，同時也是中國第一部抒情心理歌劇。《傷逝》的旋律流暢優美，其中的主要唱段如《一抹夕陽》、《紫藤花》、《不幸的人生》等經常成為音樂會及聲樂比賽的演唱曲目。中國歌劇舞劇院在魯迅誕辰一百週年之際演出了歌劇《傷逝》，程志飾演涓生，殷秀梅飾演子君，演出受到觀眾的好評：「《傷逝》歌劇對歌劇形式的探索極有實踐意義。既有統一的藝術構思，全劇又極為協調，顯示獨特的革新精神……」；「這個歌劇忠於原著濃鬱的抒情性，形成了一種抒情詩式的風格……」

（9）電影《藥》

1981 年，長春電影製片廠出品了電影《藥》，劇本由肖尹憲和呂紹連創作，呂紹連擔任導演，梁音飾演華老栓，陳國軍飾演夏瑜。

影片對魯迅的原著進行了改編，增加了對夏瑜的正面描寫，把夏瑜描寫成教書先生，增加了他刺殺了滿清巡撫和在獄中賦詩的情節，這樣的改動是為了突出革命者的反抗性，增加影片的革命色彩。

（10）電影《傷逝》

1981 年，北京電影製片廠拍攝了電影《傷逝》，導演是水華，主演是王心剛和林盈。《傷逝》作為魯迅的短篇名作，是一部以第一人稱敘事詩化小說，有著濃鬱的抒情性和哲理性，是熔知識分子問題和婦女問題於一爐的作品。「影片忠實於原著的精神，揭示出涓生和子君在悲劇發展中不同的性格特徵，涓生從清醒、實際走向冷漠、寡情，子君則從平庸麻木變得格外脆弱。他們的悲劇表明，個人奮鬥的道路是走不通的，知識分子問題和婦女問題歸根結底是一個社會解放問題。該片還力求體現原著的藝術風格和特色，以『涓生的手記』貫徹始終，用涓生富有感情的內心獨自來反映它，大量出現回憶、幻想、幻覺等主觀鏡頭，細膩地表現人物的感情波瀾，從而使之帶有強烈的

〔註10〕拾鳳《最好的紀念》，《上海舞蹈藝術》1981 年第 3 期。

抒情色彩，並使作品保持了原小說沉鬱、凝重的藝術風格」。（引自《傷逝》
影片簡介）

水華執導過《白毛女》、《林家鋪子》，此前在藝術上一貫遵循革命現實主
義道路，但是他在《傷逝》中轉向徹底的內心探索，使用了大量意識流的手
法，使之成爲一部直抒胸臆的中國心理片。該片在上映之後獲得了良好的反
響，先後獲得 1982 年第 2 屆中國電影金雞獎最佳攝影獎、最佳剪輯獎（傅正
義）和文化部 1981 年優秀影片獎。

（11）紀錄片《魯迅傳》

1981 年，中央新聞紀錄電影製片廠爲紀念魯迅誕辰一百週年而拍攝了彩
色文獻紀錄片《魯迅傳》，這部影片的主要創作人員都是新影廠的青年藝術工
作者：王相武擔任編導、費龍擔任攝影、李寶樹擔任作曲、黃金鐸擔任製片，
另外特約了著名電影表演藝術家孫道臨擔任影片的解說。主創人員在廣泛徵
求各方面的意見後形成了如下共識：「毛主席對魯迅關於偉大的文學家、思想
家和革命家的歷史評價，是經得起歷史考驗的」，但「魯迅先生也和歷史上所
有的偉大人物一樣，是人不是神。是在他那個時代和社會現實中產生的有血
有肉有極其豐富感情的偉人，完全不是孤立存在的。」在這一思想的指導下，
影片按照魯迅的生平順序，以魯迅的「橫眉冷對千夫指，俯首甘爲孺子牛」
這一詩句作爲主線，選取了許多的實拍鏡頭和大量的歷史文獻及生動的影像
資料，用七十多分鐘的片長概述了魯迅光輝的一生。

影片在展現魯迅「橫眉冷對千夫指」的一面時，重點突出魯迅在上海時
期的鬥爭業績，但是，影片受到「左」傾思潮的影響把胡適、梁實秋等人放
在國民黨御用文人的敵對立場上，解說爲「胡適、梁實秋爲代表的新月派作
爲國民黨反革命文化圍剿的急先鋒，向魯迅發難，圍剿革命文藝」。這就把魯
迅和他們的鬥爭認定爲政治問題，有悖於歷史事實。

在展現魯迅「俯首甘爲孺子牛」的一面時，影片不僅用較多的時間表現
魯迅和中國共產黨黨人及革命青年的密切關係，而且也用較多的時間表現魯
迅和許廣平的愛情及家庭生活，突出魯迅作爲普通人的一面。影片抓住中共
中央在 1980 年爲瞿秋白徹底平反的事件，及時地運用較多的文獻和實物資料
展示了兩人互爲知己的深厚友誼。影片還大膽的用盛開的紅色木棉花來象徵
魯迅與許廣平戀愛的成熟，用魯迅、許廣平和海嬰的三幅合影和上海魯迅故
居二樓臥室的實景配上《答客誚》、《贈許廣平》兩首詩稿來表現魯迅的家庭

生活。但是，影片沒有提及魯迅和周作人的決裂以及魯迅和原配夫人朱安的舊式婚姻，另外，也沒有提到魯迅與當時還未平反的胡風之間的友誼，這些都是美中不足的。

值得讚揚的是，影片突破了 1956 年拍攝的《魯迅生平》紀錄片在意識形態方面的不足，以歷史唯物主義的觀點清除了「文革」的流毒，基本恢復了歷史的原貌。在表現 1956 年魯迅靈柩遷葬儀式的歷史場面中，在「文革」中遭到迫害的周揚、巴金等文化界領導同志都有清晰的特寫鏡頭。

另外，影片在藝術上也有突出的特點：不僅「巧妙利用電影技術、美術、音樂、語言等藝術表現手段，將寫實記錄與虛擬象徵的手法有機結合，使影片畫面豐富多彩、生動逼真、情景交融。增加了表現力度與藝術魅力，加強了可視性和吸引力」，而且「將字幕、襯景、音樂、聲音集中於一個畫面，以推動劇情發展，表達影片的主題。影片的十多條字幕，均疊印在實拍的場景畫面或文獻實物資料上，配上音樂與解說，使字幕「活」起來，用魯迅自己的話講他一生的思想轉變歷程與主要業績，清晰地展現在觀眾面前，給人以形象化的啟迪和教育。」〔註11〕

（12）紀錄片《魯迅誕辰一百週年》

1981 年，中央新聞紀錄電影製片廠設置了紀錄片《魯迅誕辰一百週年》，介紹了 1981 年 9 月在北京、上海、浙江等到地紀念魯迅誕生一百週年活動。王相武擔任編導，趙連方等擔任攝影，王麗琴擔任解說。

（13）電視劇《魯迅》

1982～1983 年，浙江電視臺攝製了 4 集電視連續劇《魯迅》，童汀苗、史踐凡編劇，史踐凡導演，王宏海和壬若荔主演，這是國內拍攝的首部以魯迅為主人公的電視劇。該劇再現了魯迅少年時代的生活經歷，描述了魯迅在 13 歲時經歷祖父因科場舞弊案被判罪入獄，父親也因在考場被扣，革了秀才的功名，從此一病不起，周家由此陷入了困境的經過。魯迅出入於當鋪、藥店，並遭到人們的白眼，他由此認識了那個社會的人情世態。該劇獲得了成功，先後獲得第三屆全國優秀電視劇飛天獎特別獎和第一屆《大眾電視》金鷹獎特別獎。

〔註11〕 凌月麟《魯迅業績在銀幕上的再現》，《上海魯迅研究》2005 年春季號、秋季號。

5、關於魯迅的論爭

（1）關於魯迅死因的論爭

1984 年的 2 月 22 日，上海魯迅紀念館邀請上海九家醫院的 23 位肺科、放射科專家審讀魯迅先生在 1936 年 6 月 15 日拍攝的 X 光片，這 23 位專家、教授組成的「魯迅先生胸部 X 光片讀片會」做出的「臨床討論意見」是：「根據病史摘錄及 1936 年 6 月 15 日後前位 X 線胸片，一致診斷爲：（1）慢性支氣管炎，嚴重肺氣腫，肺大皰；（2）二肺上中部慢性肺結核病；（3）右側結核性滲出性胸膜炎。根據逝世前 26 小時的病情紀錄，大家一致認爲魯迅先生死於上述疾病基礎上發生的左側自發性氣胸。」這是首次科學地確定魯迅致死的病因，糾正了此前魯迅死於肺結核的錯誤說法。

5 月 5 日，《南京日報・週末》刊登了南京圖書館紀維周的《揭開魯迅死因之謎》一文。紀維周引用了周建人的說法，指出須藤醫生是具有侵略性質的日本在鄉軍人會的副會長並經常在電話裏講關於中日之間交涉與衝突的情況。在魯迅去世後不久，有人就曾在密信中告訴周建人，魯迅不是死於肺病，而是被日本醫生所謀害。紀維周還指出須藤醫生的誤診、延遲治療及治療報告與實際不符等情況，並表示「這真是一個謎，使人疑惑不解」。

紀維周的文章在國內外引起了較大的反響，日本的主要報刊在 13、14 日紛紛報導了紀文的相關消息，並陸續刊發了日本學者質疑紀文的文章。6 月 4 日，日本《朝日新聞（夕刊）》刊發了專攻內科醫學和魯迅病史的專家泉彪之助質疑紀文的文章《魯迅死因》。泉文認爲，須藤與魯迅的友誼是深厚的，彼此之間十分信賴。據須藤的治療記錄和增田涉的回憶，可以看出魯迅之死，決不是因注射針藥後急速惡化所致，而是肺結核與肺氣腫併發之故，這一結論與紀文的論斷不吻合。泉文最後指出，以魯迅的病狀推論，即使在醫學發達的今天，根據日本胸部臨床治療紀錄，其死亡率也達到百分之二十八點六。須藤醫生未能成功的挽救魯迅的併發症，應是無可指責的。紀文對於魯迅有深誼的須藤，一個深得民譽、醫德高尚的須藤作如是之斷，令人難以苟同且深感遺憾。6 月 14 日，該刊又發表了竹內好的《歷史的認識與繼承的重要性》一文，竹內好認爲，根據當時有關魯迅的紀錄，醫療水平，魯迅身體的衰弱情況，應該說，須藤是盡了全力，魯迅的真正死因應該是不難做出判斷的。竹內好強調，魯迅死因新說的提出以及對其質疑，顯然是中日兩國之間不幸歷史悲劇的後遺症。當今中日友好氣氛中還罩有陰影，這是日本方面應該認識的。

7月21日，蔡瓊在《團結報》發表了《魯迅先生並非死於肺病》一文，再次提出「魯迅先生的突然病故，曾引起人們的懷疑」，有人在密信中要求周建人調查須藤。須藤的下落不明及與實際情形不符的醫療報告「給人們留下了一個難解的謎」。

8月25日，《團結報》發表了北京魯迅博物館魯迅研究室陳漱渝撰寫的《日本讀者對於魯迅死因的看法》一文，報社在「編者按」中強調：「指出魯迅先生並非死於肺結核，而是死於氣胸。這是一個可以研討的醫學課題，但由此而引申到當年治病的須藤醫生有什麼責任，是沒有根據的。現在發表魯迅研究室陳漱渝同志的文章，以正視聽。」陳漱渝首先介紹了紀維周、蔡瓊的觀點，然後介紹了日本學者泉彪之助和竹內好質疑紀文的觀點，最後公布了周海嬰就魯迅死因委託他所作的說明：「紀維周的文章，對魯迅的死因進行推測，但未提供任何新的確鑿的史料，不能代表中國魯迅研究界的看法，也不能代表他本人的看法。」

8月26日，日本《朝日新聞（朝刊）》以「魯迅兒子周氏否定魯迅之死與日本原軍醫有關的論點」的標題迅速報導了陳漱渝文章的觀點。

9月8日，《南京日報・週末》刊登了批評紀維周的文章，編者在按語中指出：「紀氏的文章發表後，國內部分魯迅研究者來信指出，紀氏的懷疑沒有根據，特別是魯迅之死與霍元甲之死相提並論是不妥當的。我們認為這一指責是正確的。本報刊登紀實的文章時缺乏慎重的態度」。

9月12日，日本《朝日新聞（夕刊）》以「魯迅死因之謎的論爭可以中止了——中國報紙刊登了自我批評」的標題報導了《南京日報・週末》刊登自我批評的消息，並指出「魯迅之死的論爭大致可以終止了」。

9月23日，上海魯迅紀念館副館長楊藍在《解放日報》發表《關於魯迅胸部X線讀片會始末》一文，文章強調，「前一時期，有的報刊發表文章，從讀片會懷疑到魯迅的死因，從魯迅的死因又引申到對日本須藤醫生的譴責是沒有根據的。這既不實事求是，更有悖於科學態度。」

至此，這場關於魯迅死因的論爭因為政治和外交的因素而被強行終結了，紀維周作為論爭的發起人也受到了不公正的政治批判，蔡瓊甚至為此失去了工作。重新審視這場在八十年代發生的論爭，可以看見當時的魯迅研究不反受到國內極「左」勢力的政治干擾而且也受到國際政治形勢的極大影響。

（2）關於《雜文報》和《青海湖》雜誌批評魯迅文章的論爭

1985年8月6日，河北出版的《雜文報》第45期刊登了安徽銅陵財經專科學校一學生化名「李不識」撰寫的《何必言必稱魯迅》一文，文章說：「一提到雜文，本本書都是講魯迅，章章都講魯迅，有兩本書中關於雜文的章節從頭到尾，從寫作理論到舉例，全是魯貨，大有非魯迅無雜文可言之勢。……靜靜的揣摩，大概是被『魯化』了吧，只是這些魯貨，一章兩章，一本兩本書倒還不錯，搞得太多，實難令人歡迎。」李不識認為「我們要學的是他作文的一些基本原理和方法，只是要學他作文的『精髓』，並非『凡是魯迅先生說過的都對』，更不是『雜文的事只有魯迅先生說的正確』」。

同月，《青海湖》雜誌刊登了邢孔榮的論文《論魯迅的創作生涯》，文章按照丹納的理論把魯迅的創作分為三個時期：「準備時期」（1906～1918）；「創造時期」（1918～1925）；「衰退時期」（1925～1936），認為魯迅在「準備時期」「這個時期的文學活動實質上只是習作」，而魯迅「把文學作為工具，這本身就是錯誤的」，「這一切一切注定了魯迅先生早期文學活動失敗的命運」；魯迅在「創造時期」的創作中，《吶喊》和《彷徨》中除了《故鄉》和《祝福》是上乘之作外，其餘的作品都是「泛泛之作或充數之作」，《野草》價值更在「《吶喊》和《彷徨》之下」；魯迅在「衰退時期」創作的《故事新編》是「油滑」的「三流之作」，《朝花夕拾》「不是真正的文學創作」，雜文「首先是為了吃飯，其次是唯理傾向日益嚴重，再其次是論戰的需要」，「隨著時間的推移與環境的改變，他的絕大多數雜文將會失去存在的價值」，而魯迅的翻譯更是「不堪卒讀」。

邢孔榮在基本上全盤否定了魯迅的文學創作之後強調：「無論是中國文學史還是世界文學史，無疑會記載著魯迅先生的名字，但是與這名字聯繫在一起的將是一位作為人的藝術家，而不是一尊作為神的偶像。重新認識魯迅先生是歷史的必然。如果我們這一代人不這樣做，下一代人也會這樣做的，何況我們這一代人現在才開始這樣做，客觀上，為時已經晚了。」

這兩篇先後刊出的文章因為對魯迅的不屑和否定在社會上引發了強烈的反響，林默涵、舒展和王得後、袁良駿、陳漱渝等魯迅研究界的學者先後撰文批駁兩文的觀點。隨著事態的發展，這兩篇出於青年逆反心理而寫作的批評魯迅的文章開始被上升到意識形態的高度進行批判，《雜文報》和《青海湖》雜誌都受到了一定的政治壓力，相繼在自己的報刊上進行了自我批評，這場論爭風波由此也逐漸平息下來。回顧魯迅論爭史可以看出，魯迅在生前就曾

多次受青年的猛烈挾擊，而李不識和邢孔榮批評魯迅的觀點充分所映出八十年代的部分西方思潮影響下所產生的逆反心理，這種對魯迅不屑的觀點當然就當予以批評，但不應該被上升到政治批判的高度。

（3）關於王富仁博士論文的論爭

1985 年，王富仁以《中國反封建革命的一面鏡子──〈吶喊〉〈彷徨〉綜論》獲得了中國第一個魯迅研究博士學位，也是中國第一個中國現代文學研究博士學位。

王富仁在論文中響亮地提出了「回到魯迅那裡去」的口號，力圖否定魯迅研究中的先定的政治意識形態前提，他指出：以毛澤東同志對中國社會各階級政治態度的分析爲綱，以對《吶喊》、《彷徨》客觀政治意義的闡釋爲主題的粗具脈絡的研究系統，是一個變了形的思想圖式。王富仁在論文中認爲：反封建思想革命是《吶喊》、《彷徨》產生的歷史時期的「本質」，魯迅那時的思想追求和藝術追求最完整、最集中地體現了這個時代的本質需求，因而《吶喊》、《彷徨》是中國反封建思想革命的鏡子。

這篇論文在答辯之前以「提要」的形式發表了一部分內容，引起了學術界的爭論，在答辯之後又引起了更大規模的爭論，並遭到了一些左派學者的猛烈抨擊。汪暉在《魯迅研究的歷史批判》一文中指出：「圍繞著王富仁博士論文而引起的一次次爭議恰恰證明了這種聯繫的政治意識形態性質：論爭經常不是來自對魯迅精神的基本理解，而是來自政治意識形態領域──是馬克思主義的還是非馬克思主義的？是毛澤東對中國歷史的概括正確，還是王富仁的概括更切實際？」〔註 12〕可以說，汪暉的這段評論明確指出了這次論爭的關鍵所在。

（4）關於《魯迅研究的歷史批判》一文的論爭

1988 年，汪暉在《文學評論》第 5 期發表了《魯迅研究的歷史批判》一文，對中國魯迅研究的歷史進行了反思與批判。汪暉指出：魯迅研究長期受政治意識形態的制約，「政治意識形態作爲一種無所不包的解釋性理論，構成了魯迅研究基本的分析和評價的工具和尺度」，「魯迅研究的基本任務就在於對這個神聖的、絕對的『方向』和『規律』的論證」，「按著權威的意識形態需要來塑造魯迅」，「一切與這種權威意識形態需要不相適應的存在，無論其

〔註 12〕汪暉《魯迅研究的歷史與批判》，《文學評論》1988 年第 5 期。

多麼明顯與重要，不是被抹殺，就是被歪曲」，「反覆徵引魯迅的特定條件下的某些思想和用語，他的言論被剝離開他的整個精神結構而作為抽象的準則，並實用主義的加以運用」。

對於新時期的魯迅研究，汪暉也提出了批評，他指出：「新時期魯迅研究在突破原有的對魯迅的理解與評價的同時，仍然繼續了一系列未加證明即作為前提使用的命題、概念和價值判斷。更引起人注意的是，在一些重大的、具有某種突破意義的成果中，我們仍然發現了那種簡單的決定論思維模式，其根本特點就是它的先驗性，它的概念與尺度的絕對權威性，它的概念系統與魯迅自身的思想內容的分離性」。〔註13〕

在八十年代反思歷史的背景下，汪暉對魯迅研究歷史上錯誤現象的批判具有重要意義，不僅標誌著魯迅研究方向的轉折，為魯迅研究指明了正確的方向，而且也在一定程度上促進了中國現代文學界乃至文化界對歷史傳統的思考。經過八九政治風波之後，國家開始清理整頓思想領域的各種思潮。在這樣的背景下，《文學評論》1990年第6期刊登了辛平山從政治意識形態的角度批駁汪暉的文章《究竟要塑造什麼樣的魯迅形象？》，文章指出：汪暉的文章對毛澤東「抱著攻擊和否定的態度」，「反覆強調的魯迅前期那些孤獨寂寞乃至悲觀絕望之類的思想情緒」，「極力美化魯迅當年那些思想情緒，誇大他在魯迅思想精神中的地位，把它置於他的『階級的民族的和黨派的情感和思想之上』，這不正是不折不扣的對魯迅的『抹殺』和『歪曲』嗎？」文章強調：「幾十年來在魯迅研究領域裏固然也有『左』的干擾，但並沒有把魯迅研究的基本任務限制在對他思想發展方向和規律的論證」，這顯示出汪暉對歷史缺乏最起碼的「粗淺的瞭解」。而汪暉「把研究者的個性和『生命體驗』提高到了決定一切的地位，作為衡量任何研究成果的價值的最高準則，甚至用以代替研究對象的本質及其內在規律，這是在鼓吹個性萬能論和個性決定論，我們說這是資產階級極端個人主義和惟我主義的表現」。〔註14〕

這場論爭雙方的觀點基本上代表了魯迅研究領域中的兩種處於對立狀態的思潮流派，在當時的時代背景下，魯迅研究試圖擺脫政治意識形態控制的努力沒有獲得成功，這導致九十年代初的魯迅研究一度處於政治意識形態的嚴密控制之下，極大地影響了魯迅研究的健康發展。

〔註13〕汪暉《魯迅研究的歷史與批判》，《文學評論》1988年第5期。
〔註14〕辛平山《究竟要塑造什麼樣的魯迅形象？》，《文學評論》1990年第6期。

6、境外的反響

　　1981 年，爲了紀念魯迅誕辰一百週年，在中國對外文委和駐外大使館的推動下，世界各地相繼舉行了紀念魯迅的各種活動，據對外文委對外宣傳司一處的統計，有亞、歐、非、美和大洋洲的 35 個國家舉辦了各種類型的報告會、展覽會，放映電影，出版紀念刊物以及在中學裏舉行以魯迅和中國文化爲題材的文章比賽等多種形式紀念魯迅誕辰一百週年。

　　國家大力推動國外紀念魯迅誕辰一百週年的活動的目的很明確，就是落實對外改革開放的政策，以魯迅爲媒介來進行文化外交，擴大與外國的文化交流，展示「文革」後中國新的國際形象，從而進一步促進中國與各國的友好關係。

（1）日本的反響

①日本的紀念魯迅誕辰一百週年的活動

　　1981 年 9 月 25 日下午和晚上，日本「世代」劇團在東京演出了戲劇家霜川遠志編寫的話劇《阿 Q 正傳》和反映魯迅在仙臺醫專留學時期生活、學習、鬥爭情況的話劇《眼裏人》，並在劇場內展出了魯迅生平圖片。此後，該團攜帶魯迅展覽圖片到日本各地巡迴展出。

　　同日，仙臺市「魯迅先生顯彰會」在仙臺魯迅碑前舉行紀念會。當天晚上，仙臺市各界人士 300 多人聽取了評論家尾崎秀樹和著名作家水上勉介紹魯迅的演講。兩人都高度評價了魯迅在中國文化界起到的偉大作用。我國駐日本使館臨時代辦和正在日本留學的魯迅之孫周令飛等也應邀出席了紀念活動。在這之前，我駐日使館把一套魯迅圖片贈送給該會。當日，仙臺市還舉辦了魯迅展覽，展出了魯迅給日本友人的信件、照片和魯迅在仙臺留學時的成績單等展品共 250 多件。

　　9 月 26 日，長崎縣佐世保魯迅研究會、佐世保文化協會在該市圖書館共同舉辦紀念魯迅的講演會和圖片、書籍展覽會。

　　日本的媒體在魯迅誕辰一百週年之際也製作了相關的節目或報導。日本廣播協會（NHK）在 9 月 25 日下午 8 時，播放了由中國中央電視臺協助拍攝的介紹魯迅及紹興歷史、風光的電視節目約 50 分鐘。日本產經新聞系統的富士電視臺在 9 月 26 日下午 1 點 25 分播放了「大和製片公司」村田大而拍攝的《魯迅和日本人》紀錄片。《北海道報》、《朝日新聞》、《讀賣新聞》、《每日

新聞》、《東京新聞》、《日本與中國》、《河北新聞》、《日中文化交流月刊》等報刊都發表了有關紀念魯迅的消息和評論。

另外，北海道地方報紙《北海道時報》社主辦了魯迅生平圖片展覽，從市立圖書館和北海道大學副教授丸尾常喜處借來了魯迅著作、文獻和研究魯迅的著作共 200 多冊以及我國發行的魯迅紀念郵票進行展覽。在 15 天的展覽中，有 4120 人參觀。展覽結束後又到箚幌等 5 個城市繼續巡迴展出。展覽期間，日本中國學會在北海道大學召開了紀念魯迅誕生一百週年的報告晚會，日本全國各地的魯迅研究者及學生共 300 多人參加。

在魯迅誕辰一百週年期間，中國駐大阪總領事館舉辦了紀念魯迅誕生一百週年座談會，日本的魯迅研究者和一些學習漢語的學生出席，座談會介紹了魯迅的著作和生平，同時展出了魯迅的圖片。大阪府日中友協、京都府日中友協也分別舉辦了魯迅紀念活動，展出了魯迅生平圖片。

②日本魯迅研究的新進展

進入八十年代，日本的魯迅研究又取得了一些重要成果。

1981 年，林田愼之助出版了《魯迅與古典》一書，從魯迅輯錄的《嵇康集》、《會稽郡古書雜集》和撰寫的《中國小說史略》、《漢文學史綱要》等著作以及魯迅對陶淵明、莊子、明清小品的論述來研究魯迅與古典文學的關係；次年，今村與志雄出版了《魯迅與三十年代》一書，研究晚年魯迅的思想；1983 年，伊藤虎丸的代表作《魯迅與日本》由朝日新聞社出版，伊藤虎丸強調魯迅是「尊重精神，尊重個性」的「自由的個人」；1985 年，片山智行出版了《魯迅的現實主義》一書，從理論上考察魯迅對儒家的批判，指出魯迅從中國歷史的進步和解放中國人的頭腦提出問題。1986 年，藤井省三撰寫的《魯迅——故鄉的風景》一書由平凡社出版，指出魯迅是屹立於永久的看客之中，「爲了愛不毛的人類不惜磨耗一己」的悲壯的「超人」。這些研究成果的出現顯示了日本魯迅研究的轉向。

③成立「福山市魯迅研究會」

1982 年 5 月，「福山市魯迅文學研究會」由日中友好協會成員白澤龍郎主持創立，在 30 多名會員中，不僅有專業研究者，而且還有一些不同職業、不同年齡的魯迅愛好者。會長白澤龍郎說：「我們學習魯迅文學，就是要在自己的生活經驗的基礎上去理解魯迅，藉以擴大自己的生活圈子，改變自己的生活內容。這個方向也就是有助於我們在當今日本的環境裏，向魯迅思想靠攏

的方法之一。」該會確定了以研讀魯迅作品和交流學習心得爲主要活動內容，以聯繫實際，開闊眼界爲學習方向的宗旨。例如研讀《狂人日記》和《故鄉》時，曾組織會員體會魯迅所指出的「吃人」的社會關係，並結合自家的婆媳關係、對待老人和青少年教育等問題。他們這種結合現實生活理解魯迅作品的目的，爲的是瞭解魯迅思想和發揚魯迅精神。這種學習魯迅的方法在魯迅文化史上也是很獨特的，這不僅表明魯迅對國外的進步知識分子產生了重要影響，而且也對普通的魯迅著作愛好者的日常生活產生了一定的影響。〔註15〕

④演出關於魯迅的劇作

1984 年，爲促進日中友好和文化交流，應中國有關部門的邀請，霜川遠志對《眼裏的人》劇本進行了修改，改名爲《藤野先生再見》來華演出，在北京和上海的演出都獲得了良好的反響。霜川遠志持之以恆的創作有關魯迅的劇作，對在日本傳播魯迅作出了重要的貢獻。他說「通過這個辦法，雖然是緩慢的，但能逐漸地使更多的日本青年瞭解魯迅」。

（2）韓國的反響

①魯迅對韓國八十年代民主運動的重要影響

李泳禧（1929～　）是韓國民主運動的元老和精神領袖，有「韓國的魯迅」之稱，他通過閱讀竹內好等人翻譯成日文的魯迅作品瞭解到魯迅，並從魯迅的生平、思想以及社會實踐中開始吸收精神營養。在《魯迅和我》（1988）一文中，李泳禧描述了自己讀到魯迅《〈吶喊〉自序》中關於「鐵屋子」的論述時所受到的震驚：「當我在這個從各方面來說都和蔣介石統治下的中國有共同之處的朴正熙政權統治下煩悶苦惱之際，我讀到了魯迅的這句話。我彷彿聽到墳墓裏的魯迅對我說。我恍然大悟，精神爲之鼓舞。我頓時領悟到我應該幹什麼，並立刻下定了決心。我人生的方向和目的便在一瞬間被決定了。我感悟到我人生的一切就是爲了讓那些被盲目的、狂熱信從的、非理性的反攻主義所麻痺的人們盡早覺醒，就是我來糾正他們的錯誤意識。」

李泳禧還撰寫文章向韓國民眾介紹魯迅，他在《從魯迅看今天的我們》（1991）一文中指出：「魯迅在中國近現代史上的功績是不可估量的。在魯迅的諸多活動中，我能夠介紹給這個社會的只是其中很少的一部分，即：我所介紹的是在中國 1910 年至 30 年代那個黑暗而混亂的社會裏，作爲思想家、

〔註15〕江小蕙《日本福山市魯迅研究會》，《魯迅研究動態》1985 年第 2 期。

評論家並將其思想複製與實踐的知識分子的魯迅。」

在介紹魯迅的同時，李泳禧開始用魯迅的雜文筆法來批判韓國社會，他使用魯迅的雜文筆法撰寫了大量的抨擊韓國社會的文章，這些文章對韓國的青年產生了重要而深遠的影響，許多青年因此而走上了反抗法西斯政權爭取民主的運動之中。在《吾師魯迅》（1995）一文中，李泳禧明確指出：「如果說我的著作和我的思想、我對人生的態度對當代青年們起到了這樣的影響，那麼這個榮譽應該歸於現代中國作家、思想家魯迅。」「在過去近四十年的歲月中，我以抵制韓國現實社會的態度寫了相當分量的文章，這些文章在思想上與魯迅相通。因此，如果說我對這個社會的知識分子和學生產生了某種影響的話，那只不過是間接地傳達了魯迅的精神和文章而已。我親自擔當了這一角色，並以此為滿足。」〔註16〕

通過李泳禧的介紹與實踐，魯迅對韓國八十年代的民主運動產生了非常重要的影響，使一批進步青年投身於韓國民主運動之中。

②魯迅研究取得了豐富成果

進入八十年代，在韓國軍事獨裁政權的統治時期，韓國的魯迅研究衝破了意識形態的阻力呈現出了一個突飛猛進的時期，不僅出現了以金銘壕的《魯迅小說研究》和朴宰雨的《魯迅的時代體驗與文學意識》為代表的 60 多篇研究魯迅的文章，而且日本重要的魯迅研究著作如丸山升的《魯迅評傳》和《革命文學論戰中的魯迅》以及竹內好的日譯本《魯迅全集》六卷本也陸續被翻譯成韓文。

據韓國學者朴宰雨介紹：

> 到了 20 世紀七十年代與八十年代，在軍事法西斯統治與財閥獨佔的局面之下，雖然收到經濟急速長成效果，但是權力與企業勾結、權錢交易、資本與勞工的對立深化、貧富懸殊、一般民眾處於殘酷而黑暗的情況、腐敗蔓延等各種社會病態現象更加嚴重。在這樣的情況下，魯迅的作品首先得到讀中文的一些年輕學生與研究者的強烈共鳴。這班人多站在從魯迅文學思想、社會事件中借鑒而打開韓國現實黑暗的立場，不願違反禁忌，猛烈開展了介紹與研究工作。不過，上世紀八十年代與九十年代初在世界史上發生大變動，

〔註16〕朴宰雨《韓國七八十年代的變革運動和魯迅》，《韓國魯迅研究論文集》，河南文藝出版社 2005 年出版。

這對魯迅研究的社會需求方面，雖然給與一些消極影響，但是韓國的魯迅研究也已經進入了成熟的發展階段，在研究數量與質量上達到了前所未有的地步。最近幾年裏，研究魯迅的論文不斷登載於《中國現代文學》等各種學報，而且，韓國學者的研究專著與中日學者魯迅專著的翻譯書，以及各種魯迅作品的翻譯書不斷出現。〔註17〕

③對韓國美術的影響

1980 年 5 月光州民眾起義之後，韓國的一些青年美術家在思考美術對於民族發展的作用時發現了魯迅。在八十年代中期，俞弘濬撰寫了《魯迅的民眾美術運動》、《魯迅美術評論選》等文章，李太昊撰寫了《恢復民眾情緒與民族的藝術樣式》、《八十年代美術運動的成長與木版畫》等文章開始介紹魯迅的美術理論和現代中國的美術運動，這兩位美術家對魯迅的介紹引起了韓國青年畫家的熱烈的反響，韓國的木版畫運動也由此活潑的開展起來。〔註18〕

（3）德國的反響

1980 年 1 月 10 日到 23 日，萊布尼茲文化交流協會在西柏林國家圖書館舉辦了德國歷史上的第一次魯迅展覽，這次展覽是北京魯迅博物館到挪威舉辦魯迅展覽之後到歐洲大陸巡展的第一站。為配合展覽，卡雷娜・尼霍夫、卡爾・海因茲・楊森等一些作家、學者還撰寫了一些向普通讀者、觀眾介紹魯迅的文章。展覽結束後又到一些大學和文化機構巡迴展覽，這極大地促進了魯迅在德國的傳播。同年，佛羅里安・迪斯巴赫翻譯的魯迅雜文集以《長城》為名出版，收錄了魯迅的 21 篇雜文。

進入八十年代，德國的魯迅研究有了進一步的發展。1986 年 10 月 17 日到 19 日，波恩大學舉行了紀念魯迅逝世五十週年的學術討論會，與會的學者提交了 15 篇論文，這些論文後來以《百草園》為名出版。這次會議的另一個重要成果就是與會的德語世界研究魯迅的學者們決定借紀念魯迅逝世五十週年之機創建「魯迅研究中心」，這也標誌著德語世界魯迅研究開始走向系統化和綜合化。波恩大學的顧彬教授擔任研究中心負責人之一，他發起組織了六卷本《魯迅選集》的翻譯工作，希望集中德語世界魯迅研究專家的力量系統

〔註17〕 朴宰雨《韓國七八十年代的變革運動和魯迅》，《韓國魯迅研究論文集》，河南文藝出版社 2005 年出版。
〔註18〕 金河林《魯迅和他的文學在韓國的影響》，《韓國魯迅研究論文集》，河南文藝出版社 2005 年出版。

的把魯迅著作翻譯成德語，從而推動魯迅在德語世界的傳播和德語世界的魯
迅研究工作。〔註 19〕

（4）美國的反響

1981 年 8 月 23 日至 28 日，在加利福尼亞州蒙特雷太平洋叢林的濱海會
議中心，舉行了爲期 6 天的「魯迅及其遺產」的學術討論會。這次會議得到
美國社會科學研究委員會和美國學術研究團體委員會的支持，由美國印第安
那大學副教授李歐梵、伯克利大學教授西里爾‧伯奇（中文名白之）、威斯康
辛大學教授林毓生、密執安大學教授哈麗特‧米爾斯（中文名密含瑞）等共
同發起籌備組織的。

來自英、加、澳、中、日以及以色列的中國文學研究者和魯迅研究者近
30 人出席會議，提交論文 20 多篇。美國學者有 14 人，因故未到的西德學者
提交了書面發言。中國學者蕭軍、吳祖緗、戈寶權、濮良沛四人出席。會議
議題共分爲八個方面：1、魯迅其人；2、中國對魯迅的研究；3、魯迅與現代
中國文化與政治；4、魯迅與中國文學；5、魯迅與世界文學；6、魯迅與現代
中國美術；7、魯迅及其繼承者；8、魯迅及其遺產。

會議期間還舉行了魯迅書展，陳列了各種文字的魯迅著作集研究魯迅的
論著 300 多種，展出中國版畫家新作的魯迅畫像；16 卷本的新版《魯迅全集》
也引起與會者的很大的興趣。

這次會議的召開，不僅展示了西方魯迅研究的最新成果，而且有力的推
動了西方魯迅研究的進一步發展。這次會議的論文集以《魯迅及其遺產》爲
名在 1985 年出版，其中的多篇論文被翻譯成中文在中國出版、發表，對中國
的魯迅研究產生了一定的影響。

（5）蘇聯的反響

蘇聯在魯迅誕辰一百週年之際也舉行了多次紀念活動。

1981 年 9 月 14 日，蘇聯科學院東方研究所、遠東研究所、高爾基世界文
學研究所、莫斯科大學亞非學院以及蘇中友協聯合舉行科學會議，漢學家艾
德林等九人在會上作了關於魯迅生平和創作的報告；17 日，蘇對外友協、蘇
中友協和蘇聯作家協會聯合舉行紀念魯迅晚會，蘇聯作家協會書記、蘇中友
協副主席費德林作報告，晚會後由一些著名演員演出的文藝節目中，有魯迅

〔註 19〕曹衛東《德語世界的魯迅研究》，《魯迅研究月刊》1992 年第 6 期。

散文《秋夜》的朗誦和中國民間樂曲演奏等，並展出了魯迅生平圖片。中國駐蘇大使楊守正夫婦等應邀出席晚會；21 日，蘇聯文化部、蘇中友協和外國文學圖書館聯合舉辦紀念魯迅的書畫展覽，展出了該館收藏的魯迅作品和有關魯迅的照片、木刻畫等。蘇中友協理事、遠東研究所索羅金博士作報告。

　　蘇聯的媒體也在魯迅誕辰一百週年之際播放有關魯迅的節目或刊登了紀念魯迅的文章。9 月 21 日，蘇聯電臺組織了 50 分鐘的專題節目，簡要介紹魯迅的生平，朗讀了《故鄉》、《祝福》等作品；25 日，蘇聯中央電視臺播放了 45 分鐘的節目，內容有漢學家費德林、艾德林介紹魯迅生平和創作，以及科學會議、紀念會、展覽會的部分內容，還有一名演員朗誦了《孔乙己》、《聰明人和傻子和奴才》等文章。

　　《眞理報》、《文學報》、《蘇聯文化報》等蘇聯的主要報刊都發表了紀念魯迅的文章。《眞理報》在 9 月 25 日刊登了索羅金撰寫的《藝術家、思想家、戰士》一文來紀念魯迅，索羅金在文章中結合中蘇兩國的形勢暗中諷刺中國，他指出：「魯迅在其思想發展過程中從不停步，如果他的觀點經不住現實的檢驗，他能勇於修正；他滿腔熱情、孜孜不倦的尋求著生活本身提出的問題的答案。他就這樣認識了馬列主義眞理，成爲中國革命文化的旗手，蘇維埃國家堅貞不渝的朋友。」

　　索羅金還在紀念魯迅的另一篇論文《藝術家的不朽業績》（《遠東問題》1981 年第 3 期）提出了魯迅遺產問題，他說：「爲什麼在魯迅的生命和創作道路已經結束了將近半個世紀之後，他的作品還在引起讀者和研究家的濃厚興趣呢？什麼使魯迅在今天還對我們如此珍貴呢？」「這是由於魯迅不僅是深刻的現實主義者和偉大的人道主義者，而且還是進步與革新的堅定的捍衛者，以及熱烈的愛國主義者和堅強的國際主義者。正是在這裡我們看到了他的活動和留下的遺訓的意義。」

　　另外，9 月 24 日，中國駐蘇使館舉行電影招待會，放映了《傷逝》，50 多位蘇聯貴賓出席。

（6）法國的反響

　　1981 年 12 月 5 日，經巴黎第八大學魯迅研究小組負責人米歇爾・露阿夫人倡議，在法國對外關係部資助下，法國魯迅研究小組和法中友協舉辦了魯迅誕生一百週年的晚會。中國學者陳湧和意大利學者安娜・布雅蒂、西德學者顧彬等人應邀參加。

　　紀念晚會在蓬皮杜文化中心舉行，中國駐法大使姚廣出席。法國對外關係部文化關係司文明史交流處處長卡沃伊、法國的魯迅研究者、中國文學愛好者、漢學家、友好人士及華僑等 200 多人出席。米歇爾・露阿夫人介紹了魯迅的生平和魯迅的散文。陳湧作了《從〈阿 Q 正傳〉引起的爭論》報告，安娜・布雅蒂作了《論魯迅的詩》報告，顧彬作了《魯迅筆下的中國女性》報告。接著放映了電影《魯迅傳》。會場外則展出了魯迅生平圖片和魯迅著作。為配合上述活動，鳳凰書店在同日上午舉行了魯迅討論會，米歇爾・露阿夫人、陳湧、安娜・布雅蒂、顧彬和 60 多位讀者見面座談，回答了讀者的各種問題。

　　12 月 6 日，法中友協馬賽分會也舉辦了紀念魯迅的晚會，一百多人參加。米歇爾・露阿夫人、陳湧分別作了介紹魯迅的報告。次日上午，陳湧還到艾克斯昂布魯斯大學和中文系的同學舉行關於魯迅的座談會，並在當晚與馬賽作家、教授及文化界人士十多人會面，討論有關魯迅和中國文學的話題。

（7）聖多美・普林西比的反響

　　1981 年 10 月 2 日到 5 日，中國駐聖多美・普林西比使館在聖多美市中心的「弗朗西斯科」閱覽室舉行舉辦了紀念魯迅誕生一百週年的圖片和書籍展覽，這也是拉美國家首次舉辦關於魯迅的展覽。

　　據對外文委國外紀念魯迅活動簡報報導：「在三天的展覽中，共接待觀眾 2200 多人次。其中有政府官員、農業工人、教師、學生、士兵、警察、商店職工、家庭婦女、華裔等，在這些人群中有由兒孫攙扶前來的八十多歲的老人，有在年輕丈夫陪同下的分娩不久的產婦，有坐著輪椅車的殘廢人，更有離市區二十公里以外的農民，有的人還參觀了二、三次。川流不息的觀眾使展廳顯得十分擁擠」。

　　有 100 多人在留言簿上簽名留言。一位 15 歲的中學生在留言簿上寫道：「魯迅永遠活在、銘刻在鬥爭中的進步國家人民心中。他的理論、容顏將永遠鼓舞著中國人民，特別是文學家、哲學家、知識分子和無產階級。」還有人寫道：「中國人民的偉大戰士魯迅、偉大的文學家、思想家、革命家永垂不朽！」有的人為了表示紀念魯迅，將魯迅的名字印在自己的上衣上，作為鼓舞自己前進的力量。

　　從上述報導中可以看出，這次展覽不僅反映出拉美國家的人民對魯迅的熱愛，而且也在一定程度上反映出第三世界的人民對魯迅的認識與理解。

（8）印度的反響

1981 年 9 月 21 日晚上，印度德里電視臺在《電視雜誌》欄目中播放了魯迅誕生一百週年專題節目，節目有電視台臺長助理卡姆萊夏爾主持，在簡單介紹中國古代文化背景後，詳細介紹了魯迅的生平，把魯迅和高爾基、普列姆昌德並稱，稱三人為反對貧困，為人類正義而鬥爭的戰士。節目後半部分是對作家和魯迅作品的研究者、翻譯者的採訪，節目最後還朗誦了魯迅的詩及散文片斷。

印地文文學半月刊《薩利卡》出版了一期紀念魯迅的專輯，其他刊物也發表了紀念魯迅的文章。各地友好組織、大專院校、文化團體、作家組織也陸續舉辦紀念魯迅的活動。

11 月 9 日，尼赫魯大學舉行了《魯迅生平圖片展》和「文學診治社會病端」的魯迅學術討論會。這次魯迅展覽是北京魯迅博物館製作的，出席展覽開幕式的有作家、教授、編輯、記者以及印度外交部、國防部的人士 200 多人。中國駐印度大使申健從增進兩國人民的友誼和改善兩國關係的角度進行演講。11 月 10～11 日，「文學診治社會病端」魯迅學術討論會舉行，40 多人發言，我國學者王士菁作了報告。一些學者指出魯迅是「被壓迫人民的忠實代言人」，是「在半封建半殖民地被壓迫人民中間產生出來的作家」，他「為民族的獨立和人民的解放，堅決地、徹底地進行反帝反封建的鬥爭。」認為「像魯迅一樣一生堅持奮鬥到底的作家，在世界上是罕見的。」

12 日晚，中國駐印使館舉行電影招待會，放映了《傷逝》。印度各界人士 200 多人出席。

（9）澳大利亞的反響

1981 年 9 月，澳大利亞的一些學校舉辦了紀念魯迅誕生一百週年的活動。

澳大利亞國立大學舉辦了魯迅展覽會和魯迅學術討論會，展出了魯迅圖片、魯迅作品版本、魯迅生前用品的複製品、紀念魯迅的郵票等共 100 件。魯迅學術討論會由該校遠東歷史系舉辦，60 多位學者出席，有 9 位學者作了專題發言：《魯迅與古文》、《魯迅與章炳麟》、《魯迅與瞿秋白》、《魯迅與周作人》、《魯迅與胡風》、《魯迅與尼采》、《魯迅對詩歌形式的運用》、《魯迅在南方》、《中華人民共和國對魯迅的宣傳》等，會議期間，中國駐澳使館舉行電影酒會，放映了《傷逝》；悉尼大學也舉辦了魯迅報告會，並放映了《傷逝》。9 月 21 日到 10 月 9 日，悉尼大學圖書館又舉辦了魯迅生平圖片及其著作展覽，

展出該館收藏的全部魯迅著作，該校東方語系也在 9 月 21 日舉行了魯迅學術報告會，並在 25 日放映電影《祝福》；格里芬斯大學舉辦了魯迅圖片展和中國電影週，放映了《傷逝》等影片；新南威爾士州新英格蘭大學舉辦魯迅生平圖片展；麥考里大學舉辦了魯迅圖片和著作展覽。

另外，新南威爾士州民族電臺介紹了魯迅簡歷和悉尼大學舉辦魯迅圖片和著作展覽的消息。悉尼東風書店在 11 月 24 日放映了電影《傷逝》，並在 25 日舉行魯迅報告會。

（10）意大利的反響

80 年代，意大利的魯迅研究取得重要的突破。1981 年，安娜・布雅蒂翻譯的《魯迅的詩作和詩論》一書由意大利百科全書研究所出版，收錄了魯迅的詩作 63 首，以及論及詩歌的文章和書信 9 篇，這是魯迅詩作首次大規模的被譯成外語出版，打破了「西方的漢學家對魯迅詩作幾乎一無所知」的歷史。安娜・布雅蒂在書中還撰寫了長篇的《〈魯迅的詩作和詩論〉序言》，在國外學者中首次系統地論述了魯迅的詩歌創作，她指出：「魯迅從中國古典詩歌所具有的無比豐富的形象寶庫中吸取養料，但把當代帶有關鍵性的象徵置於這些形象方法之上。」

同年，為了紀念魯迅誕辰一百週年，意大利文化界知名人士和漢學家組成了「紀念魯迅委員會」，先後舉行了多次紀念活動。9 月 29 日，在羅馬佛克羅來博物館舉行了紀念魯迅的大會；12 月 18 日到 19 日，意大利「中國研究協會」又舉行魯迅研討會，安娜・布雅蒂等 6 位漢學家宣讀了研究魯迅的論文。

（11）香港地區的反響

1981 年，香港地區發生了刪節巴金紀念魯迅文章的風波，在很大程度上反映出香港地區的一些報紙還處於極左的勢力控制之下。

7 月下旬，巴金為了紀念魯迅誕生一百週年而撰寫了《懷念魯迅先生》一文，他先把文章交給《收穫》雜誌，待出了清樣後，又把文章寄給香港《大公報》，讓編輯在他開設的「隨想錄」專欄中發表，但是這篇文章在發表時卻被編輯刪得面目全非，不僅文章中與「文化大革命」相關或略有牽連的句子都被刪掉了，而且文章中提到魯迅先生的名言：「一條牛，吃的是草，擠出來的是奶和血」也被刪掉了，原因是「牛」可能與「文革」中的「牛棚」有關。

巴金非常憤怒這種把文字上綱上線的「文革」遺風，在《鷹的歌》一文中記敘了他的《懷念魯迅先生》被《大公報》編者刪改的經過，並以停寫「隨感錄」專欄表示抗議，後來好不容易才肯恢復續寫。巴金後來在《隨想錄合訂本》序中指出：「絕沒有想到《隨想錄》在《大公報》上連載不到十幾篇，就有各種各類嘰嘰喳喳聲傳到我的耳裏。有人揚言我在香港發表文章犯了錯誤；朋友從北京來信說是上海要對我進行批評；還有人在某種場合宣傳我堅持『不同政見』。點名批判對我已非新鮮事情，一聲勒令不會再使我低頭屈膝」。後來，巴金要求香港三聯書店在出版《隨感錄》時把《鷹的歌》內文抽起，只保存目錄，以向極「左」思潮表示抗議。直到 1988 年，香港版的《隨想錄》才完整的收入《鷹的歌》一文。

7、小結

　　為了清除「文革」的不良影響，整頓思想文化領域出現的軟弱渙散現象和資產階級自由化傾向，中共中央隆重舉行了紀念魯迅誕辰一百週年的紀念大會和學術研討會，希望以魯迅為榜樣號召文化界擁護中國共產黨的領導，擁護改革開入政策，自覺抵禦資產階級自由化思潮，徹底清除「文革」的不良影響。同時，也以魯迅為媒介進一步推動文化外交，向國際社會展示中國的新形象，打破「文革」時期閉關鎖國所造成的不良國際影響。

　　在中共中央的大力推動下，魯迅研究成為國內的顯學，湧現出一批批優秀的中青年魯迅研究專家，不僅有力地推動了魯迅研究，而且在很大限度上促進了思想解放，有力地清除了「文革」造成的不良影響。國外的魯迅研究與國內的魯迅研究也形成了良好的互動關係，進一步促進了魯迅在國外的傳播與研究工作。但是因為八九政治風波，官方強化了對意識形態領域的控制，魯迅研究也遭到了重大挫折，在九十年代初被作為資產階級自由化的典型之一受到嚴屬的政治批判。不過，八十年代取得的魯迅研究成果，以及由魯迅著作改編而成的眾多影視劇和劇作、美術作品等仍然在魯迅文化史上佔有重要地位，並發揮著深遠的影響。

十一、「進一步學習和發揚魯迅精神」
——九十年代的魯迅文化史
（1990 年～1999 年）

　　九十年代初，爲了清理八十年代以來國內出現的資產階級自由化的思潮，中央在 1991 年魯迅誕辰一百一十週年之際隆重舉行了紀念魯迅的大會，明確以魯迅爲榜樣和武器來扭轉思想文化戰線的政治方向，魯迅也因此再次被請上了聖壇。但是隨著市場經濟的發展，在市場經濟大潮的衝擊下，九十年代中後期官方又逐漸把魯迅邊緣化，魯迅研究也逐漸陷入低谷。在九十年代末，一些新生代作家和批評家又掀起了批判魯迅的熱潮。這一切都表明魯迅已經開始走下了聖壇。

1、魯迅著作的出版

　　進入九十年代，全國有十多家出版社打算出版《魯迅全集》，其中至少有 5 家出版社啓動了出版新版《魯迅全集》的工作。在打算出版新版《魯迅全集》的出版社中，浙江文藝出版社是前期工作做得最多的。1995 年，浙江文藝出版社邀請了王得後、錢理群、王富仁等一些國內魯迅研究專家，重新編輯、注釋和出版新版的《魯迅全集》，打算用 5 年的時間出版全面收錄魯迅著作、翻譯和古籍整理文章的 30 卷本的《魯迅全集》，這部全集「將充分反映十年來魯迅研究、現代史研究、近代史研究的新成果，對林語堂、梁實秋等一些歷史人物將重新評價，一些魯迅生平事蹟也將得到矯正，」「並且注意吸收國外魯迅研究的成果」。但是，這部《魯迅全集》的出版工作引發了一些爭論。

黃源、史莽在《警惕歪曲、污蔑、貶損魯迅》一文中指出：「如果我們不慎重不嚴肅地對待這件事，聽之任之，將在中國近代史、現代史、文學史的研究上，甚至在整個思想戰線引起混亂和糾紛，後果將不堪設想。」夷兵把當時許多出版社準備出版《魯迅全集》的情況以《當前文壇的一件大事》爲題，撰寫了向中央有關領導呈送的內參，強調指出：「編注出版《魯迅全集》是一項政治性很強的國家出版項目，一直在中宣部和國家出版機關的領導下進行。現行《全集》由黨中央制定，胡喬木、林默涵同志主持編注出版，其編注方針也經中央批准。」「如果地方出版社另搞一套，將會造成版本混亂，特別是對重大問題的政策性注釋出現歧義，將會影響文藝界的安定團結，造成嚴重後果。」

爲此，中國魯迅研究會和《魯迅研究月刊》編輯部在 9 月 8 日就「魯迅著作出版現狀」及十年來魯迅研究的評價問題召開了座談會。王得後的《出版有法可依，學術有理可講》、陳漱渝的《魯迅著作出版現狀之我見》、陳平原的《給人民文學出版社出謀劃策》等文章重點批評了人文社壟斷《魯迅全集》出版的行爲；錢理群的《讀兩篇奇文的聯想》、吳福輝的《似曾相識的手法和文風》、袁良駿的《新時期魯迅研究成果不容否定》和張恩和的《用平常心，看平常事》等文章重點反駁黃源、史莽和夷兵在文章中從政治的角度對新時期魯迅研究的批判；朱正的《談〈魯迅全集〉》、葛兆光的《淺談文獻的重新整理》、馬蹄疾的《81 年版 16 卷本〈魯迅全集〉是「難以逾越」的「定本」嗎？》和王景山的《只要合法，樂觀其成；衷心希望，後來居上》等文章重點指出人文社 81 版《魯迅全集》存在的不足，強調有重新編注的必要。雖然學術界的大部分學者都認爲人文社沒有壟斷《魯迅全集》出版的權利，而且 1981 年版《魯迅全集》有重新修訂的必要，但是，在中宣部和國家新聞出版總署的干預下，浙江文藝出版社及其他幾家出版社不得不停止了出版新版《魯迅全集》的工作，人文社由此也向出版界明確自己擁有《魯迅全集》的獨家出版權，這充分顯示出國家在九十年代仍然把出版《魯迅全集》作爲國家行爲，嚴格控制非官方的力量介入魯迅全集的出版工作。

2、紀念魯迅的文章與著作

1996 年，陝西人民教育出版社爲紀念魯迅逝世六十週年出版了一套 16 本的「魯迅研究書系」，這套叢書也是九十年代出版的紀念魯迅的最重要的著

作，包括林非的《中國現代小說史上的魯迅》、袁良駿的《現代散文勁旅——魯迅雜文研究》、盧今的《〈吶喊〉論》、朱曉進的《魯迅文學觀綜論》、王富仁的《歷史的沉思——魯迅與中國現代文學論》、王乾坤的《由中間尋找無限——魯迅的文化價值觀》、黃健的《反省與選擇——魯迅文化觀的多維透視》、李繼凱的《民族魂與中國人——魯迅精神價值論》、閻慶生的《魯迅創作心理論》、任廣田的《論魯迅藝術創造系統》、鄭欣淼的《魯迅與宗教文化》、汪毅夫的《魯迅與新思潮——論魯迅留日時期的思想》、高旭東的《魯迅與英國文學》、閔抗生的《魯迅的創作與尼采的箴言》、張夢陽的《阿 Q 新論——阿 Q 與世界文學中的精神典型問題》和《空前的民族英雄——魯迅誕辰一百一十週年學術研討會論文集》，這套書的作者陣容強大、研究領域廣泛，基本上展示出九十年代中國魯迅研究的水平，楊義在 1997 年 3 月 26 日的《中華讀書報》上撰文指出：「這套書系展示了一個博大精深而豐富多彩的『魯迅世界』，它在相當多的領域把魯迅研究的深廣度，以及研究方法的多樣性推進了一步。」

在上述著作之外，還有汪暉在 1991 年出版的《反抗絕望——魯迅的精神結構與〈吶喊〉〈彷徨〉研究》和王曉明在 1993 年出版的《無法直面的人生——魯迅傳》等一批重要的魯迅研究著作。

汪暉的《反抗絕望——魯迅的精神結構與〈吶喊〉〈彷徨〉研究》雖然寫成於八十年代中期，卻出版於九十年代初，因此，他的這本著作產生的影響更多的是在九十年代。在某種程度上也可以說，汪暉的這部著作不僅代表了九十年代的魯迅研究的水平，而且顯示了 90 年代魯迅研究範式從研究客體到研究主體的轉變。

汪暉在這部著作中試圖「在魯迅小說世界的複雜的精神特徵與魯迅內心世界之間找到關聯的紐帶」，他認為：「正如列文森把梁啟超的精神結構視為『關押自己的牢籠』一樣，魯迅的主觀精神結構也是一種宛如蛛網的意境，它是由許多無法避免的矛盾言行，各不相容的思想交織而成的。問題的複雜性在於，魯迅對自身的矛盾有著深刻的內省與自知，但卻不得不同時信奉這些相互矛盾的思想，從而長久地處於精神的矛盾和緊張之中。」汪暉從魯迅的話語體系中發現了「中間物」這個概念，他指出，「『中間物』這個概念標示的不僅僅是魯迅個人的客觀的歷史地位，而且是一種深刻的自我意識，一種把握世界的具體感受世界觀。」汪暉用「中間物」這個概念來研究魯迅的

精神結構和文學世界，不僅指出魯迅精神結構的矛盾性和複雜性的特徵，而且揭示出魯迅小說在敘事方法和敘事原則等方面所體現出的主體「反抗絕望」的精神特徵。

王曉明的這本《無法直面的人生——魯迅傳》在魯迅研究史上具有鮮明的特點，不僅重點寫出了魯迅的「精神危機和內心痛苦」，揭出魯迅內心的「毒氣」與「鬼氣」，而且獨出心裁的設計了「你」、「我」、「他」三個人稱，形成了作者、讀者和傳主三者之間的互動交流。王曉明在「序言」中指出：「能夠懂得這人生的難以直面，大概也就能真正懂得魯迅了吧。我不再像先前那樣崇拜他了，但我自覺在深層的心理和情感距離上，似乎是離他越來越近，我也不再將他視作一個偶像，他分明就在我們中間，和我們一樣在深重的危機中苦苦掙扎。」但是，王曉明雖然剝掉了籠罩在魯迅身上的神的外衣，在一定程度上描繪出魯迅作為人的一面，卻過度突出了魯迅的虛無和絕望而忽略了魯迅思想中反抗絕望的一面。

3、紀念魯迅的活動

（1）紀念魯迅誕辰一百一十週年大會

1991 年 9 月 24 日，魯迅誕辰一百一十週年紀念大會在中南海懷仁堂舉行，中共中央總書記江澤民在紀念大會上作了《進一步學習和發揚魯迅精神》的講話。江澤民首先回顧了魯迅「不斷追求進步、追求真理的一生」，他指出：

我們在革命戰爭時期需要魯迅精神，在社會主義現代化建設和改革開放中同樣需要魯迅精神。前些年資產階級自由化氾濫，魯迅受到一些人的歪曲和貶損。在糾正「一手硬、一手軟」的失誤和清理資產階級自由化影響的過程中，我們更加深切地感到繼承和發揚魯迅精神的重大現實意義。魯迅的作品，是永遠給予我們智慧和力量的思想寶庫。面對錯綜複雜的國際形勢和艱難繁重的國內建設與改革任務，不僅文化戰線的同志要義不容辭地學習魯迅、宣傳魯迅，而且廣大工人、農民、知識分子和各條戰線的幹部，都要進一步學習和發揚魯迅精神。

江澤民說「要進一步學習和發揚魯迅的愛國主義精神」，「要進一步學習和發揚魯迅韌的戰鬥精神」，「要進一步學習和發揚魯迅博採眾長，勇於創新的精神」。

面對國內、國際的嚴峻形勢，江澤民強調指出：

　　從愛國主義者到共產主義者，這就是魯迅的道路，也是中國現代一切先進分子的共同道路。在現代中國，共產主義者是最徹底的愛國主義者，因為共產黨人代表了中華民族最廣大人民群眾根本的、長遠的利益，因為只有社會主義才能救中國。在民主革命時期，只有共產黨才能領導人民進行徹底的反帝、反封建鬥爭；在社會主義革命和建設時期，只有共產黨才能領導人民堅決地維護民族的獨立與尊嚴，實現國家的繁榮與富強。正是中國共產黨人以奮不顧身的精神和大無畏的氣魄，領導人民推翻了帝國主義在中國的統治，實現了全國各族人民夢寐以求的民族獨立和國家自主的理想，使社會主義中國在世界的東方巍然屹立，在國際風雲變幻中歸然不動。

江澤民說：

　　毛澤東同志把魯迅的沒有絲毫奴顏和媚骨，稱為殖民地半殖民地人民的最可寶貴的性格。應該看到，在我們已經取得民族獨立、國家主權，正在集中力量進行社會主義現代化建設的今天，這同樣是最可寶貴的性格。國際敵對勢力一天也沒有停止對我們進行和平演變，資產階級自由化則是他們進行和平演變的內應力量。這種敵對活動，對我國的獨立和主權，對我們的建設和改革開放，已經構成現實威脅。這就是說，和平演變和資產階級自由化不僅要顛覆我們的社會主義制度，說到底，其根本目的還要剝奪我們的民族獨立和國家主權。國內外敵對勢力的圖謀一旦實現，我們在喪失社會主義革命和建設的成果的同時，還會喪失民主革命的成果，中國不但不能走向繁榮富強，還會重新淪為西方大國的附庸。中國共產黨和中國各族人民，決不允許出現這樣的局面。我們要用魯迅的光輝典範教育廣大幹部群眾和青少年，銘記祖國備受欺凌的恥辱歷史和一代又一代革命者英勇鬥爭的光榮歷史，懂得祖國的今天來之不易，進一步提高民族自尊心和自豪感，堅定社會主義信念，以貢獻全部力量推進祖國的社會主義現代化建設為最大光榮，以損害社會主義祖國的利益、尊嚴和榮譽為最大恥辱。

江澤民最後指出：

　　在建設有中國特色社會主義的偉大事業中，腳踏實地，披荊斬棘，兢兢業業，團結奮鬥，不斷進行探索和創造，這就是對魯迅最

好的紀念。〔註1〕

1991 年，在經歷過八九年政治風波之後，中國的國內、國際的形勢仍處於嚴峻的階段，在這樣的背景下召開的紀念魯迅誕辰一百一十週年大會就被官方賦予了扭轉意識形態領域軟弱渙散的狀況，進一步清理思想領域資產階級自由化思潮的重任。從江澤民的講話中可以看出，「在糾正『一手硬、一手軟』的失誤和清理資產階級自由化影響的過程中，我們更加深切地感到繼承和發揚魯迅精神的重大現實意義」。江澤民結合當前的國際、國內形勢指出學習魯迅精神的現實意義，例如他說「要進一步學習和發揚魯迅博採眾長，勇於創新的精神」，這是因為：「今天，我們在堅持四項基本原則的前提下，必須進一步深化改革、擴大開放。我們要不斷擴大同外國的經濟技術交往和文化交流，加強同各國人民的友好往來。建設有中國特色的社會主義經濟、政治和文化，必須堅持獨立自主，也必須在獨立自主的基礎上積極吸收國外一切有益的養料。在這方面，魯迅的遺產中有許多東西是能夠給我們以深刻啟示的。」

江澤民講話的重點是對內要進一步加強中國共產黨的領導，對外要反對國外敵對勢力的和平演變，因此，他以魯迅為榜樣強調指出：「從愛國主義者到共產主義者，這就是魯迅的道路，也是中國現代一切先進分子的共同道路。」「毛澤東同志把魯迅的沒有絲毫奴顏和媚骨，稱為殖民地半殖民地人民的最可寶貴的性格。應該看到，在我們已經取得民族獨立、國家主權，正在集中力量進行社會主義現代化建設的今天，這同樣是最可寶貴的性格。」

在經歷過八九政治風波之後，中國的改革開放道路如何進行也是值得深思的問題，因此，江澤民最後指出「我們建設有中國特色的社會主義，就是開闢一條前人沒有走過的新路。經過十多年來的實踐，中國共產黨和中國人民堅信，這條路是正確的。不管有多少艱難險阻，我們都要堅定不移地走下去。在建設有中國特色社會主義的偉大事業中，腳踏實地，披荊斬棘，兢兢業業，團結奮鬥，不斷進行探索和創造，這就是對魯迅最好的紀念」。

可以說，江澤民在這個紀念魯迅的講話中不僅對知識分子而且對全國乃至全世界明確地傳達出中共中央在經歷過八九政治風波之後在意識形態領域的政策和方針，有力地扭轉了八十年代以來思想意識領域的政治方向，指引全國人民沿著建設有中國特色的社會主義道路繼續前進。

〔註1〕江澤民《進一步學習和發揚魯迅精神》，1991 年 9 月 25 日《人民日報》。

（2）紀念魯迅誕辰一百一十週年學術討論會

1991 年 9 月 24 日至 28 日，紀念魯迅誕辰一百一十週年學術討論在北京舉行。文化部代部長賀敬之致開幕詞，他首先批評了八十年代魯迅研究中出現的一些資產階級自由化現象，指出：「中國共產黨和毛澤東同志，對魯迅的貢獻及其歷史地位，做出了真正科學的評價，指導著我們學習魯迅、研究魯迅、繼承和發揚魯迅精神。前幾年資產階級自由化氾濫的時候，魯迅也受到嚴重的歪曲和貶損，出現了把魯迅的前期和後期對立起來，把作為文學家的魯迅和作為革命家的魯迅割裂開來，只承認作為民主主義者的魯迅，根本否定作為共產主義者的魯迅，只承認文學家的魯迅，否定作為革命家的魯迅等錯誤觀點。還有人把魯迅描繪成抽象的人道主義者、孤傲的個人主義者。我們應當大力澄清在這些原則問題上的思想混亂，擦淨潑在魯迅身上的污泥濁水，在新的歷史條件下推進魯迅研究，維護和發揚魯迅精神。」賀敬之強調：「我們過去在推倒三座大山的時候需要魯迅精神，今天在社會主義現代化建設和改革開放中同樣需要魯迅精神；我們在和拿槍的敵人鬥爭中需要魯迅精神，在不斷提高人民的思想道德素質的過程中，在抵禦和平演變、反對資產階級自由化、克服腐敗現象的教育和鬥爭中，同樣需要魯迅精神。文化藝術工作者有義務深入學習魯迅精神、熱情宣傳魯迅精神。這是建設有中國特色的社會主義文化的一個重要內容，在以江澤民同志為核心的黨中央的領導下把整個建設有中國特色社會主義的偉大事業推向前進，有著巨大的意義。」

賀敬之的發言為這次大會定下了政治基調，大會特邀的兩位魯迅研究界的老前輩陳湧和黃源也在發言中呼應賀敬之的講話，強調魯迅研究要堅持正確的方向，不能搞指導思想的多元化，即魯迅研究只能在馬克思列寧主義和毛澤東思想的指導下進行。

陳湧在題為《有關魯迅思想的幾個問題》的發言中首先強調了魯迅研究的「方向問題」，他說：「方向問題是個重要問題。毛澤東說：魯迅的方向是中華民族新文化的方向。這就是說，魯迅的方向是我們民族發展的方向和我們歷史發展的方向在文化領域的一種反映，魯迅的偉大就是因為他能在文化上代表我們民族發展的方向，代表我們整個歷史發展的方向。江澤民同志在魯迅誕生一百一十週年紀念會上的講話，根本上講的也是這個問題。他談到魯迅從徹底的愛國主義發展到共產主義，談到韌的戰鬥精神，硬骨頭精神，

都是魯迅的方向，或者魯迅精神這樣一個問題。但是在我們魯迅研究領域，相當長的時間已經很少談這個問題了。甚至有少數人認爲不應該把魯迅看作一個思想家、革命家，只說他是文學家和人道主義者就夠了。他們提出用人道主義觀點研究魯迅，他們的人道主義是和階級鬥爭的觀點相對立的。用這種人道主義的觀點去研究魯迅，便只能淡化魯迅的革命精神，閹割魯迅的革命靈魂，和魯迅的方向、魯迅的精神是恰好背道而馳的，用這種觀點去研究魯迅不可避免地要歪曲魯迅」。

黃源在題爲《不能搞指導思想的多元化》的發言中說：「紀念和研究魯迅，首先要解決指導思想問題。」「我們建設有中國特色的社會主義文化，必須以馬克思列寧主義、毛澤東思想爲指導，決不能搞李澤厚那樣的指導思想的多元化。以馬克思列寧主義爲指導，並結合中國國情，研究魯迅，早有先例。毛澤東同志論魯迅，就是科學的結晶。瞿秋白同志的《魯迅雜感選集序》、茅盾同志的《魯迅——從革命民主主義到共產主義》、雪峰同志的《回憶魯迅》等，都是實事求是的馬克思主義文獻，讓我們研究魯迅沿著這條道路發展前進。」〔註2〕

從賀敬之、陳湧和黃源的講話中可以看已看出，這次學術研討會的主要目的是貫徹中央的精神，批判八十年代魯迅研究中出現的一些資產階級自由化現象，重新恢復馬克思列寧主義、毛澤東思想對魯迅研究的指導地位，牢牢把握魯迅研究的正確的政治方向，在政治上與黨中央保持高度的一致。

（3）紀念魯迅逝世六十週年學術討論會

1996年10月20日至21日，中國作家協會、中國魯迅研究會、上海市文聯、上海市作家協會、上海魯迅紀念館在上海聯合舉行了魯迅逝世六十週年學術討論會，與會的學者圍繞「民族魂——世紀之交的魯迅」這一中心議題，「對魯迅豐富的精神文化遺產展開了多層次多角度的研究，較爲集中的反映了新時期全國魯迅研究的成果、實際狀況和整體水平」。〔註3〕

中宣部副部長、中國作協黨組書記翟泰豐在會上作了《學習發揚魯迅精神，加強社會主義精神文明建設》的報告，翟泰豐首先指出：「在全國上下認真學習貫徹黨的十四屆六中全會精神的時候，我們在這裡隆重紀念偉大的文學家、思想家和革命家魯迅先生逝世六十週年，有著特殊重要的意義。學習、

〔註2〕參見《空前的民族英雄》，陝西教育出版社1996年出版。
〔註3〕參見《浩氣千秋民族魂》，百家出版社1997年出版。

發揚魯迅精神，對於加強社會主義精神文明建設，提高全民族思想道德和文化素養，將產生重要影響。」翟泰豐說：「黨的十四屆六中全會通過的《中共中央關於加強社會主義精神文明建設若干重要問題的決議》指出：『繼承發揚民族優秀文化和革命文化傳統，積極吸收世界文化優秀成果，我們的文化事業才能健康發展，愈益繁榮。』我們繼承發揚民族優秀文化和革命文化傳統，就必須大力宣傳魯迅、學習魯迅。這是社會主義精神文明建設和思想文化戰線的一項長期的重要任務。」翟泰豐指出：「紀念魯迅，就要以魯迅爲榜樣，像他那樣刻苦學習、努力實踐馬克思主義」；「紀念魯迅，就要以魯迅爲榜樣，做無產階級和人民大眾的『牛』，鞠躬盡瘁，死而後已」；「紀念魯迅，就要以魯迅爲榜樣，像他那樣發揚高度的愛國主義精神」。翟泰豐最後發出了號召：「我們堅信，隨著十四屆六中全會精神的深入人心，隨著魯迅光輝傳統的不斷學習繼承，我國的思想道德、科學教育和文化藝術建設必將出現一個嶄新局面……不久的將來，我國的文學事業必將置身於世界文學的前列。魯迅等革命前驅的理想必將在中華錦繡大地變成光輝現實。讓我們學習魯迅精神，緊密團結在以江澤民同志爲核心的黨中央周圍，奮發努力，艱苦創業，迎來中華民族全面振興的偉大時代。」〔註4〕

從翟泰豐的講話中可以看出，他緊密結合剛剛閉幕的十四屆六中全會精神，把魯迅作爲當前必須發揚的民族優秀文化和革命文化傳統之一，從而把紀念魯迅、學習魯迅的活動納入了社會主義精神文明建設的體系之中，用十四屆六中全會提出的加強社會主義精神文明建設理論來指導或引導紀念魯迅、學習魯迅的活動。

（4）設立「魯迅文學獎」

1997年，中國作家協會設立了「魯迅文學獎」，這個「以中國新文化運動的偉大旗手魯迅先生命名的魯迅文學獎，是爲鼓勵優秀中篇小說、短篇小說、報告文學、詩歌、散文、雜文、文學理論和評論作品的創作，鼓勵優秀外國文學作品的翻譯，推動社會主義文學事業的繁榮與發展而設立的，是我國具有最高榮譽的文學大獎之一」。

「魯迅文學獎」的指導思想是：「魯迅文學獎評選工作以馬列主義、毛澤東思想、鄧小平理論和『三個代表』重要思想爲指針，遵循文藝『爲人民服

〔註4〕參見《浩氣千秋民族魂》，百家出版社1997年出版。

務、爲社會主義服務』的方向，貫徹『百花齊放、百家爭鳴』的方針，弘揚
主旋律，提倡多樣化，鼓勵貼近實際，貼近生活，貼近群眾，體現時代精神，
堅持導向性、權威性、公正性，堅持少而精、寧缺毋濫的原則，評選出思想
性、藝術性俱佳的優秀作品」。評選標準是：「1、堅持思想性與藝術性統一的
原則，所選作品應有利於倡導愛國主義、集體主義、社會主義的思想和精神，
有利於倡導改革開放和現代化建設的思想和精神，有利於倡導民族團結、社
會進步、人民幸福的思想和精神，有利於倡導用誠實勞動爭取美好生活的思
想和精神。對體現時代精神和歷史發展趨勢、反映現實生活，塑造社會主義
新人形象的催人奮進、給人鼓舞的優秀作品，應重點關注。要兼顧題材、主
題、風格的多樣化。2、重視作品的藝術品位。鼓勵在繼承我國優秀文學傳統
和借鑒外國優秀文化基礎上的探索和創新，尤其鼓勵那些具有中國作風和中
國氣派，爲人民群眾所喜聞樂見的富有藝術感染力的作品」。（引自中國作協
「魯迅文學獎」簡介）

從上述內容可以看出，「魯迅文學獎」作爲中國作家協會設立的國家最高
文學獎雖然以「魯迅」的名字來命名，但是卻具有濃厚的意識形態色彩，體
現了國家對當前文學創作方向的引導和規範，即只有那些符合魯迅文學獎評
選指導思想和評選標準的文學作品才是國家認可的最好的文學作品。

4、魯迅著作的改編及魯迅的藝術形象

（1）京劇《阿Q正傳》

1996 年，臺灣「復興劇團」（京劇團）改編的《阿Q正傳》在臺灣上演，
該劇的唱腔和念白比較有特色：「在唱腔設計中，第一次將京劇、臺灣土產的
歌仔戲及臺灣民謠小調融爲一爐，擺脫了京劇中西皮二黃的定規，使聽眾聽
起來別有一番風味；同時，在念白方面，北京話、臺灣話、英語也一起搬上
舞臺。使劇中人物顯得更爲豐富、滑稽和有喜劇性」。〔註 5〕該劇存在的不足
之處就是阿Q太漂亮了：「飾演阿Q一角的吳興國眼神銳利，輪廓漂亮，是魯
迅難以想到的。」〔註 6〕

（2）越劇《孔乙己》

1999 年，張政鈞編劇、郭小男導演、茅威濤主演的越劇《孔乙己》在國

〔註 5〕裘金兔摘，《港臺信息報》1996 年 7 月 28 日。
〔註 6〕參見臺灣《聯合報》副刊，1996 年 6 月 26 日。

內的一些大城市演出後反響強烈，並兩度進京公演，在演出市場掀起了一陣衝擊波。

越劇《孔乙己》取材於魯迅的《孔乙己》、《藥》等多篇小說，「劇本將《孔乙己》與《藥》兩篇小說的人物相聚在咸亨酒店」；另外設計了「三個女人一脈牽，一張瑤琴三組弦」的情節線索，加進了三個女人的故事：第一個女乞丐是糅進了魯迅幾篇小說中的人物，第二個女革命者是把夏瑜改編了性別，第三個女戲子則完全是編劇人的創造。編劇指出，「小寡婦」、「夏瑜」、「戲子」都由同一個演員扮演，並且由此構成全劇的一條情節主線，這是「一種相同命運的直喻；美麗中的苦難和苦難中的美麗。這也是傳統文化給與中國女性唯一的饋贈和最大的厚愛。」而且，這種「饋贈」和「厚愛」，「也許能激活贏弱的文人性格中的獨立人格和自由思想。」此外，編導對孔乙己的外形描繪、性格特徵以至命運結局都做了一些變動和調整，把孔乙己寫的風流倜儻、才氣橫溢，而且慷慨大方、見義勇為，乃至與革命黨人一見如故，同氣相求，儼然是個準革命黨人。

茅威濤主演的越劇《孔乙己》先後共演出了 100 多場，不僅引起了觀眾的熱烈反響，而且也引起了魯迅研究專家的爭論。一些魯迅研究專家對此劇提出了批評。陳越說：「我面對著《孔乙己》的改編本，卻怎麼也抹不去『戲說』的強烈印象，只不過這種『戲說』在理論上，或者更確切的說，在改編者的《後記》和導演對記者的介紹中，作了一種時髦的『文化』的包裝。至於劇本本身，卻並不見有多少『文化性』，恰恰相反，魯迅原著中所蘊含的巨大的思想深度和歷史內容，現在卻被不倫不類的人物和情節攪得蕩然無存。」由於「『改編』的隨意性」，「不僅把魯迅各篇小說隨意拆散，重新組裝，而且令人驚愕的任意『演繹』」，因而「是完全失敗的」。〔註7〕倪墨炎指出：「既然名為《孔乙己》，演得又說是根據魯迅小說改編的戲，那人們就要根據原小說中孔乙己的性格規定來衡量，這是理所當然的。」「但這裡必須明確：創作是創作，改編是改編。」「我總覺得這齣戲的一些內容是『堆』上去，而不是具有內在聯繫的、在有機的統一體中『長』出來的。」〔註8〕另一些魯迅研究專家則肯定茅威濤主演的越劇《孔乙己》。張恩和認為「越劇《孔乙己》中表現

〔註7〕陳越《改編魯迅作品要十分鄭重——評越劇〈孔乙己〉改編本》，《魯迅研究月刊》1999年第5期。
〔註8〕倪墨炎《關於越劇〈孔乙己〉的幾個問題》，《魯迅研究月刊》1999年11期。

的內容無一處不是魯迅的，又無一處是魯迅的；反過來也可以說，劇中所寫無一處是魯迅的，又無一處不是魯迅的。」「因此，用魯迅小說《孔乙己》來套越劇《孔乙己》，茅威濤的孔乙己顯然不是魯迅筆下的孔乙己。」「然而，茅威濤演的孔乙己從本質上來說，和魯迅筆下的孔乙己又是一致的……這些小說中的孔乙己的基本性格特徵在劇中仍被完好的保留著。魯迅在小說中寫孔乙己雖有批判，卻也哀其不幸，明顯的表露了同情；越劇的編者對孔乙己雖也有批判，更表現出明顯的愛憐——這和小說的基調也一致的。因此，我們又不能說茅威濤演的孔乙己不是魯迅筆下的孔乙己。」「茅威濤演的孔乙己顯然融進了編、導、演對魯迅小說的理解和闡釋，豐富和發展了孔乙己的性格」。另外，「越劇《孔乙己》在抱有淒婉惻美的基礎上，加強了悲劇色彩，加深了思想深度，使其具有很大的震撼力」。〔註9〕張恩和強調：「只要稍稍客觀一點，當會承認越劇《孔乙己》創作態度是嚴肅認真的，不是對魯迅作品的『戲說』。既然如此，人家是為了試驗越劇改革，是為了宣傳魯迅，弘揚魯迅，至少在客觀上也能達到讓更多的觀眾知道魯迅，知道魯迅的一些作品，這總比眼下一些以庸俗題材和譁眾取寵的形式迎合和取媚觀眾的做法不知要好許多吧」。〔註10〕

越劇《孔乙己》的改編充分的顯示出商業化因素已經較大地影響到了魯迅著作的改編風格或改變方式，演出的反響和票房價值也是改編劇作需要考慮的重要因素。這種改編方式在2001年紀念魯迅誕辰一百二十週年之際達到了高潮。

（3）電影《鑄劍》

1996年，香港著名導演徐克監製、導演了根據魯迅小說《鑄劍》改編的同名電影，張揚擔任編劇。徐克在這部電影中一反他對經典名著改編地面目全非的創作個性，基本上遵循了魯迅原著的故事情節和敘事風格，拍出了一部既得原著精髓又不失徐克一貫冷峻風格電影佳作。

（4）魯迅塑像

中國現代文學館新館建成時，法國著名雕塑家熊秉明先生應現代文學館之邀創作了《魯迅塑像》。他認為：材質一定要用鋼材，只有鋼材才能充分體

〔註 9〕張恩和《是又不是　不是又是》，《魯迅研究月刊》1999年第6期。
〔註10〕張恩和《改編改編，要改要編》，《魯迅研究月刊》2000年第4期。

現魯迅先生作爲民族脊樑象徵的那種硬骨頭精神，而且鋼材的顏色也最能傳遞魯迅先生身上的那份剛毅、樸實和凝重。頭像背面刻著熊秉明先生從魯迅先生在《野草‧墓碣文》中刻意選出來的話：「於浩歌狂熱之際中寒；於天上看見深淵。於一切眼中看見無所有；於無所希望中得救。……待我成塵時，你將見我的微笑！」

中國現代文學館館長舒乙評論說：

> 熊先生是學哲學的，後在法國學雕刻，又研究書法。這幾樣──中國、法國、哲學、雕刻、書法──全糅在了一塊兒，其結果就出來了一個非常奇特的魯迅頭像，好像用任何主義，譬如，現實主義、現代主義、後現代主義，都絕對無法加以概括。它是個全新的東西，新得出奇。它神似，而不是形似，這是中國畫的魂。雖爲正面像，整張臉上卻只有一隻眉毛，一隻眼睛，加上一個鼻子和一把鬍子，活活的一個魯迅先生！神似到家了。它只有大線條，而沒有細節的刻畫，這是中國書法的魂。……熊先生發明了一種以線、鋼棍、鋼條爲主體的雕刻，空靈之至，這與他深入研究書法有關：魯迅雕像的臉是個大平面，靠著外輪廓上的線切出來，簡直就在寫中國字；它是純黑的……一抹黑，是中國書法的基色，又是法國印象派藝術非常注重顏色和光線的極致發揮；它是多層的，梯田式的，借光出彩，給光線充分的效果，彷彿是濃墨和淡墨的筆觸在一筆一筆地疊加。這是中國寫意畫手法在現代雕刻用品上的最神奇的移植，於是就出現了蒼桑感，正好符合魯迅先生的老辣、深厚和蒼勁；它是多棱的，所有的轉折都是尖的，叫做真正的有棱有角，沒有一個弧形，沒有一個半圓，沒有一個平滑過渡，全是硬的。……魯迅頭頂上那一抹頭髮，做成一個斜的四邊形，左耳下面的頜部有幾個多邊形組成三層起伏，瞧瞧，一個『倔』字馬上就出來了，這個頜部表現手法幾乎成了這座頭像最動人的亮點，那種在沉默中的咬牙聲都聽得真真的，真可謂神來之筆啊。〔註11〕

這座魯迅塑像是九十年代以來各地所塑造的魯迅像中最有特點、也是最受人們好評的一座塑像。

〔註11〕舒乙《爲魯迅先生刻雕像的人》，《深圳商報》2003年4月4日。

5、境外的反響

（1）日本的反響

①魯迅研究的轉向與進展

九十年代，日本的魯迅研究發生了一定的轉變：從注重思想研究轉向注重文化研究，並取得了重要的進展。1993 年，丸尾常喜撰寫的《魯迅：「人」與「鬼」的糾葛──魯迅小說論析》一書由岩波書店出版，這本著作也是日本九十年代魯迅研究的代表作。丸尾常喜在研究中首先把魯迅著作中「關鍵詞匯和意象的前後段落抽取出來」，從中歸納出魯迅著作的「單位意象、單位觀念」，進而分析魯迅的思想。他說：「我的研究的主要關鍵詞匯原來有兩個：一個是『恥辱』，一個是『鬼』。換句話說，『恥辱』和『鬼』是我魯迅研究的『兩根主幹』」。丸尾常喜從「恥辱」與「鬼」這兩個單位意象進而研究魯迅的精神世界。1997 年 11 月，藤井省山撰寫的《魯迅〈故鄉〉閱讀史》由創文社出版，這本書從分析《故鄉》70 多年的接受歷史入手，研究《故鄉》與外國文學的關係，與中國語文教科書的關係，與讀者的關係，「以二十世紀中國的文學空間爲背景涉及了許多大文學史未曾涉及或較少涉及的領域」[註12]，取得了令人耳目一新的研究成果。另外，日本學者擅長的史料研究也取得了新的成果，1999 年，阿部兼也撰寫的《魯迅的仙臺時代──魯迅的日本留學研究》一書由東北大學出版社出版。阿部兼也在大量調查的基礎上對魯迅棄醫從文提出了新的觀點，他指出，魯迅在藤野先生指導下學習現代醫學的過程中明白了學術大於國家，認識到此前爲人種強化而立志學醫的錯誤，由此才棄醫從文的。

②舉辦魯迅研討會

1999 年 12 月 24 日至 26 日，東京大學舉辦了「1999 東亞魯迅學術會議」，這次會議以日本、韓國、新加坡、香港和臺灣的「魯迅研究經驗與影響」爲主題，分爲「戰前日本的魯迅經驗」、「日本對韓國魯迅經驗的影響」、「戰前流亡中國的韓國人士的魯迅經驗」、「戰前香港的魯迅經驗」、「香港與新加坡的魯迅經驗」、「臺灣的魯迅經驗」、「戰後日本的魯迅經驗」、「魯迅在戰後香港」、「魯迅在戰後韓國」，系統地回顧了魯迅在東亞傳播的歷史與影響。本次會議的召開不僅推動了東亞地區的魯迅研究工作，而且也進一步推動了東亞

[註12] 董炳月《魯迅〈故鄉〉閱讀史·譯者序》，新世界出版社 2002 年出版。

的魯迅研究者之間的交流與合作，爲二十一世紀的東亞魯迅研究打下了一良好的基礎。

③演出紀念魯迅的劇作

1991 年 3 月 4 日，日本著名作家井上廈以魯迅晚年生活爲題材創作的話劇《上海的月亮》由小松座劇團在東京演出。該劇以內山書店二樓倉庫爲舞臺，描寫了魯迅在 1934 年夏天爲躲避國民黨軍警特務的迫害而暫住在內山書店的情景，表現了魯迅晚年的創作和生活，以及與日本友人交往的情況。劇中人物有魯迅、許廣平，內山完造夫婦和兩位日本醫生。在東京演出獲得成功之後，該劇開始在日本各地巡迴演出，進一步促進了魯迅在日本的傳播。

（2）德國的反響

1994 年，沃爾夫岡・顧彬等人翻譯的德文本 6 卷《魯迅文集》由瑞士蘇黎世出版社出版，前五卷包括了《吶喊》、《彷徨》、《朝花夕拾》、《故事新編》和《墳》中的全部文章，第六卷名爲《醉鄉》，包括魯迅的新舊體詩和從其全集中選出的回憶性散文，以及顧彬本人撰寫的後記。這是除了日文版《魯迅全集》（東京，學研社，1986）外，外文版本中最全的魯迅著作集。這 6 卷《魯迅文集》的出版對於在德育世界傳播魯迅、研究魯迅起到了重要的推動作用，但是美中不足的是文集沒有收入魯迅在 1925 年以後的雜文，這可能與德國學者對魯迅的雜文不太重視有關。

（3）韓國的反響

1992 年 8 月 24 日，中韓正式建立外交關係，這極大地推動了韓國傳播魯迅和研究魯迅的工作。同年 12 月，朴宰雨等韓國的一些漢學家訪問中國，直接促成了韓中學術界的交流。1993 年，韓國中國現代文學研究會舉辦了「魯迅的思想與文學」國際學術討論會，中國學者嚴家炎、林非、錢理群、王富仁出席了這次會議，中韓的魯迅研究界學者由此建立了密切的學術聯繫。

韓國的魯迅研究在九十年代也取得了重大的進展，據朴宰雨統計，從 1990 年出現韓國第一篇魯迅研究博士論文（金龍雲《魯迅創作意識研究——以〈吶喊〉、〈彷徨〉、〈故事新編〉爲中心》）到 2000 年一共出現了 100 多篇研究魯迅的論文，「其中博士論文 17 篇，碩士論文 37 篇，論文涉及的領域大爲擴大，文體意識與運用方法也多樣化，研究質量與水平也大大提供。這個時期，雜文、散文、書簡的主要作品以及學術論著的各種編譯、翻譯本。王士菁、王

曉明、林賢治、南雲智、竹內好等所寫的魯迅傳記陸續翻譯成韓文」。〔註13〕

另外，一些韓國作家也在創作中受到魯迅作品的影響。1992 年，柳陽善模仿魯迅的《狂人日記》創作了小說《狂人日記》，敘述了韓國知識分子、學生和民眾在 1991 年與軍事獨裁政權激烈對立的時期，病人閔教授從患精神疾病到逐漸恢復的故事，這篇小說除了題目外，不僅小說的結構（在小說的開頭插入日記體），而且小說的主題等都完全是模仿魯迅的《狂人日記》。1993 年，詩人朴慶理受到魯迅的《吶喊自序》的影響而寫成了一首詩《阿 Q 先生》。〔註14〕

這些都充分表明魯迅對韓國作家的影響是深遠的。

（4）法國的反響

1999 年 7 月 4 日，法國青年導演李克然導演並攝製的彩色寬銀幕短片《孔乙己》在法國第六區拉辛電影院舉行首映式，演員都是首次參加電影演出的東方人士，越南裔工程師胡孟中飾演孔乙己，對白為漢語，有法文字幕。這也是國外拍攝的首部由魯迅作品改編的電影。

6、關於魯迅的論爭

九十年代，隨著新生代作家的崛起，一些新生代作家出於種種目的不斷對魯迅進行批判，由此引發了多次有關魯迅的論爭。

（1）圍繞「斷裂調查」的論爭

1998 年第 10 期的《北京文學》刊發了由新生代作家朱文發起、整理的《斷裂：一份問卷和五十六份答卷》，問卷第七個問題涉及到魯迅先生：「你是否以魯迅作為自己寫作的楷模？你認為作為思想權威的魯迅對當代中國文學有無指導意義？」這批新生代作家、批評家對此問題的回答也是五花八門：

> 韓東：魯迅是一塊老石頭。他的權威在思想文藝界是頂級的、不證自明的。即便是耶和華人們也能說三道四，但對魯迅卻不能夠。因此他的反動性也不證自明。對於今天的寫作而言魯迅也確無教育意義。

〔註13〕朴宰雨《韓國七八十年代的變革運動和魯迅》，《韓國魯迅研究論文集》，河南文藝出版社 2005 年出版。

〔註14〕金河林《魯迅和他的文學在韓國的影響》，《韓國魯迅研究論文集》，河南文藝出版社 2005 年出版。

　　　　朱文：讓魯迅一邊歇一歇吧。

　　　　于堅：我年輕時，讀過他的書，在爲人上受他的影響。但後來，
　　我一想到這位導師說什麼「只讀外國書，不讀中國書」、「五千年只
　　看見吃人」，我就覺得他正是「烏煙瘴氣的烏導師」，誤人子弟啊！

　　　　徐江：魯迅一向看不起做「導師」的人，可老天嘲弄他，讓權
　　力話語奉他爲當代聖人。他老人家一定不高興。正好我對此也不高
　　興。他對當代文學的指導意義多數是負面的，是幌子和招牌的意義。

答卷數據統計結果是：「（1）98.2%的作家不以魯迅爲自己的寫作楷模。（2）
91%的作家認爲魯迅對當代中國文學無指導意義。3.6%認爲有；5.4%不確定。」

　　這一調查結果表明，這些新生代作家、批評家對魯迅的評價基本都不高，
調查發起人朱文、韓東和于堅對魯迅的偏激的評論更是引起了極大的反響。

　　韓東後來在他策劃、組稿的《芙蓉》雜誌組織了一次題爲「斷裂面面觀」
的討論。王曉華在《對魯迅的叛逆是尊重魯迅的最好方式》一文中直截了當
地把「斷裂」的矛頭指向了「新文學之父」魯迅，特別強調要與魯迅「斷裂」，
他指出：

　　　　魯迅是一個叛逆者……對於叛逆者的最大敬意就是對他的反
　　叛：只有這樣，叛逆精神才會在代際之間傳遞和生長。

　　　　一個終生與偶像作戰的人卻成了偶像：這不是悲劇，又是什
　　麼？已經死去多年的他自然無法對此說「不」了，但是一些出生於
　　60 年代的反叛者卻會替他說。替魯迅說「不」就是對魯迅說「不」，
　　就是超越魯迅。這種意義上的殺父是對父親的最大不敬，因爲它意
　　味著後人比前輩更高大、強壯、深邃。一言以蔽之，它意味著進化
　　而不是退化。魯迅先生如果在地下有知，一定會對自己的叛逆者鼓
　　掌稱快的。

客觀地說，「斷裂」派的言論只是一些青年作家對魯迅所代表的新文學傳統和
現有文學秩序不滿心態的表現，這種現象早在魯迅在世時就已經很多了，因
此大多數魯迅研究專家對此進行的批評也比較的理性。張恩和在《魯迅的命
運》一文中說：「我覺得這樣一份觀點相異態度不同的答案頗能反映現在的真
實。我們不必強求『輿論一律』，更何況從這份答案中，我們可以把握當前一
些文學青年的審美趣味和思想動向。那些對魯迅不恭的話並不可怕，因爲它
恰恰反映出我們的工作做的不夠，才使他們表現出對魯迅的不瞭解和無知，

這就說明更需要我們做工作——加強學習，加強研究，加強倡導，加強宣傳。」

在此前後，《魯迅研究月刊》、《廣東魯迅研究》、《上海魯迅研究》、《南方週末》、《中華讀書報》等報刊發表了批評「斷裂」調查的文章，但不久就在有關方面的指示下逐漸冷下來了。與八十年代《雜文報》和《青海湖》雜誌刊發批評魯迅的文章而作出自我批評相比，刊登「斷裂的調查」的《北京文學》和《芙蓉》雜誌並沒有受到政治方面的壓力，這也顯示出官方對有關魯迅的論爭的處理方式有明顯的改變，不再採取上綱上線的政治批判方式，而是採取了並冷處理的方式，這充分所映了進代的進步。

（2）圍繞《為二十世紀中國文學寫一份悼詞》一文的論爭

1999 年末，葛紅兵在《芙蓉》1999 年第 6 期發表了《爲 20 世紀中國文學寫一份悼詞》一文，對魯迅進行了尖銳的抨擊，引起了文壇的震動，再次使批評魯迅的言論在世紀末成爲社會關注的熱點。葛紅兵曾參與了朱文、韓東的「斷裂」行爲藝術，這篇文章在某種程度上可以視爲「斷裂」的延續。

葛紅兵在《悼詞》中質問道：

> 發生在他留日期間的「幻燈事件」已經成了他棄醫從文的愛國主義神話，然而他真的是這麼愛國嗎？既然愛國，他爲什麼要拒絕回國刺殺清廷走狗的任務？……難道他不是怯懦嗎？……一個號稱爲國民解放而奮鬥了一生的人卻以他的一生壓迫著他的正室妻子朱安，他給朱安帶來的痛苦，使他成了一個地地道道的壓迫者。因爲童年長期的性格壓抑及成年以後長期的性壓抑，魯迅難道真的沒有一點兒性變態？……我們不必忌諱他的嫉恨陰毒，他的睚眥必報。仔細想一想難道魯迅的人格真的就那麼完美嗎？他爲什麼在「文革」期間成了唯一的文學神靈？他的人格和作品有多少東西是和專制制度殊途同歸呢？他的鬥爭哲學、痛打落水狗哲學有多少和現代民主觀念、自由精神相統一呢？魯迅終其一生都沒有相信過民主，在他的眼裏中國人根本不配享有民主，他對胡適的相對自由主義信念嗤之以鼻，因爲他是一個徹底的個人自由主義者（「文革」中紅衛兵那種造反有理的觀念正是這種思想的邏輯延伸）。

在談到 20 世紀中國文學的作品時，葛紅兵認爲：

> 魯迅實際上是一個半成品大師，他的短篇小說我們可以舉出許多絕對優秀的作品，但找不到一部讓人一看就徹底奠定了魯迅的地

位的，他沒有真正意義上的中篇，更沒有長篇小說。……現在看來這種「拿來主義」思想已經構成了整個 20 世紀中國文學和思想的總體欠缺，它使 20 世紀中國文學一直處在西方化之中，沒有對東西方的雙重否定進而建立超越與東西方既有傳統的第三種文學的氣魄和膽識。

葛紅兵的《悼詞》在發表後很快受到了來自各方面的批評。中國社科院秦弓研究員在《人民政協報》發表了《學術批評要有歷史主義態度》一文，對《悼詞》提出了批評：「這種缺乏起碼的歷史主義態度與必要資料基礎的批評能夠經得起當代的檢驗與歷史的淘洗嗎？」復旦大學吳中杰教授在《評一種批評邏輯》中指出：

「那種『橫掃一切』的架勢，那種歷史空白論的腔調，那種以政治標準來涵蓋一切，而這種政治標準又訂得十分狹窄的做法，那種無視歷史條件和社會情況而作出的酷評，那種批評邏輯的混亂和強詞奪理亂加人罪的鍛鍊周納方法，以及那種要人死而不要人活的偽革命主義，等等，凡是經歷過『文化大革命』的人，都並不陌生，這是當時流行的觀念形態和常用的整人方法。不幸的是，這些東西卻被文革時期剛剛出生，在運動中還不大懂事的人所繼承了」。

客觀的說，葛紅兵的《悼詞》在學術上也並非一無是處，但是這篇文章明顯的帶有為由韓東策劃、組稿的《芙蓉》雜誌在 2000 年改版而進行炒作的意味。果然，原先默默無名的《芙蓉》雜誌由此一「炮」走紅。如果說，《悼詞》在學術上是失敗的，那麼，在商業上卻是極為成功的，開創了九十年代以來利用魯迅進行商業火炒作的模式。雖然葛紅兵後來在文章上也多次強調他是尊敬魯迅的，但他以「酷評」的方式指責魯迅卻讓人對他是否真的尊敬魯迅產生質疑。

7、小結

經歷過八九政治風波之後，中央在 1991 年隆重舉行了紀念魯迅誕辰一百一十週年的大會，以魯迅為榜樣，號召知識界擁護另共產黨的領導，抵禦資產階級自由化思潮的影響和境外敵對勢力和平演變的陰謀，堅定不移地推行改革開入政自策，克服思想文化領域軟弱渙散的狀況。可以說，中央在歷史關鍵時刻又再次打出了魯迅的旗號，希望由此入手來清理整頓思想民文化領

域的不良影響，牢牢把握馬列主義、毛澤東思想和鄧小平理論的政治方向。在這種政治導向的引導下，九十年代初的魯迅研究一度受到極「左」思潮的控制和影響，處於低潮。但是，隨著市場經濟的發展，魯迅研究雖然逐漸擺脫了意識形態的嚴密控制，卻又遭到商業化的衝擊，變成邊緣化的事物，魯迅研究也逐漸冷落下來，而一些青年作家和學者又通過發洩對現存文化秩序的不滿，這些都促使曾經高高在上的魯迅走下聖壇，成爲文化消費的對象。

十二、走下聖壇的魯迅——21 世紀初的魯迅文化史（2000 年～2006 年）

　　進入二十一世紀，國家紀念魯迅的活動明顯降溫，在 2001 年魯迅誕辰一百二十週年之際，國家沒有舉行紀念魯迅的大會，不僅國家最高領導人沒有發表關於魯迅的講話，而且《人民日報》也沒有再發表關於魯迅的社論，與此同時，批判魯迅的言論卻層出不窮，這標誌著魯迅已經完全走下了聖壇，回歸了人間社會。值得關注的是，魯迅的後人在沉默了幾十年之後首次發出了自己的聲音，走上了紀念與研究魯迅的前臺，不僅倡議把 2006 年定位爲「普及魯迅元年」，而且策劃了一系列的紀念魯迅的活動，把紀念魯迅逝世七十年的活動推向了高潮。

1、魯迅著作的出版

　　隨著時代的發展和魯迅研究工作的進展以及魯迅佚文的不斷發現，1981 年版《魯迅全集》存在的一些問題亟待重新修訂。2001 年，人民文學出版社啓動了新版《魯迅全集》的修訂工作，中宣部、新聞出版總署確定的修訂原則是「以 1981 年版爲基礎，增補不足，修訂錯訛」。新聞出版總署署長石宗源、中宣部副部長李從軍分別擔任修訂工作委員會主任、副主任。經過 14 位專家的 3 年多的緊張工作，人民文學出版社在 2005 年出版了新版的《魯迅全集》。

　　新版《魯迅全集》由原來的 16 卷增至 18 卷，書信、日記各增加了一卷，共計創作 10 卷，書信 4 卷，日記 3 卷，索引 1 卷，總字數約 700 萬字。與 1981

年版相比，此次《魯迅全集》修訂集中在三個方面：（1）佚文佚信的增收。
此次修訂，增收新的佚文 23 篇，佚信 20 封，魯迅致許廣平的《兩地書》原
信 68 封，魯迅與增田涉答問函件集編，文字約 10 萬字；（2）原著的文本校
勘。此次修訂，校勘改動達 1000 多處，使魯迅作品的文本更加準確；（3）注
釋的增補修改。按照「向中等文化程度的讀者提供相關資料和知識，同時對
文化程度較高的讀者也有參考價值」的注釋宗旨，此次修訂新增注釋 900 餘
條，對 1000 多條原注做了重大修改，僅查補修改中外人物的生卒年一項就達
到 900 餘人。另外，此次修訂，注釋更為客觀、不發議論，不解釋魯迅原文
的含意，對注釋對象不做評論，但也尊重歷史，不迴避大是大非問題。如對
新月派、現代評論派、「第三種人」以及相關人物的注釋，都刪去了 1981 年
版的評價，只客觀介紹情況。新版《魯迅全集》也刪去了 1981 年版中收入的
周作人的詩歌《惜花四律》和經考證不是魯迅作品的《致北方合唱團的信》
等文章。

但是，因為種種原因，這部分由官方領導親自掛帥的，耗資巨大，動員
人力眾多的新版《魯迅全集》也存在一些問題，一些魯迅研究專家在全集出
版之後，就指出全集中存在的一些錯誤之處，參與這次修訂的朱正先生也撰
文說新版《魯迅全集》「遠沒有達到它應該達到的水平」，20 多年來，魯迅研
究界發現了 1981 年版《魯迅全集》的大量錯誤，這些研究成果沒有被充分體
現到 2005 年版全集之中，這的確是令人遺憾的。

2、紀念魯迅的文章與著作

（1）《人民文學》紀念魯迅的專輯

可能和國家有關部門在魯迅逝世一百二十週年之際沒有隆重舉行紀念魯
迅的活動這個大的社會環境有關，《人民文學》2001 年第 10 期雖然標明為「紀
念魯迅誕生一百二十週年」，但是並沒有刊登一篇紀念魯迅的文章，不過編者
在「卷首語」中介紹了用這一期內容紀念魯迅的原因：

> 這一期《人民文學》也是獻給魯迅先生的一份禮物。
>
> 魯迅先生確實是一顆獨立支持的大樹，他不僅為我們創造寶貴
> 的文學財富，同時也為我們民族留下偉大的精神遺產。紀念魯迅，
> 學習魯迅，正是學習江澤民同志在慶祝中國共產黨成立八十週年大
> 會上的講話，落實江澤民同志提出的「三個代表」重要思想的一個

生動而深刻的體現，進一步學好、落實江澤民同志的講話精神，多
出好作品，促進文學事業的繁榮，也是對魯迅先生最好的紀念。

　　我們這一期專門編發了一組「新散文特輯」，全部出自青年作
家之手，其中一個重要意義在於對魯迅先生的紀念。魯迅先生一貫
對於青年作家的關懷扶植和寄予的厚望，爲之付出的熱情和心血，
一直鼓舞並激勵著我們。

與《人民文學》此前紀念魯迅的專欄相比，這一期的「紀念魯迅誕生一百二
十週年」顯得非常的低調，並緊密結合當時的政治形勢，強調要把紀念魯迅，
學習魯迅與學習江澤民同志在慶祝中國共產黨成立八十週年大會上的講話，
落實江澤民同志提出的「三個代表」重要思想聯繫起來。

　　不過，《人民文學》在 2001 年第 1 期改變裝幀設計時，在封面刊登了顏
仲的版畫《魯迅像》，背景採用了魯迅去世時送葬隊伍的照片，並在內文中刊
登了李書磊撰寫的《一九三五年一月的魯迅》一文。李書磊指出：「不過，有
時我也會產生一絲猶疑。這種猶疑不是針對魯迅的，我至今認爲魯迅在他的
語境中是無懈可擊的；這種猶疑來自世紀末我們所看到的某種文化結果，即
以文化爲工具的文化實用主義氾濫，反智主義成爲一種普遍的社會現實。魯
迅的文化實用觀當然不像後來的文化實用主義那樣簡單粗暴，它是豐富的，
甚至可以說它的正確不僅因爲它的合理性、合道義，而且因爲它的豐富」。李
書磊最後強調：「我們今天重讀魯迅，也並不因爲後來的複雜形勢而改變對他
的熱愛與信仰，相反，因爲我們心中這種不爲魯迅所知的百感交集，我們對
魯迅原意的純潔與清白就有強烈的感知，因而就更加珍惜，更加傾心」。這都
在某種程度上暗示出進入二十一世紀的《人民文學》仍然關注魯迅。

（2）出版《魯迅與我七十年》

　　2001 年 9 月，魯迅之子周海嬰撰寫的《魯迅與我七十年》一書由南海出
版公司出版，該書從兒子的獨特視角描述魯迅，提供了一些鮮爲人知的史料，
這在挖掘有關魯迅先生的史料已較不易的情況下無疑是值得注意的。另外，
該書披露的「毛、羅對話」也在社會上引起了極大的反響，在文化界引發了
一場關於「魯迅活著會如何」的大規模的論戰。2006 年 7 月，該書在作了一
些細節修訂之後又由文匯出版社出版新版，再次引起讀者關注。

　　從歷史上來看，許廣平、周建人、周曄等魯迅的親屬已經撰寫了大量的

回憶魯迅的文章，但是因爲時代因素，都不能眞實地描寫出親人眼中的魯迅形象。進入二十一世紀，隨著社會的進步，周海嬰作爲魯迅的親屬終於可以無所顧忌的描寫出他眼中的眞實的魯迅和他們生活在巨人的陰影裏的感受。周海嬰的這本回憶自己和魯迅七十年歷史的著作也因此而具有重要的價值，他作爲魯迅的唯一兒子不僅大膽的涉足魯迅研究的禁區，而且披露了歷史上一些重要的史料。另外，該書還刊登了由魯迅家屬歷年珍藏的 180 幅圖片，大部分都是首次公開（包括魯迅的一些手跡）發表，這些圖片對於對認識魯迅和研究魯迅都具有極大的參考價值。

（3）紀念魯迅的其他著作

世紀之交，在一陣陣指向魯迅的「斷裂」、「悼詞」、「走不近」、「打倒」的喧嘩之聲中，希望自己「速朽」、被忘記的魯迅並沒有「速朽」，並迎來了自己的一百二十週年誕辰。在此背景下，許多出版社陸續推出了一批紀念圖書，爲魯迅的一百二十週年誕辰獻上一份厚禮，以此表明人民並沒有忘記魯迅，也以此反擊那些藝瀆魯迅者。

在世紀末懷舊的氛圍中，河北教育出版社推出了由孫郁、黃喬生主編的《回望魯迅》叢書（22 本），這套叢書分散文、論著兩部分：散文部分主要收錄了從文化名人、社會名流、國際友人、女性、魯迅先生的前、後期弟子角度編輯的回憶魯迅先生的文章，另外還有許廣平、周氏兄弟、馮雪峰、許壽裳等回憶魯迅的專著，爲讀者在世紀末追憶、懷念魯迅提供了較爲全面、權威的史料，深受讀者歡迎；論文專著部分收集了錢理群的《心靈的探尋》、李歐梵的《鐵屋中的吶喊》、汪暉的《反抗絕望》、伊藤虎丸的《魯迅與日本人》等在魯迅研究史上產生重大影響的學術專著。值得一提的是，論文專著部分還收有兩部重要的論文集：由林辰、朱正、陳漱渝等人考證文章彙編而成的《魯迅史料考證》和由汪暉、錢理群等人反思魯迅研究的文章彙編而成的《魯迅研究的歷史批判》，這兩本書集對於提倡實證的學風和反思魯迅研究有重要意義也備受青年讀者歡迎。這也反映出魯迅研究乃至現代文學研究的現狀：讀者已經很難再讀到新的有重要學術影響的原創性著作了，青年讀者只有「回望」而已。

福建教育社以「木犁書系・魯迅讀解叢書」的品牌推出了兩部由魯迅的親人撰寫的回憶專著：《伯父的最後歲月——魯迅在上海》（周曄著）、《魯迅故家的敗落》（周建人、周曄合著），前書是作者對魯迅在上海生活的回憶，

後者是對周建人在「文革」前後撰寫的回憶魯迅家族文章的修訂，爲魯迅研究提供了一些可供參考的材料。值得關注的是，福建教育社還耗鉅資推出了印刷精美、裝幀考究的《魯迅著作手稿全集》（一函12冊），收錄迄今存世的全部魯迅文章手稿及手稿殘頁，爲讀者、研究者提供了欣賞魯迅全部手跡、研究魯迅先創作的珍貴資料，也爲讀者提供了與魯迅「親密接觸」的機會。

魯迅和魯學可以說是密不可分的，通過解讀、反思魯學也可更好的解讀、反觀魯迅。中國社會科學出版社推出了彭定安撰寫的《魯迅學導論》，該書是著者20多年來思考建立「魯迅學」的總結性成果，主要論述了「魯迅學」的內涵與外延，試圖構造出「魯迅學」的學科體系。著者關於創建「魯迅學」探索值得學術界認眞討論。此外，廣東教育出版社了推出張夢陽撰寫的《中國魯迅學通史》。該書分《宏觀反思卷——二十世紀一種精神文化現象的宏觀描述和理性反思》、《微觀梳理卷——二十世紀一種精神文化現象的微觀透視與學術梳理》和《索引卷》，這套書是國內第一本魯迅研究通史，對於回顧和反思魯迅研究史有一定的參考價值。

隨著互聯網事業的發展，網上出現了一批有關魯迅的網站和論壇，一些喜歡或不喜歡魯迅的網友常常在網上談論有關魯迅的話題。這些言論雖然零碎、另類（其間不乏狂歡、搞笑成分，有的甚至就是網友的遊戲、塗鴉之作），但也是多姿多彩的，也從一個側面反映出魯迅在七十年代出生的「新新人類」和八十年代出生的「飄族」視閾中的形象。人民文學出版社推出了由葛濤編著的《網絡魯迅》一書，該書較爲全面的收集了網上有關魯迅先生的精彩評論，並附錄了編者撰寫的介紹網上有關魯迅站點和有關魯迅評論之現狀及網上有關魯迅評論的狂歡節特徵的研究文章。該書是第一本有關網絡魯迅的文集並提出了「e魯迅」的概念，對於感興趣的讀者和研究者有一定的參考價值。

在魯迅的小說出版史上，爲魯迅的小說配插圖的名家有程十發、豐子愷、范曾等人，而爲魯迅肖像作木刻的則首推趙延年。在當下所謂的「讀圖時代」熱潮中，福建教育出版社推出了趙延年著《畫說魯迅——趙延年木刻集》和蕭振鳴主編的《豐子愷漫畫魯迅小說》：前書收錄了趙延年所刻的有關魯迅的全部木刻作品（包括部分未曾發表的新作）；後者把豐子愷爲魯迅小說所作的漫畫與魯迅的小說編輯在一起，可謂是圖文並茂、相得益彰。另外，浙江文藝出版社推出了陳平原編輯的插圖本《中國小說史略》，在某種程度上可以說這樣的插圖本《中國小說史略》更符合魯迅先生的審美趣味。

在魯迅文集出版方面，群言出版社還推出了劉運峰編輯的《魯迅佚文全集》，收錄了1981年以來新發現的魯迅佚文，此外，還收錄了人文社81年版《魯迅全集》未收的部分魯迅譯作（因為編者認為這些只是魯迅的譯述，不是著作）和存在爭議的「魯迅佚文」（這些文章無法確認為是魯迅的著作）。如果按照許廣平女士編選《魯迅全集》的「寧缺毋濫」的標準，這本書最好定名為《人文社81年版魯迅全集未收的相關文章彙編》。人民文學出版社「大學生必讀」叢書推出了《魯迅小說集》、《野草》、《魯迅詩集》等書，中國文史出版社出版了《魯迅選集》（1～12）卷，文化藝術出版社出版了《魯迅文萃》，吉林攝影出版社出版了《魯迅文集》，中國廣播電視出版社出版了《傾聽魯迅》。外文出版社在出版了魯迅作品的漢英、漢日對照本之後，今年又出版了漢德對照本的《吶喊》、《彷徨》、《野草》、《朝花夕拾》和漢法對照本的《阿Q正傳》。湖南電子音像出版社出版了《我以我血薦軒轅——配樂朗誦魯迅作品》（李默然 朗誦、田中陽 賞析）。

展望新世紀，越來越多的人正在從精神上走近魯迅先生，人們並沒有遠離魯迅先生。人民文學出版社推出了由王培元主編的《21世紀：魯迅與我們》，該書收集了由部分中青年學人撰寫的有關魯迅的隨筆，總的主題是探討二十一世紀的我們如何面對魯迅，如何繼承和發揚魯迅的精神，充滿了精英知識分子的憂患意識。

（4）出版《魯迅家庭大相簿》

2005年9月，周海嬰撰文、上海魯迅文化發展中心編著的《魯迅家庭大相簿》由同心出版社出版，收錄了周海嬰珍藏的353幅照片，其中有近三分之一的照片是首次發表。包括一些鮮見的魯迅、許廣平和周海嬰家庭照、從魯迅的父母到魯迅的重孫五代人解放後的全家福等，而魯迅包辦婚姻妻子朱安的照片也首次被納入魯迅家族中。這些照片記錄著魯迅父母直到魯迅重孫一家五代百餘年的生活歷程，周海嬰還撰寫了介紹這些照片背後真實故事的文章。

這些照片首次全面地展示了家庭生活中感性的魯迅形象，周海嬰希望能通過家庭相簿，讓研究魯迅、喜愛魯迅的人，看到生活中的魯迅，他指出：「父親不是神，而是人。我希望大家看到生活中的父親像大學教授一樣，對人孜孜不倦，從不打罵家人，對我也充滿了愛意。」「大家以為父親是嚴肅的、不苟言笑的，其實，在生活中，他是談笑風生的，對年輕人和藹可親。」

　　爲了恢復歷史的原貌，《魯迅家庭大相簿》收錄的照片都沒有進行修飾、剪裁、塗抹。周海嬰表示，「以往所出版的部分照片有兩大塊內容做過修正，一部分是父親的形象、一部分就是父親的朋友，但這次我都力求以全貌展現，讓讀者感受到時代開放的程度。」「有一些照片特意將魯迅修正得特別的冷峻，同時還存在塗抹、拼合的現象，如林語堂等人甚至在父親的合影中銷聲匿跡了。我要原貌展現父親的生活。」

　　這本《魯迅家庭大相簿》的出版終於在文化史上全面展示了生活中的魯迅的眞實形象，不僅爲研究魯迅提供了新的資料，具有重要的資料價值，而且也爲廣大魯迅愛好者提供了從感性角度認識魯迅的重要文獻。

3、紀念魯迅的活動

（1）北京紀念魯迅的會議

　　2001年9月19日，爲魯迅誕辰一百二十週年，中國作協、中國現代文學館、北京魯迅博物館聯合在中國現代文學館舉行紀念座談會，首都文學界的200多人出席。梅志、陳漱渝、舒乙等先後發言，緬懷這位文化戰線上的民族英雄，著名演員蘇民和濮存昕朗誦了魯迅作品的片斷，鋼琴家劉詩昆演奏了《命運》、《黃河》等名曲表達對魯迅的景仰和追思。同日，裘沙、王偉君作品展覽《世界之魯迅》也在中國現代文學館開展。

　　中國作協黨組書記、副主席金炳華在座談會上作了題爲《學習發揚魯迅精神繁榮發展先進文化》的報告，他說，我們今天紀念魯迅，學習魯迅，「就要像魯迅那樣，以徹底的愛國主義精神，追求進步，追求眞理，朝著先進文化的前進方向不懈奮鬥，自覺地爲實現人民的根本利益而奉獻」；「就要像他那樣，『遵人民之命』，就要像他那樣，始終牢記作家的社會責任，努力做人類靈魂的工程師，充分發揮文學在加強社會主義思想道德建設中的重要作用。聽人民的代表者的『將令』，『俯首甘爲孺子牛，自覺地爲實現人民的根本利益而奉獻」；「就要像他那樣，善於博採眾長，勇於開拓創新，不斷豐富社會主義文化寶庫」；「就要像他那樣，做以『韌的戰鬥精神』執著前行的戰士，把胸懷遠大目標與腳踏實地地奮鬥有機地統一起來」。

　　金炳華最後指出：

　　　　文學事業是建設有中國特色社會主義偉大事業的重要組成部
　　分，在建設有中國特色社會主義文化中肩負著光榮的使命。我們要

深入學習領會江總書記「七一」重要講話精神，高舉鄧小平理論偉
大旗幟，以「三個代表」重要思想為指導，在以江澤民同志為核心
的黨中央領導下，貫徹「二為」方向和「雙百」方針，在新的歷史
條件下繼續發揚光大魯迅精神，始終堅持先進文化的前進方向，不
斷開創我國社會主義文學事業的新局面，以優異的成績迎接中國作
協第六次全國代表大會的召開，為建設當代中國的先進文化做出新
的更大的貢獻。這也是我們對魯迅這位中國新文化的偉大旗手最好
的紀念！〔註1〕

從金炳華的報告可以看出，他通篇多處引用江澤民闡述「三個代表」重要思
想內涵的講話和江澤民在慶祝中國共產黨成立八十週年大會上發表的「七‧
一」講話，把魯迅納入了江澤民提出的「三個代表」重要思想的體系之中，
強調魯迅不僅是先進文化的代表，而且也是最廣大人民利益的代表，指出「學
習和宣傳魯迅站在時代前列、為發展中國的新文化而奮鬥終身的崇高精神和
風範，對於我們深入學習、領會和貫徹江總書記『七一』重要講話和『三個
代表』重要思想，增強為繁榮發展社會主義文學事業、建設當代中國先進文
化做貢獻的自覺性和使命感，具有重要的推動作用」。

（2）紀念魯迅誕辰一百二十週年國際學術討論會

2001年9月26日，為紀念魯迅誕辰一百二十週年，中國魯迅研究會和紹
興市人民政府在紹興舉行了「魯迅的世界與世界的魯迅」學術討論會，123位
國內學者和31位國外學者出席了本次會議。紹興市委宣傳部部長阮順泉致開
幕詞，他說，值此魯迅誕辰一百二十週年之際，我們召開這樣的大會，目的
就是為了弘楊魯迅精神，讓魯迅精神激勵和促進我們的學術研究。中國魯迅
研究會會長林非代表大會致歡迎詞，他說，魯迅的作品不僅僅是一種意識形
態，而是超越於一般意識形態之上的具有普世意義的文化價值，他的藝術不
是權力提攜或保護的藝術，而是深廣透徹、挖掘人性根底的藝術。所以，魯
迅不僅是中國的存在，而是國際的存在。他不僅屬於現在，而且屬於未來和
永恆。魯迅研究在今天，對話和交流是非常有必要的。希望通過大會，為魯
迅研究開拓出一個國際性的學術公共領域，為魯迅研究的不斷創新提供良好

〔註1〕 金炳華《學習發揚魯迅精神　繁榮發展先進文化》，《光明日報》2001年9月
19日。

的外部條件。〔註2〕

因為在這次會議上舉行的中國魯迅研究會改選引發了魯迅研究界內部的矛盾，造成了中國魯迅研究會的癱瘓，所以這次學術會議的基本上是失敗，對魯迅研究造成了極壞的影響。而中國魯迅研究會在紀念魯迅誕辰一百二十週年的大會上突然癱瘓在某種程度上也象徵著逐漸失去官方政治色彩的魯迅研究會在二十一世紀的政治、經濟環境中不僅無法調整自身角色，適應新的環境，而且基本上這離了魯迅的精神。

（3）廈門大學舉辦魯迅紀念館重修開館儀式暨魯迅國際學術研討會

2006年4月3日，廈門大學魯迅紀念館舉行重修開館儀式，並舉行了「魯迅國際學術研討會」，來自中國、日本、法國、韓國的70多位魯迅研究專家就「魯迅在廈門」、「魯迅與中國文化省思」、「國內外魯迅研究回顧與今後的開展」等主要議題進行了深入的學術研討。

魯迅長孫周令飛代表周海嬰在會上作了《魯迅是誰》的演講，這是魯迅親屬首度在魯迅研究會議上發表學術見解。他指出魯迅研究在很長一段時間內過於突出其政治性，淡化了魯迅在文學上和思想上的價值，而未來要讓魯迅留在二十一世紀青年人心中，關鍵在於完成對其人格、精神的準確概括。周令飛最後呼籲要更全面地理解魯迅，讓2006年成為本世紀普及魯迅的元年，他說：「我們感到了困惑不安，這是我們第二代第三代在沉思良久之後，在魯迅走後70年來第一次表達我們的想法。我們希望能促進社會傳播弘揚魯迅，但是我們是把這個事情當做社會性事情。我們提議，將2006年作為二十一世紀普及魯迅的元年，希望把這一工作持續有效進行下去」。

周令飛的發言引起了與會學者們的強烈反響。孫玉石說：周令飛先生的發言說出魯迅的家屬對魯迅研究現狀的困惑和質疑，過分政治化，意識形態化使魯迅失去本來面目。八十年代以來，魯迅研究者作了大量還原魯迅的工作，但由魯迅家屬發表意見，這是空前的，在學術界不應該絕後。王富仁最後總結了此次魯迅研討會的特點，即家屬首次參與學術討論，各個不同年齡層的人參與進來，產生了不同話語形式並可以實現轉換，提出了魯迅研究的價值和意義。王富仁針對當前魯迅研究的現狀指出，魯迅研究沒有依靠，只有依靠魯迅在我們心中真實的地位，中國魯迅研究才能渡過這個危機真正成

〔註2〕人民網紹興9月26日電，記者方緒曉報導。

長起來。這段話不僅一針見血地指出了中國魯迅研究的危機所在，而且指明了魯迅研究正確的前進道路。

（4）紹興舉辦「首屆魯迅文化節」

建國後，紹興人民為了紀念魯迅先後建立了以魯迅名字命名的一些文化教育機構，如魯迅幼兒園、魯迅小學、魯迅中學、樹人中學、魯迅外國語學校等學校，魯迅圖書館、魯迅紀念館、魯迅電影城等群眾文化設施，以及魯迅路、魯迅廣場等城市設施，總數達到 30 多個。隨著市場經濟的興起，紹興人開始挖掘魯迅的資源，不僅用魯迅作品中的人物作商標開設了咸亨酒店、魯鎮茶座、百草園飯店、阿 Q 酒家，並生產魯鎮牌醬鴨和「孔乙己」牌土特產，而且開發了魯迅故里、魯鎮、新未莊等與魯迅有關的景觀，魯迅也成為紹興旅遊的最大資本和賣點，2002 年來紹興旅遊的遊客超過一千萬，取得了良好的經濟效益。

為了進一步做大「魯迅」文章，擴大紹興在世界上的知名度，紹興市政府在 2003 年把一年一度的「黃酒節」改名為「魯迅文化藝術節」，並聯合文化部藝術司、浙江省文化廳共同在 10 月舉辦了為期一週的第一屆「魯迅文化藝術節」。據新華網 2003 年 10 月 24 日報導：「『魯藝節』不僅是一次文化藝術的盛會、一次中外英才的聚會，也是一次經貿、高新技術合作、人才引進的盛會。來自美國、俄羅斯、意大利、丹麥、日本、韓國等 28 個國家和（地區）和全國各地的 2000 餘位中外賓客參加了節會，數十萬遊客光臨節會。文化藝術、經貿、旅遊三大系列 19 項活動相繼展開。」

報導說：「首屆魯迅文化藝術節以打造金名片，展示新形象，促進大發展為主題，充分體現親近魯迅故鄉、領略古越風情、感受名城文化的辦節理念。文化是紹興旅遊業的最大資本和賣點。去年以來，紹興市以山水風光、人文景觀、古城風貌為特色，打響了『江南風情看紹興，江南文化看紹興，江南古城看紹興』的品牌，使文化旅遊業成為紹興最具發展潛力的產業。為進一步發揮文化對經濟發展的內源動力作用，此次『魯藝節』紹興採用節會聯辦的方式，把一年一度黃酒節和中國紹興水城風情旅遊節納入首屆魯迅文化藝術節之中，不僅更好展示了紹興歷史文化名城的風貌和經濟社會發展的成就，更好地促進了文化與經濟的互動」。據初步統計，「節會期間，共有 32 個外資項目簽約，總投資 5.47 億美元，協議利用外資 2.51 億美元.這些項目中外商獨資項目佔了外資項目的 46.9%。來自美國哈佛大學、加州大學和國內北

大、清華等近 50 所海內外著名高校和中科院的百餘名博士帶來 113 個項目，與紹興 71 家企業進行面對面科技對接交流，共向海外博士徵集到高新技術項目 122 個，企業科技攻關需求項目 60 個，引進市外人才近 400 人，應聘者近 4000 人」。〔註3〕

這次「魯迅文化藝術節」是「文化搭臺，經濟唱戲」的一個鮮明的例子，「魯迅」只是主辦方提供的一個文化舞臺，唱主角的仍然是經濟，不知道打著魯迅旗號舉辦文化藝術節的組織者有沒有想到這個文化藝術節究竟和魯迅有多大的關係？九泉下下的魯迅先生會作何感想？

（5）香港浸會大學舉辦「魯迅節」

為發揚魯迅「關懷社會、尊重生命、知其不可為而為之」的精神，香港浸會大學將學生宿舍命名為「樹人堂」，並在 2004 年 2 月 15 日至 21 日舉辦「魯迅節」活動。

在為期 6 天的活動中，展出了北京魯迅博物館收藏的魯迅生平資料和珍貴物品，浸會大學圖書館與商務印書館將開設魯迅書展，浸會大學還邀請多位來自內地及港臺的學者舉辦以魯迅為主題的講座。首先舉行的是由周海嬰、陳映真和孫郁共同主持的「我看魯迅」的學術講座。周海嬰說，魯迅是一個敢愛敢恨、不屈不撓的人。他是一個慈愛的父親。陳映真說，魯迅的作品影響了我的一生，是他給了我一個祖國。孫郁說，在大學普及魯迅思想，有著重要意義。魯迅是二十世紀中國最偉大的作家，對中國知識界乃至海外都有著巨大而深遠的影響。在當今全球化浪潮中，魯迅的基本思想仍然有著重要的價值，可以讓人們重新審視中國文化與今天的中國社會。

浸會大學舉辦的「魯迅節」對於在香港地區傳播魯迅、研究魯迅起到了一定的推動作用，特別是「樹人堂」的建立更是有助於香港的青年大學生銘記魯迅、學習魯迅。

（6）舉辦「香港魯迅週」

為紀念魯迅逝世七十週年及其誕辰一百二十五週年，2006 年 9 月 8 日，「香港魯迅週」在香港銅鑼灣時代廣場揭幕。這次「魯迅週」的主要活動是舉行「魯迅是誰？」展覽，主辦者展覽現場別具匠心地放置了一面「Q」形鏡，讓所有人反思自己有無魯迅筆下「阿 Q」的特點。這次展覽展出了反映魯迅的思

〔註3〕參見新華網 2003 年 10 月 24 日關於紹興「魯迅文化節」的相關報導。

想及生平和他的文學成就圖片，另外還展出了魯迅珍藏的碑拓六千多件、石刻造像四千多件及現代版畫六千多件，不僅展示了魯迅的愛好和才華，而且也展示出魯迅作爲常人的情感世界。這次活動的主辦者、77歲的魯迅獨子周海嬰說：「在沉思良久後，我們魯迅的第二、三代鼓起勇氣，在魯迅走後七十年來第一次說出我們的想法，發出我們的聲音。第一次表達我們作爲魯迅的兒子和孫子對父親和祖父的理解和認識。我們希望能夠促進社會各界傳播和弘揚魯迅精神，並且讓這樣一種魯迅精神眞正地活進二十一世紀，這是一個很有意義的社會工作。中國的未來需要魯迅，需要這樣的文化精神。」魯迅孫子周令飛說「一直以來，大家看到的都是橫眉怒目的魯迅，從父親、祖母和其他家人朋友那裡得知，爺爺其實是很風趣可親的。」他們共同的心願是，經由一個逝去的靈魂，去審愼回顧二十世紀的新文化運動，思考魯迅思想對二十一世紀的意義，也讓回歸以後的香港瞭解二十世紀中國的文化軌跡和文化精神。

香港特區立法會主席范徐麗泰表示，魯迅是中國民眾和知識分子最景仰的人，「橫眉冷對千夫指，俯首甘爲孺子牛」是中國知識分子的精神和品格的寫照。

這次「香港魯迅週」是魯迅的後人爲了紀念魯迅、傳播魯迅所親自發起的首次紀念活動，不僅促進了魯迅在香港地區的傳播，共有30多萬觀眾參觀了這次展覽，而且魯迅後人也通過這次活動發出了自己的聲音，表達了他們對魯迅的理解，希望能透過這次在香港的活動，以活潑、自然的形式向大眾介紹一個有血有肉的魯迅，並普及魯迅的精神文化，推廣其「立人」、「堅韌」、「獨立思考」等核心精神。

爲了配合此次展覽，還舉辦了「2006香港魯迅論壇」，來自兩岸三地的魯迅研究專家和新加坡、日本等國的魯迅研究專家共同探討魯迅，進一步推動了香港地區的魯迅研究。

（7）舉辦藤野先生展覽

2002年10月27日，爲紀念藤野先生和魯迅先生的師生之情，進一步促進日中友好關係，日本藤野嚴九郎紀念館在紹興魯迅紀念館舉辦了「藤野先生紀念展」，共展出藤野先生生前使用過的原物等文物、資料80餘件，詳細展示了藤野先生的生平和事蹟，爲觀眾更好地理解魯迅和藤野先生之間所代表的中日兩國人民之間源遠流長的友誼提供了實物依據。這次在爲期3個月的展覽收到了較好的效果，在展覽結束之後又赴上海和蘇州兩地繼續巡展。

（8）成立上海魯迅文化發展中心

2002 年，魯迅的家屬在上海註冊成立了上海魯迅文化發展中心，周海嬰擔任中心的董事長，周令飛擔任中心的主任。魯迅文化發展中心是中國大陸唯一一個由魯迅家屬自行成立的一個社團組織，以「繼承保護魯迅文化遺產，弘揚魯迅思想精神，發展魯迅先進文化、促進社會文明發展」為宗旨。周海嬰、周令飛在《魯迅是誰》一文中說：「在此之前，作為魯迅的兒子和孫子，我們天然地擁有與魯迅最直接而密切的關係，但是現在這種聯繫似乎已經被一種無形的力量切斷了，我們在宣傳魯迅、紀念魯迅這樣一個垂直的系統裏，並沒有找到那個本應屬於我們的獨特位置。這是一件令人感到遺憾的事情。」「似乎魯迅的家屬可以做更多的事情。」

周令飛強調魯迅文化發展中心是非企業機構，不能進行商業活動，他說「我們現在考慮的，是二十一世紀後，魯迅事業該朝哪個方向發展的問題。」「我們要用通俗的、容易理解的語言，讓更多的人瞭解魯迅的核心思想。」他決定從普及魯迅，提高孩子對魯迅的認識入手來弘揚魯迅思想精神，「如何讓青少年學生親近魯迅，把魯迅留住，這個課題值得我去做。我們要讓孩子們看到，魯迅不單是個勇敢的戰士，更是個風趣幽默、可親可愛的長者。魯迅精神是非常豐富的，主要可分為四大點，分別為立人的精神、獨立思考的精神、拿來主義的精神以及堅韌的精神」。為此，上海魯迅文化發展中心為了宣傳推廣魯迅，不僅設立了「魯迅青少年文學獎」，向獲獎者贈送文學作品，並在上海交通大學、廈門大學和南京師範大學做過題為《魯迅是誰》的講座。此外，周令飛還打算在近期通過募款成立魯迅青少年立人基金，用於以後的講座、出書、網站和頒獎。

上海魯迅文化發展中心已經成功舉辦了兩屆全國魯迅學校校際交流會，有力地推動了各地以魯迅名字命名的學校之間的交流。

2005 年 12 月 19 日上午，由上海魯迅文化發展中心發起的全國首屆魯迅學校校際交流會在海南魯迅中學舉行，這次交流會的主要內容是「魯迅在文化史上的地位與作用研討會」，來自北京、上海、紹興和海南四所魯迅中學的領導及師生代表出席了本次會議。中國現代文學研究會會長王富仁作了主題演講，他指出魯迅的思想是西方無法代替的，魯迅的價值至少在當今估價是不夠的。要把中國現代的人、現代的文化推向世界，必須把魯迅文化、魯迅思想好好總結系統化推出來。《魯迅全集》是建構中國人的寶典，無論哪個時

代的人，都要認真研究其精髓，使之體系化，大力弘揚發展。

2006 年從 8 月 1 日，第二屆全國魯迅學校校際交流會在紹興舉行，北京、上海、海南等地的八所以魯迅命名的學校的師生代表相聚紹興魯迅中學，各校學生分別自導自演了由魯迅作品改編的《阿 Q》、《祥林嫂》、《閏土》等課本劇。各地魯迅中學的學生通過親身的演繹這些角色，對魯迅筆下人物有了更深刻的瞭解。周令飛說，通過這樣的聯誼形式，給每個學校的師生提供一種交流的平臺。既然大家都是以魯迅命名的學校，那麼就要想一想如何去理解魯迅的精神，如何用魯迅的精神來激勵青少年學生的成長。

上海魯迅文化發展中心的成立標誌著魯迅的家屬正式開始了保護魯迅遺產，發展魯迅文化的事業的工作，不僅對於宣傳魯迅、普及魯迅作出了很多的貢獻，極大地推動了當代普及魯迅的工作，而且具有其他魯迅紀念機構及研究機構所無法達到的作用和影響力，吸引了大批讀者和觀眾來感受魯迅、認識魯迅。

（9）廣州建立魯迅主題公園

2001 年，廣州市建立了該市第一個文化名人主題公園魯迅紀念公園。魯迅公園是一個集紀念性、旅遊性和休閒性為一體的公園，佔地 3000 多平方米，分成三大部分：「1、入口廣場區：迎面而來的是鮮花簇擁著的提著「匕首」、握著「投槍」的文化旗手魯迅的頭像（頭像為二十世紀八十年代造，從公園對面的白雲路口移過來），頭像後面是一組浮雕牆，雕刻著他的名言：橫眉冷對千夫指，俯首甘為孺子牛；2、浮雕廣場區：主景是浮雕牆，再現了白色恐怖時期，魯迅先生寫出了《野草》、《無聲的中國》等戰鬥檄文的情景；3、瀑布廣場區：一組大型瀑布和高低錯落的條石做成的石雕牆，寓意著魯迅的光輝思想和人們對魯迅先生的懷念源遠流長」（參見廣州旅遊景點介紹）。

廣州魯迅主題公園的建立不僅是紀念魯迅的有力舉措，而且有助於向普通群眾宣傳魯迅。

（10）紹興建設「魯迅故里」景區

2003 年 10 月，紹興市政府投資 10 億元人民幣建設的「魯迅故里」景區完成了一期工程建設，據新華網浙江頻道的報導：「魯迅故里位於魯迅路歷史街區，是紹興歷史文化名城的重要組成部分，是魯迅先生少年時期生活過的故土。魯迅故里街區歷史悠久，古蹟眾多，傳統風貌保存較為完整。從有利

於加強歷史文化名城保護，有利於推進紹興城市化進程，有利於魯迅故鄉的魯迅宣傳、魯迅學習，有利於促進紹興文化名市和旅遊大市建設的角度出發，2002年，紹興市投資10億元，實施魯迅故里保護工程。項目規劃面積51.57公頃，依據所包含的保護內容不同，界定爲重點保護區、傳統風俗協調區和環境風貌控制區，主要劃分爲魯迅青少年時代生活環境展示區、清末民初紹興市井生活風情與魯迅筆下作品人物場景展示區、傳統餐飲和商貿服務區等五大功能區塊」。〔註4〕

「魯迅故里」景區也是從「文化搭臺，經濟唱戲」的角度設計的，它的建成不僅有助於保護魯迅故鄉的歷史風貌，更有助於紹興旅遊業的發展。

（11）團中央建立網上魯迅紀念館

2002年9月25日，由共青團中央、國家檔案局主辦，團中央信息辦、國家檔案局辦公室、中共紹興市委宣傳部、紹興魯迅紀念館、紹興市文化旅遊投資有限公司、中青網聯合承辦的「網上魯迅紀念館」（http://luxun.chinaspirit.net.cn）正式開通，這是一個以宣傳魯迅作品、弘揚魯迅精神爲宗旨的社會公益網站，也是「民族魂」網站的系列站點之一（http://www.chinaspirit.net.cn），網站開通後受到廣大網民的歡迎和社會各界的好評，網站開通僅4個月，前來訪問和獻花的網民已達十多萬人次，有力的推動了魯迅在網絡世界中的傳播。

（12）中文網絡中紀念魯迅的活動

①網易網站紀念魯迅誕辰一百二十週年專題：大家都來「吃」魯迅

這個專題由網易網站文化頻道的主編咆哮策劃，不僅匯聚了網友對社會上關於魯迅的熱點話題的評論，而且還有網友對魯迅作品的模仿秀，網絡色彩比較濃厚。這不僅是「網絡魯迅」發展史上而且是魯迅研究史上第一次以網友的文章爲主體的紀念魯迅的專輯。

在《前言：吶喊著作秀》部分，主要有葛濤的《我們該如何紀念魯迅？》、伍恒山的《神壇上的魯迅和深潭下的小鬼》和網友令狐沖的《〈吶喊著作秀〉代序》，在「往日秀場」專欄收錄了葛濤的《歷史上紀念魯迅的活動掃描》，在「今日T型臺」專欄收錄了網友漢上笑笑生的《我們爲什麼紀念魯迅》、網友南琛的《魯迅的噪音》和網友老酷的《超越民族主義——從魯迅看當代學人的整體缺陷》等文章。在《Tritube to魯迅 for》部分，以新聞報導的形式，

〔註4〕參見新華網2003年10月24日關於紹興「魯迅文化節」的相關報導。

虛構了「天堂各界」紀念魯迅的活動：（1）「亂彈謠言中心」報導了紀念魯迅誕辰一百二十週年的圖書出版情況：2001 年 9 月 25 日是魯迅先生誕辰一百二十週年的日子，天堂各界紛紛行動起來，種種以紀念爲名義的表演陸續登場（在此處鏈接葛濤的《我們拿什麼獻給您，魯迅先生》一文，這篇文章介紹了爲紀念魯迅誕辰一百二十週年而出版的相關圖書）。此外，還有一些紀念魯迅的影視活動：（2）天堂 TV 特別推出八集電視連續劇《阿 Q 正傳》（java 版）：（9 月 24 日播出）第一集：優勝記略（在此處鏈接豐子愷爲《阿 Q 正傳》所畫的漫畫插圖，下同）；（9 月 25 日播出）第二集：續優勝記略、第三集：戀愛的悲劇；（9 月 26 日播出）第四集：生計問題、第五集：中興到末路；（9 月 27 日播出）第六集：革命；（9 月 28 日播出）第七集：不准革命；（9 月 29 日播出）第八集：大團圓。（3）天堂音像公司召集旗下歌手，推出翻唱魯迅的專輯《Tribute to lunxn for money》。這一專欄主要收錄了網友戲仿魯迅小說的文章，編者在「在線視聽」的標題下排列了網友的戲仿之作，同時在「原音重現」的標題下排列了魯迅的原作。「在線視聽」主要收錄了雨燕的《從百草園到三味書屋（影院版）》，這篇文章戲仿的對象是魯迅的《從百草園到三味書屋》；雪無尋的《風波新編》，這篇文章戲仿的對象是魯迅的《風波》；雷立剛的《互聯網時代的嫦娥奔月》、雨燕的《強生和潘婷的故事》、水手刀的《碧海青天夜夜心》，這三篇文章戲仿的對象是魯迅的《奔月》；悠晴的《祝福新編——祥林嫂的故事》，這篇文章戲仿的對象是魯迅的《祝福》；佚名的《咯吱咯吱洗吧》，這篇文章戲仿的對象是魯迅的《肥皂》；張揚.batz 的《一個叫 RQ 的人的自述》，這篇文章戲仿的對象是魯迅的《阿 Q 正傳》；熱帶魚的《再回故鄉》、雲淡風輕的《閏土，你在故鄉還好嗎？》、渚清沙白的《故鄉（心情版）》，這三篇文章戲仿的對象是魯迅的《故鄉》；清水的《子君的手記》、米芒的《傷逝》，這兩篇文章戲仿的對象是魯迅的《傷逝》；達子的《孔乙己：一個曾經的吉它手》、stockton326 的《孔乙己：一個 NBA 球迷的故事》，這兩篇文章戲仿的對象是魯迅的《孔乙己》。（4）天堂出版社在 9 月的書市上隆重推出《紹興寶貝・私人相冊》，當天即成爲「天堂暢銷書排行榜」NO.1。在「絕對隱私」的標題下，收錄了魯迅本人在不同時期的照片，有「留學日本」、「東京弘文學院畢業照」、「我與《阿 Q 正傳》」、「墳」、「五十生辰」、「病後留影」、「遺像」等 7 幅照片；在「愛你，愛得像個敵人」標題下，收錄了魯迅的親人和師友的照片，主要有「父親周伯宜、母親魯瑞」、壽鏡吾、藤野

嚴九郎、許廣平、馮雪峰、瞿秋白和「柔石等烈士」等 7 幅照片；在「不過如彼」的標題下，收錄了魯迅曾經生活過的地方的照片，主要有百草園與三味書屋、當鋪與藥店、仙臺醫科專門學校、紹興會館、八道灣、大陸新村等地的照片，另外還收錄了虹口公園魯迅墓的照片。在「我把魯迅先生送上法庭」部分，編者在「誰是魯迅眞正的傳人」標題下，以天堂法庭審判「張廣天訴錢理群冒充魯迅傳人」的形式，介紹了因演出民謠史詩劇《魯迅先生》而在社會上引起廣泛爭論的張廣天對錢理群等人的批評，這是當時社會上比較熱門的話題。原告張廣天的陳述是《〈魯迅先生〉是演給王朔錢理群看的》，原告證人證詞是《我看〈魯迅先生〉普及好得很》，原告律師的陳述爲《再說錢理群》；被告錢理群的陳述爲《接著魯迅的話往下說》，被告證人證詞爲《站在魯迅身後，他拒絕遺忘》，被告律師摩羅的陳述是《北大教授錢理群》。在「庭外採訪」的標題下，以「亂彈謠言中心」記者採訪的形式，收錄了張廣天和錢理群接受社會上一些媒體採訪的相關文章，採訪張廣天的主要文章有：《張廣天：我們要狠狠的作秀》、《張廣天至觀眾朋友的一封公開信》；採訪錢理群的主要文章有：《「罵」魯迅是正常的事情》、《錢理群：中學語文課本神化和庸俗化了魯迅》。在「陪審團成員：全體網民」的標題下，介紹了網民之間就此事所展開的激烈的爭論，主要文章有：《張廣天的革命秀》和《錢理群，你爲什麼不負責？！》。在「陪審團投票」的標題下，進行了「你認爲誰是魯迅眞正的傳人？」的在線調查。本次調查的選項有：「錢理群」、「張廣天」、「都繼承了魯迅的某一面」、「他們都不是」，投票的起止時間爲 9 月 24 日～10 月 20 日。總共有 1828 位網友參加了投票，投票結果顯示：選擇「錢理群」的有 151 票，占總投票數的 8.3%；選擇「張廣天」的有 230 票，占總投票數的 12.6%；認爲「都繼承了魯迅的某一面」的有 335 票，占總投票數的 18.3%；認爲「他們都不是」的有 1112 票，占總投票數的 60.8%。在「你是否還是那舊模樣？」部分，收錄了網友創作的描寫阿 Q、孔乙己、狂人等人在當代中國的命運的文章：描述阿 Q 的文章有：《阿 Q 炒股》、《阿 Q 的網戀》、《假如阿 Q 當了 CEO》；描述孔乙己的文章有《孔乙己 Vs 網絡帥哥》和《網絡時代的孔乙己》；描述狂人的文章有《狂犬日記——〈狂人日記〉續篇》。在「魯迅與網友的第一次親密接觸」部分，以魯迅應邀在天堂網吧與網友進行聊天的形式，收集了一些批評魯迅的文章和網友模仿魯迅創作的文章。在「我一個都不寬恕」的標題下，收錄了一些攻擊魯迅的文章，主要有葛濤輯錄的《魯

迅：百年被告》、葛紅兵的《爲二十世紀中國文學寫一份悼詞》、朱大可的《殖民地魯迅和仇恨政治學的崛起》、王朔的《我看魯迅》和野麥子的《狂人日記2000 版》等；在「關於教育體制」的標題下，收錄了秋有痕的《紀念高考》一文，這篇文章以魯迅的《紀念劉和珍君》爲戲仿對象，回顧了自己高考時的一些情形；在「關於股票」的標題下，收錄了理失眞的《論銀廣夏的倒掉》一文，這篇文章以魯迅的《論雷鋒塔的倒掉》爲戲仿對象，敘述了中國第一支藍籌股銀廣夏倒掉的故事；在「關於愛情」的標題下，收錄了斜陽西樓的《嫁給魯迅》和沉默之沙的《嫁給魯迅 II》，這兩篇文章都以夢幻的方式虛構了朱安與魯迅的愛情。在作者的筆下，作爲 21 世紀新女性的「我」在通過時光隧道成爲朱安之後，大膽地追求魯迅，終於獲得了魯迅的愛情。在「關於網絡文化」的標題下，收錄了少兒不宜的《未有好貼之前》，這篇文章戲仿了魯迅的《未有天才之前》，指出「好帖子並不是自生自長在深林荒野裏的怪物，是由可以使好帖子生長的環境產生，長育出來的，所以沒有這種環境，就沒有好帖。」在「要是今天魯迅還活著，他可能會怎樣？」的標題下，收錄了記者採訪周海嬰的訪談錄《魯迅活到現在要麼關在牢裏要麼不做聲》和漢上笑笑生的《牢裏的魯迅寫什麼？！》兩篇文章。

應當指出的是，網易紀念魯迅誕辰一百二十的週年專輯在形式上極富創意，發揮了互聯網的優勢，充分體現了網絡色彩，不僅巧妙的諷刺當代社會中的一些「吃」魯迅的現象，而且也把社會上的一些關於魯迅的熱點話題融進專輯之中，並通過鏈接論壇的形式爲網友提供了發表對這些現象看法的互動平臺，但是，專輯在內容方便還存在一些問題，略顯單薄，這可能與網友對魯迅的認識在水平上還參差不齊有關。

②新浪網站紀念魯迅誕辰一百二十週年專輯「百年魯迅 精神豐碑」

新浪網站紀念魯迅誕辰一百二十週年的專輯題爲「百年魯迅 精神豐碑」，由北京魯迅博物館葛濤策劃。如果說網易網站紀念魯迅誕辰一百二十週年的專輯「大家都來『吃』魯迅」以網友的文章爲主體，更多地體現了一種富有諷刺和戲仿的狂歡節色彩，那麼新浪網的紀念魯迅專輯則以學者的文章爲主體，更多地體現了歷史的厚重感和滄桑感。

新浪網的編輯爲紀念魯迅誕辰一百二十週年的專輯撰寫了如下的導言：「65 年前，郁達夫先生說：『沒有偉大人物出現的民族，是世界上最可憐的生物之群；有了偉大人物而不知擁護愛戴崇仰的國家是沒有希望的奴隸之邦。』

他所提到的偉大人物即指魯迅先生。65年過去了，先生的音容笑貌似乎依然在我們眼前浮現，先生的思想精神依然在激勵著我們前行……『前無古人，後無來者。念天地之悠悠，獨愴然而涕下。』遺訓猶在耳邊，先生已然作古，這裡，謹藉此專題表達我們對先生無限的哀思和無盡的緬懷吧！」在「導言」的左邊就是供網友發表言論的論壇和悼念魯迅先生的網上紀念堂的鏈接，網友不僅可以自由地在論壇中發表自己對魯迅的看法，而且可以方便地到魯迅先生的網上紀念堂悼念魯迅：網友可以在「留言」中抒發自己對魯迅的懷念，也可以為魯迅獻上一束鮮花，敬上一杯美酒、點一首歌、點燃一株蠟燭等。在「先生其人其事」部分，以圖片為主側重介紹魯迅的人生經歷與創作，收錄了魯迅在青年、中年、晚年等時期的一些照片，此外，還收錄了魯迅生活過的地方的照片和部分魯迅手稿的影印件，並在「魯迅作品集」的標題下，鏈接了魯迅的主要作品集。在「先生流離」的標題下，收錄了《魯迅先生年譜》、《魯迅自轉》和王曉明、林賢治等幾位著名的魯迅研究專家為《南方週末》紀念魯迅誕辰一百二十週年專輯撰寫的介紹魯迅生平經歷的8篇文章；在「所謂平凡」的標題下，不僅收錄了與魯迅有關的一些佚聞趣事，如《魯迅先生的生活情趣》、《親自寫廣告的魯迅》、《回憶魯迅拒客》等，而且還摘錄了周海嬰《魯迅與我七十年》一書中的部分章節，如《周作人為何把魯迅逐出八道灣》、《魯迅的喪葬費是共產黨還是宋慶齡支付的？》等。在「紀念魯迅 永久懷念」部分，主要收錄了一些悼念魯迅的文章。在「巨星隕落」的標題下，不僅收錄了魯迅逝世時社會各界悼念魯迅的文章、輓聯，而且收錄了從魯迅逝世一直到六十年代對魯迅悼念的活動介紹。在「先生不朽」的標題下，主要收錄毛澤東、蔡元培、茅盾、老舍等社會名流對魯迅的高度評價。在「百年被告」部分，主要收錄了由葛濤輯錄的一個世紀以來非議、攻擊魯迅的有代表性言論，從中可以看出不同時代非議魯迅言論的異同，對於當代的讀者有很好的參考價值。在「今世評說」部分，主要收錄了從報刊和網絡中上輯錄的一些文章。在「完全解讀」的標題下，收錄了一些當代作者對魯迅的解讀，主要有《魯迅，中國不能淡忘的旗幟》、《重讀魯迅》、《被意識形態化的魯迅》等文章；在「片言碎語」的標題下，收錄了《南方週末》紀念魯迅誕辰一百二十週年專輯刊發的、由葛濤輯錄的網友對魯迅的一些評價。網友關於魯迅的評論被編者巧妙地用魯迅的文章或作品集的名稱如《朝花夕拾》、《花邊文學》、《華蓋集》、《準風月談》、《南腔北調集》、《吶喊》、《為了

忘卻的紀念》、《這樣的戰士》、《孤獨者》、《隨感錄》、《自由談》等串聯起來。
這個專輯還同時進行了題為「你怎麼看待一度甚囂塵上的否定魯迅潮？」的
在線調查，共有 6080 位網友參加了本次調查，其中有 3213 位網友選擇「譁
眾取寵，不值一提」，占總投票人數的 52.85%；有 1462 位網友選擇「有其存
在的合理性」，占總投票人數的 24.05%；有 146 位網友選擇「很難判斷」，占
總投票人數的 2.40%；有 1248 位網友選擇「這是評論者的自由」，占總投票人
數的 20.53%。從投票結果可以看出網友的選擇呈現出多元化的特點，有超過
半數的網友認為當前的否定魯迅的熱潮是「譁眾取寵，不值一提」，有近 1／4
的網友選擇「有其存在的合理性」，有近 1／5 的網友選擇「這是評論者的自
由」，這些數字表明網友對否定魯迅潮有著清醒的認識。

應當說，新浪網紀念魯迅誕辰一百二十週年的專輯是同類紀念專輯中做
的較好的，最值得稱道的是策劃者專門設計了魯迅先生的網上紀念堂供網友
憑弔魯迅先生，抒發對魯迅先生的懷念之情。但是，這個專輯在內容上還存
在一些問題，主要問題就是「今世評說」欄目所收錄的文章有點雜亂，不能
真實全面地反映出當代魯迅研究的真實水平。

4、魯迅著作的改編與魯迅的藝術形象

2001 年，為了紀念魯迅誕生一百二十週年，北京陸續上演了 5 個改編自
魯迅作品的劇作，與 1981 年紀念魯迅誕生一百週年之際上演的眾多劇作相
比，這些劇作雖然打著各種各樣的藝術旗號，但其改編與演出卻大都是商業
化的，充分反映出市場經濟環境對紀念魯迅活動的深刻影響。如果說 1981 演
出的眾多劇作達到了魯迅著作改編的一個藝術高峰的話，那麼 2001 年演出的
這些劇作則達到了魯迅著作改編商業化的一個高峰。

（1）話劇《故事新編》

2000 年 10 月，林兆華導演的根據魯迅小說改編的話劇《故事新編》在北
京南城的一間破舊的車間裏的煤堆上進行了內部上演，引起了很多的爭議。
林兆華說：「我對魯迅沒研究，看了幾篇東西，就覺得《故事新編》裏的八篇
小說，比如《出關》、《理水》、《鑄劍》等特別有戲劇因素，荒誕戲嘛，故事
好玩也有意思。從批判國民性來講，魯迅確實很厲害，《故事新編》裏嬉笑怒
罵全都有，特放鬆，完全是大手筆。用戲劇來演繹魯迅的作品，並不容易，
我做《故事新編》這 8 個故事也有一些東西沒做好。我想以後可以再嘗試魯

迅的作品，其實這裡面每一個故事都可以結構出一個新的東西，也許會是一個京戲，或是一個現代舞，都說不准」。

2003年，該劇在歐洲巡演之後又在北京北兵馬司劇場正式公演。據《北京信報》報導，「該劇在短短的一個小時裏濃縮了魯迅先生《故事新編》中的《理水》、《采薇》、《奔月》等6個故事，以獨特的敘述方式將魯迅先生原著中的機趣幽默、荒誕離奇和超凡的想像力展露無遺。京劇小生江其虎低吟輕詠的崑曲與話劇演員李建義抑揚頓挫的評書共同演繹《鑄劍》的仇恨與慘烈。在《鑄劍》的主線之下，其他演員將《理水》、《采薇》等6個故事以奇特的形體動作表達出來，現代舞、即興表演、現場評說等戲劇手段被充分地利用。可以說，魯迅先生的《故事新編》被用一種現代戲劇的表現方式重新進行了詮釋。《故事新編》中還加入了投射在天幕上的影像，來自意大利的藝術家安德烈用他自己的視覺語言將他眼中的中國和《故事新編》結合在一起，既有中國水墨畫的空靈又有現代西方藝術的抽象，增添了《故事新編》的現代感。中國廟宇佛像和城市的車流、生活貧困的家庭以及孩童在沙灘上對幼鳥的摧殘交替出現在屏幕上，和演員在舞臺上的符號化動作交相輝映，凸顯了魯迅先生筆下麻木殘忍的主題」。〔註5〕

（2）民謠音樂劇《魯迅先生》

2001年4月12日，張廣天編導的「民謠清唱史詩劇」《魯迅先生》在中國兒童劇場演出首演，用三篇文章兩件事將魯迅的生平及思想「傳奇化」、「通俗化」，「用最通俗的手段嚴肅而全面地塑造偉大的思想家、革命家和文學家」。三篇文章是《狂人日記》、《記念劉和珍君》、《爲了忘卻的記念》，兩件事是指魯迅定居上海之後，回北平探望母親做的「北平五講」和魯迅的逝世，「戲的核心是探討魯迅與民眾的關係和魯迅的晚年思想」。雖然張廣天極爲推崇「偉大的思想家、革命家和文學家」魯迅，但是他說：「如果從文學上說，魯迅對我還沒那麼大的影響力，主要是思想上的東西，對人性、對觀念的洞察力，是精神層面的巨大震撼」。張廣天認爲魯迅是他「對現實社會表達自己觀念的最恰當的人物載體」。

全劇演出分爲第一幕《狂人日記》、第二幕《記念劉和珍君》、第三幕「北平五講《中國的脊樑》」、第四幕「最後的日子《遺囑》」、尾聲「民族魂」。張

〔註5〕參見新浪網文化頻道「魯迅作品改編專輯」。

廣天和兩位女歌手分別扮演魯迅、許廣平、劉和珍，他們坐在舞臺的前面用民謠清唱來貫穿整場演出，唱詞基本上來自魯迅的文章、論著、遺言，他們身後的銀幕上不時放映著敘述事件背景的影片，而劇中的反面人物借其他曲藝形式來表現，其中還包括天津快板，劇情發展通過一個演員的朗誦來交代。據《北京晨報》報導：和以往關於魯迅的作品不同的是，張廣天此次要給觀眾呈現的是「搖滾魯迅」。張廣天對此解釋說，在魯迅早期的思想中，就體現出了人的獨立、反抗以及人文思想，這與今天所說的搖滾精神是一脈相承的。從這個角度講，早在20年代魯迅先生就已完成了這個任務，他的搖滾精神已經到了今人沒有達到的高度。魯迅的搖滾精神在《狂人日記》中體現得特別明顯，實際上它表現的不僅是個人與封建社會的衝突，它更是個人與社會的衝突。這些與現在的搖滾宣揚的個性獨立和反抗都是一樣的。魯迅當時的反叛和極端，不是個人的而是具有民眾性的。他不像一些人，反叛和個性是幌子，實際上最後還是落在個人身上。另外，在《野草》中，很多的詞句實際上就是搖滾歌詞，比如「想上天堂的就上天堂吧，想下地獄的就下地獄吧，想要出進的就出進吧，想回古代的就趕快回去吧」。這些詞句都將在劇中直接被當作歌詞演唱。〔註6〕

　　張廣天的演出引起了較大的反響，也有批評家提出批評：「實際上，我們在《魯迅先生》裏看到的，頂多只是關於魯迅的種種隨意拼貼，比如把魯迅和《國際歌》隨意拼貼在一起；比如把魯迅的社會批判精神簡化爲文人之間的恩恩怨怨，再把那些文人簡化爲魑魅魍魎四個小丑式的形象，然後是漫畫式的拼貼；整個舞臺的設置也是如此，中西式樂器混雜在一起，背景則是完全被漫畫化了的魯迅的形象，而張廣天自己則正襟危坐在舞臺的正中間，一左一右是扮演許廣平和劉和珍的兩個女演員。所有這一切都使人感到有些莫名其妙。張廣天在一次答辯時說：『魯迅的血肉部分對我來說沒有意義，我只想表現魯迅精神。』這當然沒有什麼不好，但事實上，這種隨意的拼貼會不會適得其反，恰恰消解了魯迅的精神呢？於是，《魯迅先生》裏魯迅不見了，只剩下了冒充魯迅的張廣天。」〔註7〕

　　這段評論銳地指出張廣天對魯迅精神的背離與曲解。

〔註6〕參見新浪網文化頻道「魯迅作品改編專輯」。
〔註7〕解璽璋《張廣天的「革命秀」——評〈魯迅先生〉》，新浪網站文化頻道「魯迅作品改編專輯」。

（3）話劇《魯迅》

2001年5月，青年導演李六乙編劇的《魯迅》進行了排練，側重表現魯迅的精神世界及演進過程，想把魯迅還原成一個普普通通的人來表現，但是該劇因故沒有公演。李六乙說：「我從小讀魯迅，但真正想寫魯迅，想在舞臺上再現魯迅是在80年代末。當時對社會、對自身、對魯迅都有一種衝動，強烈表達的衝動，對魯迅的思考和對現實的思考積鬱得太久，我是一定會釋放出來的。《阿Q正傳》完全可以與莎士比亞的作品以及《浮士德》、《堂·吉訶德》等偉大作品比肩。魯迅的偉大在於他的批判性，不僅是社會批判而且是人性批判。在我的戲裏會特別強調這個，我試圖描寫情感的魯迅、戰鬥的魯迅和精神層面上的魯迅」。〔註8〕

（4）小劇場話劇《無常·女弔》

2001年8月，鄭天瑋編劇的小劇場話劇《無常——女弔》正式公演。這是一齣荒誕喜劇，從魯迅的《傷逝》、《孤獨者》、《在酒樓上》、《頭髮的故事》、《無常》、《女弔》六部作品中吸收素材，重新組裝，融荒誕與寫實於一體，以涓生和子君的愛情為主線，講述了知識分子涓生的墮落史，「在生與死、愛與恨、真與假、善與惡、人世與非人世這樣的兩極對壘中，呈現人們的困惑與掙扎，呈現人性的弱點和無奈。」

編劇鄭天瑋說：「從小就讀魯迅，但真正沉下心來體會魯迅還不是這一次。特別偶然翻到一本《魯迅作品選集》，首先是《孤獨者》打動了我，然後是《在酒樓上》、《頭髮的故事》、《傷逝》等6篇作品，這6篇是平常人們不大提起的作品，卻是魯迅專家認為『最具魯迅氣質』的六篇作品。在這裡你可以看到自己，看到過去，現在和未來，看到你的靈魂和軀殼的掙扎。魯迅的東西從來不是簡單的社會批判，那裡面是更深刻的人性」。「我要讓觀眾們即使不知道魯迅是誰，也能看懂這個戲。今天的人演今天的魯迅——還是活著的魯迅」。「我相信這個戲會讓沒有讀過魯迅作品的人去喜歡他，同時也會讓讀過魯迅作品的人有新的聯想。」

《無常·女弔》演出形式很熱鬧，大屏幕投影、真人與假人同臺、一人飾多角、說快板，最後四位演員一起升空，現場氣氛十分熱烈。導演王延松說：「這部戲的劇名就很有創意，它是魯迅先生的《無常》、《女弔》兩篇作品

〔註8〕參見新浪網文化頻道「魯迅作品改編專輯」。

的組合，情節上與《傷逝》等其他四篇作品緊密關聯。它講述的是關於陰間、鬼等看似荒誕的故事，但卻又時刻影射著人間、人的感情境遇。它是對魯迅作品人物的大重組，延續了魯迅先生獨特的荒謬、陰冷的氛圍，然而它又是以喜劇的形式闡釋作品。」〔註9〕

但是也有一些評論家認爲「此劇表現了主人公孤獨、落寞及由有爲走向頹廢的無奈，這與魯迅幾個作品的意境是相符的，也很有現代感。但由於把幾個人物糅在一個人身上，因而每個都只是點到爲止，使劇作只停留在淺層次上，不如魯迅作品有深意，更缺乏魯迅作品的文學氛圍。」「該劇的荒誕不是魯迅式的荒誕，該劇的笑料也不能等同於魯迅式的幽默。」「在這些劇中，魯迅提供的是外殼、賣點，而不是靈魂。還是讓魯迅活在他自造的文字中吧。」〔註10〕

這些評論都從不同角度指出該劇存在的局限與缺憾。

（5）話劇《孔乙己正傳》

2001年8月，古榕導演的大型現代歷史話劇《孔乙己正傳》首演，這也是中國第一部由電影改編成的話劇，該劇取材於魯迅的名著《孔乙己》，並作了改動：孔乙己就以魯迅父親爲原型，飽嘗人生四大喜事和四大悲事；丁舉人也由幕後走到臺前，成了孔的冤家對頭；孔乙己與幾個女人的糾葛更被大肆渲染。劇本通過孔、丁兩家的世代恩怨衝突和孔乙己大起大落、大喜大悲的獨特命運把中國古代科舉制度、人生沉浮和愛情故事三位一體地交織在一起，劇中大量運用電影蒙太奇手法，把電影中的風景畫面與舞臺內景相穿插，用銀幕藝術和舞臺造型塑造出江南水鄉風情的畫面。

古榕說：「魯迅是孔乙己的兒子。我對魯迅算是有些研究，單是研究《孔乙己》就有將近兩年的時間，研究的結果非常令人吃驚，我發現孔乙己的原型正是魯迅先生的父親。我有充足的史實來證明這一點。我的另一發現是，魯迅的小說不是什麼現實主義，而是象徵主義。在我的這部話劇中，孔乙己將是中國文人的一個縮影，經歷了所有一個人可以經歷的喜怒哀樂悲歡離合，他承載了對中國文人的歷史和精神的追問」。

有評論家指出：「《孔》劇最大的特點就是一反近年來盛行的先鋒實驗

〔註9〕參見新浪網文化頻道「魯迅作品改編專輯」。
〔註10〕參見《北京青年報》記者尚曉嵐的相關報導，新浪網站文化頻道「魯迅作品改編專輯」。

戲劇形式，重新讓觀眾感受講故事的魅力。在長達近 3 個小時的演出中，觀眾隨著孔乙己命運的起伏跌宕，飽嘗人生的四大喜事和四大悲事。來自百老匯的明星王洛勇，無論是臺詞還是表演，都散發著一種獨特的人性魅力。值得一提的是，該劇的舞美和服裝給觀眾帶來超前的視覺衝擊力。水鄉、貢院和皇宮在舞臺上逼真地呈現出來。古榕的執導方式讓人覺得像電影」。〔註 11〕

該劇在上演後也引起了爭議。雖然此劇主演王洛勇的表演獲得一致稱道，劇場效果也很熱烈，臺上擺放了明清家具，布置堪稱豪華，但無奈劇情實在離魯迅太遠。中國社科院文學研究所孟繁華對此提出了尖銳的評論：這種演繹太拙劣了，丁舉人完全是臉譜化的，而孔乙己與四個女人的關係太市場化了，雖然該劇用了正劇的形式，但仍是「戲說」魯迅和孔乙己。外國文學專家童道明則認為編導古榕為此用了三年時間研究、改編魯迅作品，是認真的，下了工夫的，不是不嚴肅的「戲說」。北京師範大學教授王富仁認為，話劇《孔乙己正傳》更多地是停留在以前對魯迅的《孔乙己》的理解上，即揭露封建科舉制度的危害，並將孔乙己的悲劇歸結為他與丁舉人的個人恩怨，這有些簡單化。魯迅寫《孔乙己》更多的是展示知識分子在中國社會的地位、作用，及在中國文化的環境中其性格及精神上的缺陷，話劇《孔乙己正傳》顯然沒有達到這一高度。〔註 12〕

（6）話劇《圈》

2004 年 10 月 20 日至 30 日，遼寧鞍山市藝術劇院在北京人藝小劇場演出了 9 場小劇場話劇《圈》。該劇是為紀念魯迅先生一百二十週年誕辰、逝世六十五週年而創作的，主要情節根據《阿 Q 正傳》改編，又糅合了魯迅的另一篇小說《藥》的主要細節。據北京晨報報導，「在這齣戲裏，小尼姑要拿阿 Q 的血蘸成的人血饅頭給縣太爺滋陰壯陽，因為小尼姑和縣太爺有著曖昧關係；同時阿 Q 暗戀著小尼姑；還有大量阿 Q 和吳媽調情的情節。在舞臺呈現上，阿 Q 操著一口東北話，不僅直接在舞臺一角表演撒尿，而且還敢於扯掉小尼姑的帽子把她推倒在地，並有三次赤露身體欲和吳媽『困覺』的色情動

〔註 11〕 參見新浪網文化頻道「魯迅作品改編專輯」。
〔註 12〕 參見《北京青年報》記者姜薇的相關報導，新浪網站文化頻道「魯迅作品改編專輯」。

作，扮演吳媽的女演員也有一段脫戲」。〔註13〕

對魯迅著作這樣的低俗化改編，不僅違背了魯迅原著中揭露國民劣根性的原意，有褻瀆、惡搞魯迅著作的傾向，而且引起了觀眾的反感，一些觀眾以中途退場的方式表示他們對該劇的不滿。

（7）電視劇《阿Q的故事》

2000年，江蘇作家範小天拍攝的根據魯迅《阿Q正傳》改編的10集電視劇《阿Q的故事》正式播出。該劇充分運用商業化手段把魯迅的《阿Q正傳》、《孔乙己》、《故鄉》、《藥》等中短篇小說糅合在一起，改編成了一個荒誕的故事：清朝末年，兩名太監盜竊宮中寶物流竄到紹興未莊，爲轉移視線擺脫追捕，假造了一份子虛烏有的清宮掃蕩革命黨人黑名單，由此引發一場革命黨、保守黨、知縣衙門等多方勢力的殊死搏鬥。劇中，以打短工爲生的阿Q一心喜愛孔乙己的女兒秀兒，而秀兒偏偏鍾情於革命者夏瑜，喪夫的「豆腐西施」楊二嫂又渴望著心地善良的阿Q的愛。迂夫子孔乙己爲保全他誤以爲是科舉名冊的假名單，不惜裝瘋並把女兒嫁給了阿Q，當理想幻滅之後真的瘋了；阿Q在令人啼笑皆非的「英雄氣概」和一廂情願的「忠貞愛情」的驅使下頂替夏瑜坐牢，最終懵懵懂懂地丟了性命，只有一心堅持革命理想的夏瑜走上了革命的道路。

這個電視劇原來設計成了一部20集的純商業片，有追殺、有三角戀，經過北京專家的批評指正後改爲8集，商業味抹淡，藝術性加強，導演後來拍成了10集。儘管這部電視劇在片頭打出了「謹以此片獻給偉大的思想家、文學家、中國現代文學主將魯迅」的文字，儘管出品人范小天說，拍攝這部電視劇完全是出於對魯迅先生的尊重，但是這部電視劇的商業化手段還是非常突出：阿Q談起了三角戀愛；花了幾萬元製作的片頭曲和片尾曲十分煽情，對阿Q稱賞不已：「偏愛你英雄氣短兒女情長」、「只疼你窩窩囊囊貽笑四方」；假洋鬼子趕起時髦說「經濟制裁」；新增的角色縣太爺林福貴賣起了日本「生發油」……

這部電視劇在播出後引起了一些爭議，面對一些魯迅研究專家對該劇戲說魯迅的批評，導演顧小虎強調該劇並不是在「戲說」魯迅，因爲它並未改變魯迅小說的精髓，創作態度也是嚴肅的，如果說是戲說，那也是「嚴肅的

〔註13〕參見新浪網文化頻道「魯迅作品改編專輯」。

戲說」。編劇盧新宇則指出這種改變魯迅原著的方式有助於擴大魯迅著作的傳播，他說：現在還有多少人知道阿Q，有多少學生愛讀魯迅的小說？所以改編的初衷就是普及、推廣，讓新時代的人重新認識魯迅。〔註14〕

這些自我辯解貌似有理，但仍然無法洗脫該劇戲說魯迅的事實，這樣的改編那裡爲普及魯迅，分時是借魯迅來賺錢！

（8）電視劇《魯迅與許廣平》

2001年，電視劇《魯迅與許廣平》正式播出，這部電視劇主要反映魯迅和許廣平相識、相戀的故事。劇中的魯迅形象不僅被戲說，而且顯得很荒誕：他和許廣平散步，居然也說「今天天氣眞美」，「你比天氣更美」這樣的陳詞濫調；他和女學生在家裏喝酒，竟和許廣平在嬉戲中追要酒瓶。〔註15〕閻晶明指出：「魯迅小說在小說形式上的純粹，在某種程度上決定了它們其實並不適於改編爲影視作品。魯迅的生平經歷更多的在他的內心深處，羅列和演繹他的經歷素材，做一般意義上的積極闡釋，效果其實適得其反」。而「想要展現一個讓所有人都能滿意的魯迅形象是一種奢望，最後只能導致平庸化的『魯迅形象』。編導和演員如果沒有在自己心中樹立一個屬於自己的魯迅形象，就不可能完成『再現魯迅』這個艱難的任務」。〔註16〕

這段雖然平和但卻深刻的評論指出了眾多塑造魯迅形象電視劇的癥結據，那就是編劇，導演和演員對魯迅的理解不夠，所以根本不可能塑造出令人滿意的魯迅形象。

（9）黃梅戲音樂電視劇《祝福》

2004年，中央電視臺中國電視劇製作中心和安徽電視臺聯合攝製了四集黃梅戲音樂電視劇《祝福》，金芝擔任編劇，胡連翠、周天虹、李偉擔任導演。編導準確把握原著中祥林嫂「逃」（被賣）、「碰」（喜案）、「捐」（門檻）、「問」（人有沒有靈魂）命運主線，同時在尊重原著的基礎上爲了發揮黃梅戲細膩、抒情的藝術風格的優勢，也爲了通過抒唱塑造祥林嫂的音樂形象，對原作作了兩處較大的改動，首先是將戲劇場景的重心從魯鎮魯四老爺的府第轉移到了賀老六的老家賀家，在四集電視劇的篇幅有整整兩集表現祥林嫂與賀老六在賀家的生活；其次是增加了祥林的兄弟祥富與祥富妻子二丫這一對人物。

〔註14〕參閱《北京青年報》的相關報導，新浪網文化頻道「魯迅作品改編專輯」。
〔註15〕傅瑾《魯迅爲什麼如此荒誕》，《北京青年報》2001年3月13日。
〔註16〕閻晶明《莫要戲說》，《深圳週刊》2001年3月24日。

編導通過對口唱、兩重唱、四重唱，以及幕後伴唱等大段大段的抒唱，將祥林嫂對美好生活的嚮往，對丈夫、兒子真摯的愛與期待表現得淋漓盡致，也與以後希望的破滅以至陷入絕望造成強烈的對比。這樣的結合黃梅戲洋溢著青春、亮麗、溫馨的藝術風格的改編就為魯迅的原作注入了「詩、情、美」的因素。（參見該劇演出說明）

（10）豫劇《風雨故園（魯迅與許廣平、朱安）》

2005 年 12 月 8 日，河南豫劇三團演出了豫劇《風雨故園（魯迅與許廣平、朱安）》（原名《朱安女士》），陳湧泉擔任編劇，汪荃珍飾演朱安，魯迅的長孫周令飛擔任藝術指導。

《風雨故園》是以魯迅先生與原配夫人朱安女士的不幸婚姻為素材而創作的，表現魯迅對封建傳統的反抗，對母親的孝順，對朱安的責任感。雖無夫妻之情，卻有夫妻之義。在當時的時代背景下，許廣平勇敢地走出來了，魯迅也在許廣平愛的鞭策下走出了自己心中的故園，魯母也從這場包辦婚姻中受到了教育。陳湧泉在接受《大河報》記者採訪時指出，他希望通過這一劇本帶領觀眾走進魯迅的心靈世界，感受他的呼吸，體會他的脈動，塑造一個有血有肉、偉大而真實的人間魯迅；通過朱安、魯迅個人的悲劇，寫出社會大變革中人物的命運；通過一個弱者的視角，對中國傳統文化、近現代歷史進行深刻反思。周令飛對該劇作出了高度評價：「用戲曲這種傳統形式來表現一個偉人的內心世界，這對戲曲本身是一種挑戰；過去魯迅題材的舞臺劇很少，即便有也比較符號化，表現一個有血有肉的人間魯迅，對創作者是個挑戰；從他和原配朱安的不幸婚姻這個小視角來反映當時劇烈的時代變革也是個挑戰——三團排練《風雨故園》可以說是河南豫劇的一次再出發。」

該劇的成功上演獲得了良好的反響，戲曲評論家劉敏言指出：「這是豫劇藝術的一次文化提升，也是豫劇創作的一個豐碩成果，因此，《風》劇必將成為一部具有突破和創新意義的標誌性作品，並將在全國戲劇界引起強烈反響」。

（11）電影《魯迅》

2005 年，上海電影集團為了紀念中國電影誕生一百週年而拍攝了電影《魯迅》，丁蔭楠擔任導演，濮存昕飾演魯迅，張瑜飾演許廣平。影片選取了魯迅最後 3 年的生命歷程，以楊杏佛之死、瞿秋白之死、魯迅之死這 3 場死亡為

內在結構，貫穿了魯迅的 7 個夢境，將魯迅的最後 3 年時光呈現在了觀眾面前，細膩地刻畫了魯迅為人夫、為人父、為人子的複雜情感，向觀眾展現了一個平凡親切的魯迅。導演丁蔭楠表示，該片打破了以往人們印象中的「橫眉冷對千夫指」的魯迅形象，把魯迅塑造成一個與常人一樣會感到生命脆弱的有呼吸的凡人。影片通過魯迅的七個夢境表現了魯迅更深層次的對人生的哲學思考，並且通過對一個良師、丈夫和父親的形象塑造，表現了魯迅的愛，「因為有了愛，魯迅才會有戰鬥的精神和力量」。

丁蔭楠在接受記者採訪時強調：「通過電影去表現夢境是一種很不討巧的方式，但是電影最重要的功能應該是能生發出一種情感，這部影片就是要讓觀眾看到一個彩色、浪漫的魯迅。」他說：「我之所以考慮用夢境來表現魯迅的文學作品，主要是想把魯迅的內心世界和他的作品進一步結合起來，呈現一個相輔相成、豐富多彩的魯迅形象。在影片中將會出現魯迅的 7 個夢，每個夢中都將出現魯迅經典文學作品的人物，運用電腦特技作為輔助手段則會把這些夢演繹得相當具有可看性。」濮存昕在接受記者採訪時也指出：這是一部心理色彩十分濃厚的電影，用許多幻覺意識和夢境來描寫魯迅犀利的一生、人性的一生。演魯迅，不能停留在造型時代，我們要的是魯迅剎那間的一種情緒，他對社會、對親人、對朋友、對學生的那種特別的意味，你能聽得見他的呼吸、心跳，他的血液在流淌。「我們不從外部『找』魯迅，而是向內挖掘，是為魯迅作『像』，而不是作『史』，心裏有了不用去表現。」〔註17〕

影片上映之後，觀眾的反響不一。魯迅的兒子周海嬰看過樣片之後說：《魯迅》以詩化的、夢幻的手法表現出魯迅這樣一位文學家、思想家的精神世界和文學天地，是一次非常有益的嘗試，我非常讚賞濮存昕這種追求神似的藝術選擇。北京大學教授孫玉石認為影片夠「硬」，不夠「文學」，影片著力表現了魯迅的政治和社會活動，但是作為文學家，他生命的最後幾年還在緊張地勞動，並有過非常輝煌的創作，影片在這方面體現得不夠。北京電影學院教授余倩指出：文學不能直接搬進電影，片子中的細節和事件都有文本的記錄，但是僅從文字表面表現是不夠的，使片子有拼接的感覺。中國社會科學院研究員張恩和指出：不熟悉文學史的人看不懂這部片子，整個影片比較亂，想表現的東西很多，但是沒有抓住重點。尤其細節的鏡頭沒有明顯的主線貫穿，因此觀眾對魯迅的形象沒有一個整體的感受。

〔註17〕參見新浪網文化頻道「魯迅作品改編專輯」。

（12）魯迅小說的插圖本

在當下的「讀圖時代」，以圖文並茂的形式出版魯迅著作一直是業界的熱點，豐子愷、程十發、丁聰、范曾、裘沙等名家插圖的魯迅著作一直熱銷。

福建教育出版社「木犁書系・魯迅解讀叢書」在 2001 年推出了《畫說魯迅——趙延年魯迅作品木刻集》，該書分爲「魯迅文學作品插圖」、「木刻版畫中的魯迅」、「魯迅作品插圖創作談」三部分，全面收錄了趙延年關於魯迅的木刻作品和相關理論文章。趙延年先生的自序《我怎麼會刻了 130 多幅魯迅先生作品的插圖》追述了自己在「文革」中與魯迅的精神相遇，很值得一讀。另外，人民文學出版社出版的《趙延年木刻插圖本阿 Q 正傳》（李允經編輯）很受讀者歡迎，已經多次加印。

新華出版社 2002 年推出的一套 6 本的《魯迅小說全編繪圖本》（曉歐主編、王景山導讀）很值得關注。這套繪圖本共 6 冊，將魯迅小說集《吶喊》、《彷徨》、《故事新編》中的 33 篇小說故事，用 4000 多幅卡通漫畫生動地表現了出來，力圖「保持了魯迅原著的風格，並體現其精髓，在圖書形式上又有所創新；改編忠實原著，保留了原作的藝術完整性」，此外，「每篇作品都有魯迅專家所撰寫的作品導讀；使此書具有較強的學術性和權威性」。編者相信這種圖文並茂的卡通漫畫會提高中學生們對魯迅作品的興趣，並主動閱讀魯迅的更多小說。

5、魯迅的商業化

進入二十一世紀，魯迅的商業化越來越嚴重，不僅出現了「魯迅酒」，而且出現了以「魯迅」爲名的房地產開發項目。

（1）建設魯迅文化園

2001 年，北京市魯藝房地產開發有限公司在北京西郊興建了一座綜合性大型文化設施魯迅文化園，「以表現中華光輝燦爛的文明歷史和博大精深的民族文化，探索我國文化產業發展的新途徑」。被列爲北京市重點工程的魯迅文化園總佔地 53.1 公頃，自南向北依次爲文化展示區、文化景觀區和文化住宅區。北京市魯藝房地產開發有限公司董事長楊元惺表示，「跨入新世紀，北京申奧成功，中國入世，北京房地產業面臨前所未有的發展機遇，同時也面臨激烈的挑戰。房地產業要想生存並出類拔萃，就必須展示自己的新亮點。魯藝公司開發建設的魯迅文化園，就是將房地產與文化產業相結合，以愛國主

義爲主線，寓教於樂，把展示、研究和交流有機結合起來，使之成爲中國人的精神家園和文化人士的生活樂園」。〔註18〕可以說，魯迅文化園最終目的是把魯迅當作文化產業來進行商業化運作的。而當魯迅被當作文化產業進行商業運作時，商人們可以僅僅關注「魯迅」的名號能帶來多大的商業利益，而不會去關注如何弘揚魯迅的精神的。

（2）建設「魯鎮」旅遊區

2003 年 9 月 29 日，紹興水鄉柯岩的魯鎮景區正式對外開放，魯迅之子周海嬰欣然擔任首任名譽鎮長。據新華網浙江頻道報導：「以魯迅筆下的魯鎮爲藍本建造的，整個鎮佔地 150 畝，建築面積 3 萬多平方米。鎮內闢有傳統餐飲區、傳統商鋪作坊區、傳統府宅民居區和寺廟文化區四個區域。步入鎮內，飄香的黃酒越菜，鱗次櫛比的貢品店、錫箔店、錢莊和當鋪等商鋪，以及打著舊時代印記，頗具大戶人家排場的『魯府』、『趙府』和『錢府』，無不呈現出濃濃的『故鄉』氛圍。當然，最能讓遊人動容的，應該說是在魯鎮街頭不時演繹的一齣齣『活劇』：阿 Q 揣著兜裏的幾個『魯鎮通寶』，興沖沖走向『魯鎮賭坊』押牌寶去了；窮困潦倒的孔乙己跛著腿來到咸亨酒店賒酒吃；九斤老太搖著破蒲扇感歎世時：『一代不如一代』；錢府的假洋鬼子扛著拐棍神氣活現地欺侮阿 Q……這些由現代人演繹的那個時代的生活情景，或許能讓遊人在時空錯位中，恍然意識到：那就是魯鎮呀。據悉，爲了增加遊人的遊興，2003 年國慶期間魯鎮舉辦了『魯鎮風情節』，演繹一場眞正的『祝福大典』，還有『越地風味小吃美食節』，有著名藝人參加的地方戲曲展演和『搶親』等民俗表演。另外，還將有一些參與性很強的趣味活動，如每位遊客可憑魯鎮景區門票免費領取價值 10 元的『魯鎮通寶』（銅鈿），參與各種妙趣橫生的互動節目等，使遊客在輕鬆愉快的環境中加深瞭解離我們漸行漸遠的舊時社會景象。」〔註19〕

「魯鎮」旅遊區的建成可以說是把魯迅著作商業化的極致，人們在「魯鎮」看到的只是魯迅筆下建築與人物的摹仿品，很難體驗到魯迅原作中的精神和思想，這與其說是在紀念魯迅不如說是在俗化魯迅，是在對魯迅進行商業利用和商業開發。

〔註18〕鄧海雲《魯迅文化園首屆文化節開幕》，《光明日報》2001 年 12 月 30 日。
〔註19〕參見新華網 2003 年 10 月 24 日關於紹興「魯迅文化節」的相關報導。

（3）拍賣魯迅冠名權

2001 年，紹興魯迅外國語學校經與魯迅家人多次協商，最後將以 50 萬元買下魯迅的三年冠名權，成爲全國第一所被授權冠名的「魯迅」學校，另外，學校還聘請周海嬰擔任學校的名譽校長，聘請周海嬰之子周令飛擔任學校的教育總監，參加學校的重大活動，負責監督學校的教育質量，使冠名學校不辱沒偉人的形象。魯迅家人認爲任何未經魯迅先生直系親屬許可，以營利爲目的擅自使用魯迅姓名的行爲均屬侵權行爲。用授權冠名的形式是對無形資產的尊重，也是市場經濟條件下品牌意識的覺醒。至於冠名費，他們將以魯迅家人的身份捐贈給學校。有關人士對魯迅後人是否能以家人名義有償授權使用「魯迅」的名號持有異議。〔註 20〕可以說，拍賣魯迅冠名權實際上既是對魯迅形象的一種有力的保護，也是在市場經濟條件下把魯迅當作無形資產進行商業化運作。

（4）申請「魯迅」商標

2003 年 6 月，魯迅的後人向國家工商總局申請「魯迅酒」商標，打算獲得註冊商標後授權古越龍山紹興酒股份有限公司使用，後者準備借魯迅先生誕辰一百二十週年之際推出魯迅紀念酒，然後逐步形成品牌和產品系列，把「魯迅酒」形成一個與「古越龍山」齊名的名酒品牌。8 月 9 日，國家工商總局以「名人商標是特殊商標，要考慮社會影響，容易引起社會不良影響的商標不予核准通過。魯迅先生是一代大家，把他的名字作爲商標用在商業活動中是不合適的」爲由正式告知媒體，魯迅的長孫周令飛向國家工商總局申請的「魯迅酒」商標經初審予以駁回，由此引發了媒體和社會各階層的關注。上海交大知識產權研究室的王錫麟教授也認爲，「魯迅具有特殊的含義，有著很強的政治色彩。不註冊不會造成傷害，一旦註冊就難保會造成傷害。酒類又作爲特殊的商品，在一定時間內可能沒什麼傷害，但是時間一長就難保不會用壞」。復旦大學法學院的王全弟教授指出：「魯迅太特殊了，從某種意義上講他是屬於全民族、全人類的」，「魯迅具有一般名人所具有的特點，也有一般名人所沒有的特點。」另外，魯迅家人有沒有權利申請商標註冊也成爲了一個爭論的焦點。〔註 21〕在市場經濟條件下，申請「魯迅」商標實際上既是對魯迅進行知識產權保護也是對魯迅進行商業開發。

〔註 20〕《魯迅冠名權賣了 50 萬有關人士持異議》，《江南時報》2001 年 6 月 24 日。

〔註 21〕潘海平、顧大煒《魯迅先生英名可以做酒商標嗎？》，新華網浙江頻道 2003 年 10 月 15 日。

6、關於魯迅的論爭

進入二十一世紀，國內圍繞魯迅評價問題先後爆發出多次大規模的論爭，在社會上產生了重大的影響，這些論爭不僅突破了魯迅研究此前存在的一些學術禁區，澄清了一些關於魯迅的有爭議的史實問題，在對魯迅的評價問題上取得了進展，而且，通過大眾傳媒的力量把日漸冷落的魯迅研究變成公眾關注的社會熱點話題，有力地促進了魯迅在社會上的傳播。

（1）關於《收穫》「走近魯迅」系列文章的論爭

2000年初，《收穫》雜誌在2000年第1期推出了「走近魯迅」魯迅專欄，刊登了林賢治的《魯迅三論》、王富仁的《學界三魂》等文章，但沒有引起多大反響。不過第2期刊登的王朔的《我看魯迅》、馮驥才的《魯迅的功與「過」》和林語堂的《悼魯迅》等文章，其中王朔的《我看魯迅》一文在文壇引爆了一枚重量炸彈，震動了社會。

王朔在《我看魯迅》一文第一部分中從自己的閱讀經歷出發以調侃的語調評論了魯迅的作品：「我對魯迅文風的第一觀感並不十分好，如此文摘怎麼能算他的東西……老實講，當時很容易崇拜個誰，《豔陽天》我都覺得好，但是並沒覺得魯迅的小說寫的好……魯迅的小說就顯得過於沉悶……魯迅那種二三十年代正處於發軔期尚未完全脫離文言文影響的白話文字也有些疙疙瘩瘩，讀起來總有些含混……魯迅寫小說有時是非常概念的，這在他那部備受推崇的《阿Q正傳》中尤為明顯……魯迅這個人，在太多人和事上看不開，自他去了上海，心無寧日，天天氣得半死，寫文章也常和小人過不去。憤怒出詩人，你憤怒的對象是多大格局，你的作品也就呈現出多大格局」。

在文章第2部分，王朔強調：「我認為魯迅光靠一堆雜文幾個短篇是立不住的，沒聽說有世界文豪只寫過這點東西的……我堅持認為，一個正經作家，光寫短篇總是可疑的，說起來不心虛還要有戳得住的長篇小說……在魯迅身上，我又看到了一個經常出現的文學現象，我們有了一個偉大的作家，卻看不到他更多優秀的作品。」

王朔在文章第三部分認為：「像所有被推到高處的神話人物一樣，在魯迅周圍始終有一種迷信的氣氛和蠻橫的力量，壓迫著我們不能正視他。他是作為一個不可言說的奇蹟存在的……思想解放運動開始後……我才發現我對他有多不瞭解……不知道魯迅思想的精髓到底是什麼？」

在文章第四部分，王朔批評了他認爲是在歪曲、效顰魯迅精神的種種怪現象，他認爲：「有一點也許可以肯定，倘若魯迅此刻從地下坐起來，第一個耳光自然要扇到那些吃魯迅飯的人臉上，第二個耳光就要扇給那些『活魯迅』、『二魯迅』們」。

王朔在文章最後爲自己批評魯迅辯護道：「各界人士對他的頌揚，有時到了妨礙我們自由呼吸的地步。我不相信他如此完美，沒有這樣的人，既然大家越來越嚴厲的相互對待，他也不可例外。他甚至應該成爲一個標尺，什麼時候能隨便批評他了，或者大家都把他淡忘了，我們就進步了。中國有太多神話，像我這樣的紅塵中人，若想精神自由，首先要忘掉還有一個『精神自由之神』」。

王朔在發表《我看魯迅》之後答記者問「爲什麼要衝著魯迅？」時說：「魯迅再偉大，怎麼就不能這樣看他呢。魯迅今天不能說話，他能說話時大家也照樣可以說話。爲什麼不能將魯迅當作一個平常人看待呢？他偉大又怎麼樣呢？你認爲他偉大你可以只是讚美他；我也同樣認爲他偉大，但我也認爲他有很多缺陷，他不是神。這樣的表達不衝突呀！魯迅是一個標誌性的人物，能否談論魯迅其實是文化能否多元化的重要標誌。如果魯迅不能碰，所謂的多元化都是扯蛋。而且我覺得談魯迅的任何人，我不認爲他們對魯迅有特別大的尊重，可以說魯迅是抹殺不了的，不管你說什麼，他的成就在那裡擺著。但這並不妨礙我說他呀」。

對王朔的批評主要來自學界。《南方週末》在 5 月 19 日發表了鄢烈山的《金元寶殿上的小丑》和林賢治的《魯迅與王朔的有神論》，並配發了「魯迅挨罵錄」，對王朔進行了激烈的批評。鄢烈山指出：「王朔雖非侍奉帝王於金鑾寶殿，但他賣笑於金元寶殿，最會媚俗，左右逢源，逢場作戲，所以，我們千萬別把他的話當真。」鄢烈山在文章最後特別強調：「值得關注的不是王朔在怎樣表演，而是他的痞子話語霸權的日漸擴張，大有橫掃六合一統中國文化殿堂的勢頭。」林賢治在文章中反駁了王朔指責魯迅的種種言論，認爲「像這樣一個生前毫無自由權利可言，頂多配寫『僞自由書』的人，今天怎麼竟淪爲自由的死敵？」張伯存在《〈我看魯迅〉值得商榷》（《北京日報》）一文中認爲：「這又一次應驗了魯迅所言的革命、『革革命』的怪圈，只是後繼的『革命者』何以要不斷的用前驅的血祭旗？研究 20 世紀中國文化，青年文化與文學是不容忽視的重要課題。」對王朔最激烈的批評來自魯迅的家鄉。

紹興市作協主席朱振國看到王朔的大作後，非常氣憤，他在《文匯報》發表了致中國作協和《收穫》雜誌的公開信：「概括《收穫》上的三文，可以說馮驥才的開篇是『點穴』，王朔的賣點是『抹糞』，林語堂的壓卷是『漫畫像』。」

朱振國認爲：馮驥才的說法實際上是指責魯迅的『國民性批判』，是揀了西方傳教士的牙慧，是給魯迅扣上了盲目崇拜西方霸權思想的帽子；王朔的言論是「對一位文學大師進行肆意的嘲弄、貶斥、譏笑。」「是『文革』時代紅衛兵『破四舊』的那種做法的心態，才能用錯了地方的王朔，現在成爲文壇的紅衛兵，在那裡恣肆橫行；林語堂則是給「魯迅畫了兩幅『活形』，魯迅近乎街頭尋釁耍賴的牛二。」朱振國緊接著強調：「對待歷史人物，尤其是文化偉人，我們需要保持明智的心態，宗師、奠基人、開先河者，有其不完善之處是難免的，但他們的歷史地位是不可動搖的。想以對巨人的輕侮襯托自己的高明，或以爲巨人已長眠地下不可能辯誣、抗爭而顯得猖狂，只能證明自己的愚蠢、淺薄和卑劣。」朱振國最後質問：「這次《收穫》討伐魯迅，到底是出於怎樣的考慮？作爲我們協會主席和刊物主編的巴金知不知道這件事？如果不知道，那麼，這次『倒魯』是誰策劃又代表了誰的旨意？」朱振國最後要求中國作協「以嚴肅的態度關注此事，給讀者和會員一個明確的說法。作協的領導對肆意貶損、侮辱魯迅等大師級文學前輩的現象應有正確的立場和態度。」

朱振國的公開信在有關部門負責同志的支持下（據說是要求媒體刊登議論偉人的言論時必須審愼）由新華社發了通稿，國內各主要媒體紛紛報導此事。在這樣的背景下，《收穫》副主編在接受記者採訪時特別強調：

> 魯迅是人不是神，大家都有權評說。至於我們雜誌社，本身不發表觀點，只是提供一個舞臺，讓作家討論，讓讀者議論。有多種聲音不見得是壞事……「走近魯迅」專欄是開放型的，接受各種聲音，從各種角度觀察、感受魯迅。編輯的初衷是讓熟悉魯迅的老一輩人和我們同時代的作家從各個角度、多方位的論述魯迅，使讀者走近一個同樣有著七情六欲的眞實的魯迅。馮驥才、林語堂，包括一貫口無遮攔的王朔，都是在肯定魯迅的大前提下展開討論的，而且，態度也是誠懇的。

此後，裴毅然發表了《魯迅問題》一文，尖銳批評了魯迅研究中存在著的「重複密集」和片面宣傳魯迅的問題，強調要「認識魯迅的歷史局限、認識魯迅

之所以會被利用的某種內在必然、認識魯迅的不足，或者說敢於認識魯迅的不足，敢於從另一個角度審視魯迅，便是當今思想解放深化的要求與表現。」

鑒於有關魯迅的話題已經成為社會的熱點，《魯迅研究月刊》在 2000 年 5 月 20 日舉行了「魯迅研究熱點討論會」（各地魯迅研究界也相繼舉行了類似的會議），與會的 30 多位魯迅研究專家從學理出發就當前魯迅研究熱點現象發表了理性、客觀的看法，並反思了在魯迅研究中存在的問題和不足。如孫玉石認為要「反思自己，走近真實的魯迅。」王富仁認為：「每一個人都有發表自己觀點的權利；同時，每一個人也應該承認別人發表自己觀點的權利，而不能對別人的異議採取一種不能容忍的態度，或通過外在的力量來壓制不同的意見……非議甚至否定魯迅也應該從魯迅出發，而不能從主觀印象出發，更不能因為不能或不敢正視現實人生的實際問題便把目光轉移到魯迅身上，企圖通過魯迅來發洩自己對某些現實問題或現實人物的不滿。」李新宇認為：「我們可以堅決捍衛魯迅，同時，也應該堅決捍衛他人批判魯迅的權利。」「要正視世紀末中國文化思潮的種種挑戰，並且回答這些挑戰。」

這次會議引起了媒體的極大關注：《中華讀書報》、《文匯報》、《文學報》、《文藝報》、《中國文化報》等報刊發表了有關這次會議的報導。廖四平在發表於《中華讀書報》的《魯迅研究界直面挑戰》一文較客觀的概述了本次會議的觀點。而中國作協主辦的《文藝報》在 6 月 10 日以「魯迅是中國現代進步文化的代表」通欄總標題發表了該報特約記者撰寫的有關這次會議的簡短報導：《魯迅的革命精神不容褻瀆》，同時發表了該報記者金盾採訪魯迅博物館副館長陳漱渝的題為《要想跨越他，首先要繼承他》的報導。陳漱渝強調「魯迅是中國現代進步文化前進方向的光輝代表」。「要想跨越他，首先要繼承他。」

《文藝報》的上述報導基本上算是中國作協對朱振國公開信的答覆，是對當前有關魯迅論爭的公開表態。《收穫》從第三期開始就再也沒有刊登過貶損魯迅的文章，而是開始發表《我愛魯迅》之類的文章。

這次論爭因為官方的干預而停止，不過王朔以他特有的話語方式對魯迅的酷評卻在社會上產生了深遠的影響，反映出一部分人對於魯迅的不滿與逆反心理，這種現象值得認真思考，與理性批評。王朔的觀點雖然有許多錯誤之處，但他借助傳媒的力量挑起這次影響深遠的論爭，把有關魯迅的話題現次變成社會熱點話題，對於進一步推動魯迅研究界所思自身存在的問題，促使公眾關注魯迅也起到一定的積極作用。

（2）關於魯迅死因的論爭

魯迅死因之謎的論爭可以追溯到1984年。進入新世紀，周海嬰再次提出魯迅死因之謎。在2001年5月15日出版的《收穫》雜誌上，周海嬰發表了《關於父親的死》一文，提出魯迅之死存在六大疑點：疑點之一：周建人曾建議不要請須藤治療。周海嬰披露說，須藤是魯迅信任的醫生和朋友，但周建人曾聽人說須藤是日本「烏龍會」副會長——「烏龍會」是個「在鄉軍人」團體，其性質是侵略中國的——所以認爲他不太可靠，建議魯迅不要找須藤治療。當時，魯迅猶豫了一下，說：「還是叫他看下去，大概不要緊吧。」疑點之二：美國肺科專家診斷認爲，魯迅患的是結核性肋膜炎，但須藤對此矢口否認。周海嬰說，周建人曾親口告訴他，那位姓鄧的美國肺科專家醫生告訴魯迅，該病如不及時治療，不出半年時間就會有生命危險，但如果立即休養和治療，則至少能活10年。然而，須藤在一個月後才承認魯迅所患的病確是肋膜炎，才給魯迅抽積水。疑點之三：許廣平認爲，須藤的診斷報告有假。魯迅去世後，須藤寫了一份診斷報告。許廣平認爲，報告不符合當時的實際情況。診斷報告的前段，講魯迅如何剛強等一類的空話，後段講述用藥，把診斷肋膜積水的時間提前了。這種倒塡治療時間的方法，十分可疑。疑點之四：內山完造曾表示，不要找須藤治周海嬰的病。周海嬰披露，魯迅逝世後，周海嬰患病，日本友人內山完造對周建人說：「海嬰的病，不要叫須藤醫生看了吧。」那意思似乎是，已經有一個讓他治壞了，別讓第二個再受害了。疑點之五：魯迅逝世後，須藤似乎「失蹤」了。周海嬰說，魯迅逝世後，他就再也沒有遇到過須藤。解放後，許廣平多次訪日進行友好活動，曾見了許多好朋友，包括許多其他日本醫生。但「奇怪的是，其中卻沒有這位與我家的關係那麼不同尋常的須藤先生，也沒有聽到誰來傳個話，問候幾句」。周海嬰說：「日本人向來重禮儀，母親訪日又是媒體追蹤報導的目標，他竟會毫不知情，什麼表示也沒有，這是不可思議的。」疑點之六：須藤爲什麼沒有提出住院建議。周海嬰說：「須藤似乎是故意對父親的病採取拖延行爲。因爲在那個時代，即使並不太重的病症，只要有需要，經濟上又許可，送入醫院治療總是爲病人家屬所願意的。須藤爲什麼沒有提出這樣的建議，而只讓父親挨在家裏消極等死？」

周海嬰最後說：「如今父親去世已經一個甲子，這件隱藏在上輩子人心中的疑惑，總是在我心頭閃閃爍爍不時顯現。是親人的多疑，還是出於莫須有

的不信任？我以爲，否定不容易，肯定也難尋佐證。但我想，還是拋棄顧慮，將之如實寫下來爲好。」

周海嬰的這篇文章被多家著名媒體轉載後在國內引起了強烈的反響，一些讀者相信了魯迅是被日本人害死的說法。一些魯迅研究專家在接受記者對此事的追蹤採訪時也表示經過仔細研究，須藤的診斷報告確實和魯迅日記有關治療的記載不符合，疑點並非沒有。另外，須藤誤診這一事實基本上可以確定。至少在魯迅肺氣腫發作後，須藤沒有及時採取搶救措施。此外，須藤在最後階段的治療措施也不恰當。專家們強調，須藤醫生確實延誤了魯迅的病情，同時對魯迅的病情也存在著誤診，作爲一個守護在病人身邊、相當於「專職醫生」的人，須藤很難洗脫「故意不搶救」的嫌疑，但也認爲現在還沒有有力的證據來證明魯迅是受須藤謀殺的，也沒有根據說明是政治謀殺。

何滿子在評論周海嬰的書（《文學自由談》2002 年第 1 期）時也披露了他所親歷的一件事：1950～1951 年在上海醫學院兼課期間在一次會議間隙聽到幾位醫學專家在議論魯迅的死因。他們的意見是：三十年代尚未發明治療肺結核的特效藥，徹底治癒肺結核的確很難，但治療這種病也並非沒有別的什麼手段，手術如果準確及時，是能延長患者的生命的。他們斷定，這個須藤肯定不是肺科專家，醫技平常，耽誤了治療時機。當時根本不知道須藤有日本軍人組織烏龍會的副會長的背景這個可疑身份，所以只判斷爲庸醫誤人，應屬於醫療事故。

秋石在質疑周海嬰的《魯迅與我七十年》一書時對周海嬰的疑點提出了批評，他強調：「魯迅因肺結核晚期又不同意外出休養療病，於 1936 年 10 月 19 日逝世。應當說，有關魯迅的死因是十分明瞭的，也是一個沒有什麼爭議的問題。」「魯迅的死因並非像海嬰所說的是一個『公案』，倒是海嬰所言中，同魯迅當年的書信日記及同他人的談話，同許廣平、馮雪峰、茅盾、胡風等一些親近者及當事人的當時記述，有著如此之大、之多的差異」。「歷史的真實是誰也不能捏造或篡改的」。

作爲醫學專家和魯迅研究專家的周正章發表了《魯迅先生死於須藤誤診真相》（《魯迅世界》2002 年第 1 期）一文，對周海嬰再次提出的魯迅死因之謎做出了詳實的考證，這篇長達 3 萬多字的文章初稿寫於 1984 年 3 月，最後改定於 2001 年 11 月，歷時長達 17 年。周正章引述了 1984 年 2 月 22 日由上海九家醫院 23 位專家、教授組成的「魯迅先生胸部 X 光片讀片會」做出的「臨

床討論意見」，在此基礎上，周正章指出「魯迅是直接死於自發性氣胸的這個科學結論是誰也動搖不了的」，但紀維周、蔡瓊引用上海讀片會結論質疑須藤醫生的兩篇小文章在 1984 年發表後「卻引來了對魯迅死因真相探討的大封殺」，使「魯迅死因真相又被塵封了 17 年」。周正章通過對比魯迅的日記和須藤醫生的《魯迅病歷》，指出須藤偽造病歷和倒填病歷的事實，並結合醫學知識分析魯迅親友對魯迅患病期間的回憶，強調須藤當時在自發性氣胸的病理、病因、診斷、治療上具備挽救魯迅生命的客觀條件，然而從他的處理、治療、預後幾個方面可以看出他在主觀診斷上出現了偏差，從而揭示出魯迅死於須藤誤診的真相。

王錫榮和周正章的觀點略有不同，他在《魯迅死因之謎》（《魯迅世界》2002 年第 4 期）一文中首先回顧了「魯迅 X 光片讀片會引起的軒然大波」，接著引述了「周海嬰的曠世疑問」，並摘錄了魯迅的病史及魯迅關於自身疾病的相關敘述和須藤的《魯迅病歷》，在此基礎上，對周海嬰的疑問逐一做出了解答：綜合以上對周海嬰先生八點疑問的解說，看來是「事出有因，查無實據」了。王錫榮認為真正的疑點在於：第一，魯迅本人的記載與須藤的記載不一樣：（1）很多次看病漏記、誤記；（2）病狀描述不一致；（3）抽取積水時間有對不上之處；（4）用藥與魯迅的記錄對不上。第二，危急時的處理有誤。在此基礎上，王錫榮認為，「無論怎麼說，不管有意無意，須藤最後處置失誤的責任，是無法推卸的！」王錫榮在文章最後指出須藤的誤診有其客觀原因，但不敢說一定是 100% 主觀原因，他認同誤診說，但對「偽造病歷說」還不敢輕斷，只同意「倒填病歷」的說法。

嚴家炎也對秋石批評周海嬰質疑須藤醫生的文章提出了反批評。在《魯迅的死與須藤醫生無關嗎？》（《中華讀書報》，2003 年 3 月 19 日）一文中，嚴家炎指出了「抹不去的須藤醫生的可疑點」：（須藤醫療）「報告的最大特點是把魯迅肋膜積水的檢查與治療時間提前了整整 3 個月」，「這不是在死無對證的情況下明目張膽的偽造病歷嗎？」「須藤編造這類謊言，其用心難道不正是為了掩蓋他本人『延誤』魯迅病情的重大責任嗎？」嚴家炎最後強調，海嬰採取的態度是：只把前輩的想法和有關疑點記錄下來，「將自己之所知公諸於眾。至於真相究竟如何，我也無從下結論，只能留待研究者辨析了。」應該說，這是一種客觀冷靜、實事求是的態度，不應該受到誤解和責備。

稍後，秋石就嚴家炎的批評做出了回答。在《實事求是是學術論爭的基

本原則》一文中，秋石指出，「魯迅對須藤是相當尊重的，許廣平也如此」，「須藤早在鄧恩醫生診斷之前就向魯迅發出了『兩三回警告』，以此可以否定嚴家炎、周海嬰等對須藤「拖延治療」的指責。秋石認為，「須藤並非肺病專家，偶而出現誤診也是在所難免，但提及『謀害』或蓄意『拖延治療』，迄今沒有任何確鑿的依據。」

面對眾多質疑與批評，秋石在 2003 年 5 月出版的《新文學史料》（2003年第 2 期）上發表了《魯迅病重、逝世及大出殯始末》一文對他在 2002 年 9月 17 日發表在《文藝報》上的《愛護魯迅是我們的道義》一文進行了補充。秋石再次強調「魯迅死於疾病」：「正因為魯迅執意不去國外養病，不願停止戰鬥，才使病體越來越沉重」；「正是他夜以繼日的為亡友編輯文稿，加劇了他的病情，耽誤了治療，從而過早的走向死亡」。秋石還引用魯迅和內山完造的相關文章指出：「作為醫生，須藤先生可以說是負責的。特別是在挽救魯迅生命的最後時刻，從其要求內山完造先生再請其他醫學專家前往診治來看，須藤醫師不僅沒有延誤診治，而且是盡了最大的努力的，這是一個不爭的事實。」

在《再駁秋石關於魯迅死因的「實事求是」》（《魯迅世界》2003 年第 4 期）一文中，周正章對秋石的觀點再次進行了批駁。周正章首先指出秋石在《愛護魯迅是我們共同的道義》和《實事求是是學術論爭的基本原則》兩文中關於魯迅死因的說法不同：前文認為須藤與魯迅之死無關，而後文又認為魯迅之死與須藤誤診有關。周正章認為秋石用須藤在 10 月 18 日「實施救治的情況」去回答嚴家炎所指的 1936 年 3 月間須藤偽造魯迅病歷以掩蓋其對魯迅病情的「延誤」，是「在與嚴先生大捉迷藏」。即使是須藤在 10 月 18 日對魯迅的救治也是「一籌莫展」的，沒有採取正確的救治方法。對於秋石引用的周海嬰在 1984 年 8 月 2 日委託陳漱渝發表的聲明：「紀維周的文章，對魯迅的死因進行推測，但未提供任何新的確鑿的史料，不能代表中國魯迅研究界的看法，也不代表他本人的看法」。周正章認為「這個口頭問答對周海嬰表達有關魯迅死因的看法沒有任何約束力」。2003 年 5 月 5 日，周正章特地為此事電話詢問周海嬰，周海嬰表示：「紀維周的文章寫之前沒有和我聯繫過，怎麼能代表我的看法呢？陳漱渝的文章在發表之前，也沒有給我看過。」

針對王錫榮在《魯迅死因之謎》中對周正章的觀點所作的評論，周正章在《答王錫榮並關於魯迅死因問題》（《魯迅世界》2003 年第 3 期）一文中進

行了反駁。對於王錫榮的「倒填病例」並非「僞造病例」的觀點，周正章指出「倒填病歷」是故意行爲，是爲了掩蓋自己的誤診，因此就是「僞造病歷」。周正章強調，「病歷是嚴肅的，一個字都動彈不得。」針對王錫榮的須藤可能上門爲魯迅抽取體液的說法，周正章認爲「太離譜了」，他指出，「時至今日，醫療服務雖日臻完善，從沒有上門抽取胸液的。這除了需要時間，還要條件，需要絕對無菌的空間。」對於王錫榮的魯迅死於肺氣腫和氣胸「在臨床上難以及時發現的」觀點，周正章也一一進行了批駁，他指出，魯迅死於自發性氣胸是早就做出的科學結論，氣胸在臨床上也「極易明確診斷」。

通過本次論爭，學術界逐漸排除政治因素的干擾，不僅對於魯迅死因的問題有了深入的研究和認識，而且也在一定程度上顯示了魯迅研究突破了八十年代的研究禁區，取得了重要的研究進展。

（3）關於「魯迅活著會如何」的論爭

2001年，周海嬰在《魯迅與我七十年》（南海出版公司2001年9月出版）一書中披露了他從「一位親聆羅老先生講述的朋友」處得到的毛澤東和羅稷南關於「魯迅活著會如何」的「秘密對話」：

> 一九五七年，毛主席曾前往上海小住，依照慣例請幾位老鄉聊聊，據說有周谷城等人，羅稷南先生也是湖南老友，參加了座談。大家都知道此時正值「反右」，談話的內容必然涉及到對文化人士在運動中處境的估計。羅稷南老先生抽個空隙，向毛主席提出了一個大膽的設想疑問：要是今天魯迅還活著，他可能會怎樣？這是一個懸浮在半空中的大膽的假設題，具有潛在的威脅性。其他文化界朋友若有同感，絕不敢如此冒昧，羅先生卻直率地講了出來。不料毛主席對此卻十分認真，沉思了片刻，回答說：以我的估計，（魯迅）要麼是關在牢裏還要寫，要麼他識大體不做聲。一個近乎懸念的詢問，得到的竟是如此嚴峻的回答。羅稷南先生頓時驚出一身冷汗，不敢再做聲。他把這事埋在心裏，對誰也不透露。

這段令周海嬰本人「再三顧慮，是不是應該寫下來的」、屬於「孤證」的「秘密對話」經過媒體的大肆炒作在社會上引起了強烈反響。「孤證」提供者賀聖謨很快在2001年12月的《新民週刊》上「澄清了他向周海嬰講到的一些事實」（轉引自《我的伯父羅稷南》），但賀聖謨對周海嬰在時間、地點、人物方面敘述錯誤的「澄清」並沒有引起一些研究者的注意，這就使得這次論爭的

焦點主要集中在周海嬰在敘述方面的錯誤上。

最早的質疑來自近年從事現代知識分子研究的學者謝泳。謝泳在《對「魯迅活著會如何」的理解》（刊《文史精華》2002 年第 6 期）一文中首先質疑毛、羅對話的人物和時間，接著詳述了毛澤東在 1957 年提到魯迅的幾次談話：3 月 8 日的《和文藝界的談話》、3 月 10 日的《和新聞出版界代表談話紀要》、3 月 12 日的《在全國宣傳工作會議上的講話》、4 月的《在杭州對加強思想工作的指示》，謝泳認為：

> 這裡我們要特別注意「坐班房和殺頭」和「關在牢裏還是要寫」這句話，是一個邏輯思路，有演變的可能。毛澤東雖然是一個非常有個性的人，但在 1957 年那樣的形勢下，以他政治家的身份，說出羅稷南所講那樣的話，在邏輯上好像不是很合理，假如毛澤東說了那樣的話，也只能是「反右」前，而不可能是「反右」期間。

值得一提的是，羅稷南的侄子陳焜在《我的伯父羅稷南》（刊《老照片》第 24 輯，2002 年 8 月出版，《書摘》雜誌 2002 年 12 期以《設問求答於毛澤東的羅稷南》為題轉摘）一文中詳細介紹了羅稷南先生的生平，並說「自己就曾經親耳聽見我的伯父講過他這次設問求答的情況」，證實了「毛、羅對話」的真實性：

> 1957 年 4 月以後，毛主席以魯迅為榜樣號召中國人民響應他「大鳴大放」的號召，對共產黨提批評意見，不久以後，毛主席又改為提出對「資產階級右派分子」展開「全面反擊」，把許多提了批評意見的人定成右派。在這個時候，1957 年 7 月，羅稷南有機會受到毛主席的接見，他當面問了毛主席：「如果魯迅現在還活著會怎麼樣？」這就是在一個重要的時候向一個重要的人物提了一個非常重要的問題……以伯父一生的經歷見識和他立即直指實質問題的洞察力量，在有了機會當面問毛主席一個問題的時候，他自然會問出這樣一個能夠集中的揭開毛主席的思路和釋解當時全部局勢的大問題。

與「孤證」提供者賀聖謨先生的「澄清」一樣，陳焜先生的證明在當時同樣沒有引起太多學者的注意。

目前可以看到的唯一一篇引用陳焜提供材料的文章是李喬的《也談「假如魯迅還活著」》。李喬首先引用了郭沫若和胡喬木的在解放初期對魯迅的評價：郭沫若作為解放後的文化班頭對於魯迅說過這樣的話：魯迅在新政權之

下，「要看他的表現，再分配適當的工作」；胡喬木1982年曾對李愼之說：「魯迅若在，難免不當右派」。然後又引用了陳火昆《就毛主席答羅稷難問致周海嬰先生的一封信》，陳火昆在信中講述了羅稷南親口向他披露的與毛澤東談話的情況，並表示：「我願意向您證實，關於魯迅，毛主席的確說了他對羅稷南說過的那些話」。但這些證人提供的史料並沒有得到廣泛的認同。正是這種對證人證詞的忽視與漠視導致本次論爭的進一步擴大。

更爲有力的質疑來自毛澤東研究專家陳晉。陳晉在《「魯迅活著會怎樣？」——羅稷南1957年在上海和毛澤東「秘密對話」質疑》（刊《百年潮》2002年第9期）一文中首先考證了羅稷南的生平，認爲：雲南籍的羅稷南不可能以「同鄉」和「湖南老友」的身份參加毛澤東1957年在上海同周谷城等人的座談，而且目前還沒有資料表明周谷城在1957年見過毛澤東。陳晉接著分析了「毛澤東1957年在上海召集座談會的情況」，並引用了《文匯報》的相關報導，指出：這次座談有上海市領導參加；報上刊登的羅稷南在這次座談會上的發言「內容同其他人的基調也是一致的，主要是強調在反右鬥爭中要對黨充滿信任，要有堅定的立場」；「從羅稷南當時的情況來看，他也並非鋒芒畢露之人」，「很難想像他在7月7日晚上那次座談的大庭廣眾之下能當面向毛澤東提出『具有潛在的威脅性』話題來」。

陳晉強調：

> 1957年，毛澤東確實談論過「魯迅活著會怎樣」這個話題，但談話的時間、地點、場合、人物，特別是內容，都與《我與魯迅七十年》（按：原文如此）所述迥然相異。」毛澤東在1957年3月10日召集的新聞出版界部分代表座談會上談到：「有人問，魯迅現在活著會怎樣？我看魯迅活著，他敢寫也不敢寫。在不正常的空氣下面，他也會不寫的，但是，更多的可能是會寫……

陳晉最後認爲，從毛澤東作爲政治領袖的身份、毛澤東對魯迅精神的一貫推崇和毛澤東談論這個話題的背景和目的來說，毛澤東「也不可能萌生出魯迅被關進牢裏或識大體不做聲的設想」。

眞正把這次論爭引向高潮的是秋石的文章。秋石在《愛護魯迅是我們共同的道義——質疑〈魯迅與我七十年〉》（刊《文藝報》2002年9月17日，9月27日出版的《文匯讀書週報》以《海嬰先生　請讀讀〈魯迅全集〉》和《海嬰先生的記憶力與魯迅遺產》爲題轉摘）一文中引用了謝泳和陳晉的觀點，

再次質疑周海嬰「魯迅活著會如何？」的「孤證」，秋石強調：「歷史地、全面地看，自 1937 年 10 月 19 日毛澤東在延安陝北公學紀念魯迅逝世週年大會上發表《論魯迅》的講話，直到 1976 年 9 月 9 日逝世，毛澤東一直是備加推崇魯迅的。」此外，秋石還在文章中就周海嬰書中所寫的「魯迅的死因之謎」提出質疑，並就「魯迅的精神遺產」問題激烈批評周海嬰。

秋石的文章在發表前經過北京某研究機構的資深魯迅研究專家審閱，發表後被多家媒體轉載，引起了強烈的社會反響，一位資深的魯迅史料專家在接受《中華讀書報》記者採訪時也表示「秋石的文章還是可以接受的」。

陳漱渝在《當前魯迅研究的熱點問題──在「廣州講壇」上的報告》（刊於《魯迅世界》2002 年第 4 期，2002 年 10 月出版）中就「要是魯迅今天還活著」的學術論爭發表了自己的看法，他認爲：

> 如果説其無，似乎缺少直接的反駁材料；如果信其有，則這句話又僅僅出自羅老先生一位學生的轉述，既無當時的座談紀錄，又無羅老先生簽字認可的回憶文章，嚴格的説是連孤證也談不上……但作爲一個成熟的政治家，很難設想毛澤東會在公開場合説出自毀形象的話，讓別人嚇出一身冷汗。

值得注意的是，周海嬰本人對這些質疑沒有發表任何言論。這一切似乎都表明，周海嬰的「孤證」從史實、情理方面來講都是站不住腳的。但是到了 12 月 5 日，這次論爭出現了新的變化。

12 月 5 日的《南方週末》以整版的篇幅發表了 3 篇文章（同時配發了毛澤東與羅稷南、黃宗英等上海人士座談的照片），對周海嬰的「孤證」提供了人證和部分史實的補正。

賀聖謨在《「孤證」提供人的發言》（該文的部分內容此前已刊登在 2001 年 12 月的《新民週刊》）一文中以「孤證」提供人的身份補正了周海嬰文章中的不確切的內容：

> 羅老告訴我這件事早在他逝世前六年而不是重病之時。這件事他是否只對我一人講過，我不得而知，但以他的性格脾氣，我以爲他很有可能同別的他信得過也相信他的人講過。他和毛的對話時在座談會上，不能説是「秘密對話」……羅稷南是雲南順寧人……他的普通話是説的很不錯的……他逝世於 1971 年，不是海嬰所説的「九十年代」。

可以說，賀聖謨的文章補正了周海嬰提到「毛、羅對話」時在時間、地點、人物方面的錯誤，回答了謝泳、陳晉兩人在這方面對周海嬰文章的質疑。

最重要的文章是黃宗英的《我親聆毛澤東與羅稷南對話》一文（該文也在多家媒體先後刊登）。77 歲的黃宗英以現場見證人的身份證實了海嬰的「孤證」，她的回憶與周海嬰提到的「毛、羅對話」大體上是一致的：1957 年 7 月 7 日晚，毛澤東同上海 36 位代表人士座談：

> 我又見主席興致勃勃地問：「你現在怎麼樣啊？」羅稷南答：「現在……主席，我常常琢磨一個問題，要是魯迅今天還活著，他會怎麼樣？」「魯迅麼——」毛主席不過微微動了動身子，爽朗地答道：
> 「要麼被關在牢裏繼續寫他的，要麼一句話也不說。」

在同時發表的《聽黃宗英說往事》一文中，作者方進玉強調黃宗英在撰寫這篇文章時給自己設定了五關：法律關、事實關、辯駁關、身體關、文字關，言下之意即黃宗英的這篇文章經得起質疑的。在黃宗英女士文章發表後，目前還沒有看到質疑她的文章。

可以說，《南方週末》刊發的這幾篇文章，特別是黃宗英的文章為周海嬰書中所寫的「毛、羅對話」提供了最有力的證明。但是，仍然有學者繼續懷疑周海嬰書中所寫的「毛、羅對話」的真實性：

陳漱渝在《學術的力量和道德的力量——〈魯迅生平疑案〉序》（《中華讀書報》，2002 年 12 月 12 日）一文中引用毛澤東 1957 年《同文藝界代表的談話》，認為：「很難設想，毛澤東在同一年談同一個問題，會說出內容大相徑庭的兩種話。以上兩種引文哪一種比較接近真實，尚待有識者進一步考證」。

薛克智在《質疑毛澤東關於魯迅的一次談話》（刊《粵海風》雙月刊，2002 年 6 期）一文中再次質疑「毛、羅對話」，認為「只要作一分析，羅稷南的回憶跟毛澤東同新聞出版界代表的談話內容非常一致」，「最大的可能是：羅稷南即毛澤東同新聞出版界的講話中提到的那個人，但他的回憶失之確當。」

不過，這些質疑「毛、羅對話」的學者都沒能提供出類似黃宗英女士那樣的令人信服的史料。

這次學術論爭雖然已逐漸塵埃落定，但卻為毛澤東研究和魯迅研究提供了新的研究課題，引發了一些學者的反思。

牧惠在《讀「毛、羅對話」》（《南方週末》，2002 年 12 月 19 日）一文中指出：

否定周海嬰這段紀錄的論者……顯然忽略了一切以時間地點條件爲轉移這個顛撲不破的原則。既然一問一答是發生在 7 月「反右派」高潮時，毛澤東的講話同 3 月份動員人們「大鳴大放」時對魯迅的說法不一樣乃至相反，又有什麼值得大驚小怪的呢？

從周海嬰的書到黃宗英的文章引發的這一場筆墨官司，又一次驗證，「凡是」這種習慣勢力，有時是大得嚇人的。

范偉在《回到「毛、羅對話」的歷史情境》（刊《文藝爭鳴》2003 年第 2 期）一文中詳細分析了「毛澤東說這句話的眞正意圖和時局變化」：

從 3 月到 7 月，毛澤東關注的焦點既不是魯迅，也不是雜文的寫法，而是整風；也許魯迅是廣大知識分子關注的焦點，但毛澤東不是，他抬出魯迅，是爲了在大家面前樹一個風標、樹一杆旗，是爲了最大限度的發揮魯迅式雜文在整風中的作用。爲了服務、服從於整風，他可以隨時調整風向，讓西風壓倒東風，或讓東風壓倒西風；可以扛著這面旗高歌猛進，當然也可以砍掉這面旗。

局勢在 6 月份出現逆轉，一方面是社會主義陣營的大變動使毛澤東「反修」思想抬頭，一方面是國內「鳴」「放」出現了許多大出毛澤東意外的問題，像「黨天下」、「輪流坐莊」、「海德公園」等更是超出了毛澤東所能容忍的限度。

范偉最後強調：「從 3 月到 7 月，從北京到上海，時空的遷變背後，是政治風雲的突起變換；對魯迅態度的轉移，是毛澤東政治決策思路從整風向反右這一重大調整的典型反應」。

黃修己在《披露「毛、羅對話」史實的啓示》（刊《文藝爭鳴》2003 年第 2 期）一文中指出：「因爲毛澤東對魯迅作過最高度的評價，於是對魯迅的評價又牽涉到對毛澤東的評價之評價，評價魯迅便與評價毛澤東聯繫在一起了，問題就複雜在這裡」。黃修己認爲：

在今天這樣一個多元的時代，對魯迅有各種各樣不同看法，這是很正常的；比那種只有一種聲音的「定評」，是進步了。所以我們要打破那種歷史有「定評」的迷信，承認自己的看法，哪怕是自己以爲非常高明的看法，也只是許多種看法之一種，而且一定會帶著時代的和個人的局限性。這樣，我們的歷史研究的態度，也就可能會客觀一些，謙虛一些了。

稍後，陳漱渝又對黃修己的觀點提出了質疑（《關於所謂「毛羅對話」的公開信——質疑黃修己教授的史實觀》，刊《文藝爭鳴》2003年第3期），陳漱瑜認爲：「對於評價魯迅而言，毛澤東公開發表的言論跟非公開發表的言論，一貫的評價跟個別的提法，莊重的提法跟隨意的說法，決不具有同樣的意義和價值」。

隨著本次論爭的逐漸明朗和相關史料的披露，對謝泳、陳晉、秋石等人的質疑做出較爲全面回答的時機也逐漸成熟。嚴家炎在《評價〈魯迅與我七十年〉的幾個問題》（刊《中國文化》雜誌第19、20期合刊，2003年4月出版）一文中對本次論爭做出了總結性的結論。他從文學史的角度分析1957年夏天的「毛、羅對話」產生的背景：「毛澤東在高度評價魯迅的同時，又認爲魯迅對群眾中蘊藏的革命積極性估計不足，認爲魯迅批判執政的國民黨的武器——雜文，並不適用於共產黨領導的區域內。在1942年延安文藝座談會上，毛澤東就批評了延安文藝界提出的『還是雜文時代，還要魯迅筆法』的論調。只有到1956年至1957年春提倡『百花齊放、百家爭鳴』的時候，毛澤東的提法一度才有所鬆動。然而接下來的幾個月，中國大地上風雲突變，出現了據說是『黑雲壓城城欲摧』的嚴重形勢……在毛澤東的號令下，依靠『全國億萬工農兵說話』才擊退這場『資產階級右派分子』的『猖狂進攻』。此時提出『如果魯迅現在還活著會怎麼樣？』的問題，當然會得到嚴峻的回答」。嚴家炎先生最後特別強調：「毛澤東在羅稷南面前所作的這個回答，從另一方面說，又畢竟是他與魯迅眞正相知、深深瞭解魯迅思想的一個表現」。

周正章發表了《駁秋石「愛護魯迅」的「道義」》（《魯迅世界》2003年1期）一文，逐一駁斥了秋石文中的錯誤觀點，在「關於對海嬰『羅稷南孤證』的攻擊」一節中，周正章指出：「賀先生與陳先生兩位的證詞，是比海嬰更直接的證詞，可證海嬰所言並非『孤證』。而黃宗英女士以現場直接見證人的身份，不僅證實了海嬰所言不是『孤證』，而且也證實了羅稷南所言確非『孤證』」。

稍後，本次論爭的重要人物秋石在《〈愛護魯迅是我們的共同道義〉一文寫作、發表的前前後後》（未刊稿）一文中披露了這篇引起強烈社會反響的文章的寫作經過和文章發表後的「極富曲折性、故事性」的情節，並特別強調他是本著愛護魯迅的願望寫作此文的，並沒有什麼政治背景，另外，他和《求是》雜誌寫「三個代表」的「秋石」並不是一個人。

　　至此，這次在思想界、文化界引起強烈反響的論爭也就暫時告一段落了，但論爭所暴露出來的問題卻值得人們深思、回味。毫無疑問，這次論爭提出了魯迅研究史上一個非常重大的問題，即毛澤東對魯迅的評價問題，經過多次論爭，這個問題終於有了一個明確的答案，這不僅是魯迅研究的重大進展，解決了魯迅研究一個長期懸而未決的問題，而且突破了學術研究的禁區，顯示出時代的進步。需要特別指出的是，毛澤東對魯迅所作的評價絲毫無損於他的光輝形象相所正如嚴家炎先生所指出的那樣，這正是毛澤東深知魯迅的一個表現。但是有的論者卻從爲尊者諱的心理出發不願承認這個歷史事實，一再否認有這種評價，這種爲尊者諱的觀點，在歷史上發生的多次有關魯迅的論爭中也多次出現過，實在是誤人不淺。雖然區別在於有的是爲毛澤東「諱」，有的人是爲魯迅「諱」，但本質都是一樣的，那就是不願意正視歷史的事實。

（4）中文網絡中關於魯迅的論爭

　　2003 年可能是網絡魯迅發展史上較爲重要的一年。本年度在互聯網中發生了兩個值得關注的重大事件：第一個就是新浪網站聯合多家報紙組織的「二十世紀文化偶像評選」的在線調查，本次調查不僅在社會上而且在互聯網中也引起了大規模的論戰。在總共有 14 萬多位網友參與的本次調查中，魯迅先生以 57259 票高居榜首；第二個事件就是網易網站新聞頻道發表的《過大於功的魯迅》一文引發了一場較大規模的論戰，這篇文章也有了超過 10 萬次的點擊（閱讀）。在筆者的閱讀印象中，中文網絡中關於魯迅的文章，擁有超過1 萬次點擊的文章尚且比較少，而這篇僅有一千多字的短文竟然有超過 10 萬次的點擊！這兩次關於魯迅的重大事件不僅充分反映出二十一世紀普通民眾或者網民對魯迅認識的多元化，而且也顯示出網民對魯迅的熱愛。

①新浪網站文化頻道「二十世紀文化偶像評選」調查

　　新浪網文化頻道聯合國內多家媒體在 2003 年 6 月 6 日～6 月 20 日舉行了「二十世紀文化偶像評選」的在線調查，主辦者稱這次大型公眾調查活動的目的在於瞭解當代中國人的文化心態，擴大中國文化的世界影響。這次評選活動在開始舉行時就因爲周星馳、崔健、李小龍、鄧麗君等眾多的娛樂明星入選候選人名單而在社會上引起了強烈的反響，在評選過程中，又因爲張國榮等的得票數超過冰心、郭沫若等許多文化巨匠而引起了更爲激烈的爭議，

評選結果揭曉後，又因爲張國榮排名第6而引發了大規模的論戰。

6月20日，一直以來爭議很大的「二十世紀文化偶像評選活動」於正式揭曉，共有14萬多人參加投票，十大獲選偶像分別是：魯迅（57259票）、金庸（42462票）、錢鍾書（30912票）、巴金（25337票）、老舍（25220票）、錢學森（24126票）、張國榮（23371票）、雷鋒（23138票）、梅蘭芳（22492票）、王菲（17915票）。

新浪網在名單揭曉後對第一名魯迅的評價是：

> 新文化運動的主將，現代文學開山人物。一生致力於改造國民性，「我以我血薦軒轅」的理想從未動搖。魯迅在其生前，不但爲專制者的幫兇和幫閒文人所嫉恨，也遭到過左翼激進人士的猛烈抨擊，因此表示對其論敵「一個也不饒恕」。在他去世時，爲之送葬者人數極巨、規模極大，其身蒙有「民族魂」之旗，前則有拜倫、托克維爾之死，後則有薩特之死堪與伯仲。
>
> 點評：當然排第一，無論仇恨他的正人君子們如何污蔑他、詆毀他、歪曲他，他永遠是現代中國人的精神脊樑。

針對許多文化高深的「有識之士」不滿「把魯迅和金庸弄在一起，認爲很不正常」的現象，網友趙雲將軍在《從魯迅、金庸的排名說起》一文中指出：其實「關於『文學大師』或者『文化偶像』排名沒什麼可說的了，沒啥大不了。就這麼排著吧，如果魯迅先生復生，不一定就會再氣死一回。說不定反而會爲現在那些文化高深莫測的半仙硬要把他抬那麼高，而打他們的PP呢。」

針對一些人認爲魯迅不是偶像的言論，網友楊不易在《魯迅爲什麼就不能做偶像》一文中指出：「在一場面對廣大民眾的調查中，魯迅先生超越流行歌星高居榜首，某些人又不滿意了。我不知道那些自認爲精英的人們，到底需要哪一種價值標準？要人們怎樣對待魯迅才算『正統』！很多人一直都是這樣，既要人們不要忘了魯迅先生，又不願意人們把對魯迅先生的熱愛表達出來。在這個高標準面前，生活在『眞實』中的人們眞是兩難。」他認爲「魯迅其實是個『文化名人』，他不是『文化名神』，不需要我們把他供奉起來，讓他像『俗人』一樣做做偶像又有何不可？至少表明人們還沒有忘記這個『中華民族的脊樑』！」他最後強調：這個評選並沒有辱沒魯迅，「評選出來的結果，表明了當前大眾對各類文化人物的認識，體現了一種主流的價值觀。」網友沒有爲什麼認爲：「其實魯迅先生當選文化偶像是讓人高興的事情。爲什

麼呢？至少說明魯迅先生還沒有讓人遺忘，還是生活在人的腦海之中。多讓人高興啊。」

　　針對張國榮的得票數一度直逼魯迅的現象，網友們在互連網上展開了口水戰，論壇上的評論超過 200 頁，逾萬條。一位網友說：「我認可並折服於張國榮先生在電影藝術及舞臺表演方面的成就，我認爲這與我崇拜魯迅先生、認可先生對中國新文化運動起到的積極作用及喜歡巴金先生的作品並不衝突。各有各的領域，各領各的風騷，各自成就一方文化，各自擁有一片天空。」而另一位網友則說：「當今社會，在文學上，充斥著太多的柔弱和腐爛的氣息。在這個年代，我們不能忘卻魯迅，我們應該重讀魯迅，自我反省。我們需要醒著的人，只有醒著，個人和時代才不會迷惘，才會堅持自己前進的方向。」

　　新浪網的這次調查活動反映出大眾特別是網民多元化的價值觀念，把魯迅選爲二十世紀十大文化偶像之首，也充分表明魯迅在當代社會還是有很大的吸引力的。

②網易網站新聞頻道「是非魯迅」調查

　　網友 david-huang 於 2003 年 7 月 5 日在網易公司的新聞論壇發表了《過大於功的魯迅》，認爲「魯迅在對中國的種種落後進行激烈抨擊的時候，卻犯下了很多對中國歷史發展產生致命影響的錯誤：1、歷史虛無主義；2、現實虛無主義；3、只有批判，沒有建設。」7 月 6 日，他又在原文的基礎上補充了「民族虛無主義」一條。這篇文章很快就在網易公司的新聞論壇中獲得了108964 次點擊，並引發了大規模的論戰，論戰一直持續到 11 月 30 日才告一段落。在這樣的背景下，網易新聞頻道在本頻道上製作了「是非魯迅」的專輯並進行了題爲「是非魯迅」的在線調查，這個調查包括「你認爲魯迅先生的作品」和「你認爲魯迅是」兩個在線問卷調查。

　　「是非魯迅」專輯的編輯在爲這一專輯撰寫的「導言」中指出了當下「解構」魯迅的時代背景：

　　　　20 世紀初是中國歷史長卷中黑暗的一頁，內有軍閥割據，外有列強欺凌，當其時，魯迅以犀利的筆觸直刺時弊，抨擊國民的劣根性，作爲中國人格的一種「畫像」，其筆下的阿 Q，孔乙己等形象不斷有人在借用、延伸，魯迅先生也奠定了自己在中國文學史上的地位。時間來到 21 世紀，當所有神聖的東西都被人解構，或者說被重

新解讀，開始有人質疑魯迅先生的文字、人品、甚至其作品的精神。

那麼，魯迅是否真的像某種說法那樣，「過大於功」？在中國人疾速

前行的今天，魯迅是不是真的過時了？

專輯的第一篇文章就是網友 david-huang 的《過大於功的魯迅》，然後分「魯迅『虛無』中國？」、「魯迅無文采」、「魯迅已經過時？」三部分收錄了《過大於功的魯迅》一文對魯迅的批評言論和網友為魯迅辯護的言論。這些言論較為全面地反映出本次論戰的情況。

專輯的編輯在「編後語」中指出：「在我看來，魯迅是中國人自省精神的一種集中反映，他所抨擊的、他所嘲諷的，確是中國人國民性格中的缺陷。同時，魯迅先生『一個也不放過』的戰鬥精神，也是其身處環境造成的一種客觀結果，不必苛責。更重要的是，對於先生的評價，既不必將他捧上神壇，也不要將他摔入泥潭，他的文字折射了一個中國人的良心，即使在當代，其作品依然有現實的意義。」

「是非魯迅」專輯還公布了這次在線調查的結果：

【你認為魯迅先生的作品：】		
共有 9343 人參加了投票		
振聾發聵，很有戰鬥性；	28%	2614 票
直指人心，發人深省；	49.8%	4652 票
書生之見，意義不大；	5%	470 票
尖酸刻薄，惹人討厭；	11.4%	1064 票
不欲置評；	5.8%	543 票
【你認為魯迅是：】		
共有 9277 人參加了投票		
一名戰士；	42.5%	3944 票
好作家；	28.7%	2664 票
賣文為生的人；	7.2%	664 票
好鬥之人；	18%	1673 票
不清楚；	3.6%	332 票
投票起止時間：07 月 14 日～08 月 21 日		

　　從投票結果可以看出，共有 7266 位網友認同問卷中從正面評價魯迅作品的選項，占總投票人數的 77.8%；有 1534 位網友認同問卷中從負面評價魯迅作品的選項，占總投票人數的 16.4%。再進一步分析投票結果，可以看出有占總投票人數 49.8% 的 4652 位網友認同魯迅的作品「直指人心，發人深省」的評價，而認同魯迅的作品「振聲發聵，很有戰鬥性」的網友只有 2614 位，占總投票人數的 28%，這也顯示出當代大多數的網友對魯迅作品的評價更關注其思想性而非戰鬥性；值得注意的是，有 1064 位網友認同魯迅作品「尖酸刻薄，惹人討厭」的評價，占總投票人數 11.4%，有 470 位網友認同魯迅作品「書生之見，意義不大」的評價，占總投票人數 5%，這些網友的觀點也從一個方面反映出互聯網中此起彼伏的攻擊魯迅的狀況；至於占總投票人數 5.8% 的 543 位網友選擇「不欲置評」，一方面可能是不贊同問卷的調查選項，另一方面也可能是對魯迅的作品確實不屑一顧。

　　再來分析這次調查對魯迅本人評價的結果。共有 6608 位網友認同問卷中從正面評價魯迅本人的選項，占總投票人數的 71.2%；有 2337 位網友認同問卷中從負面評價魯迅本人的選項，占總投票人數的 25.2%。再進一步分析投票結果，有 3944 位網友認同魯迅是「一名戰士」的評價，占總投票人數的 42.5%；有 2664 位網友認同魯迅是「好作家」的評價，占總投票人數的 28.7%；這充分顯示出當代大多數的網友對魯迅的評價還是比較高的。有趣的是，在有 3944 位網友認同魯迅是「一名戰士」的評價的同時還有 1673 位網友認同魯迅是「好鬥之人」的評價，這部分網友占總投票人數的 18%，這些數據充分表明，在相當多的網友的印象裏魯迅的「戰鬥」的形象比較突出；至於有占總投票人數 7.2% 的 664 位網友認同魯迅是「賣文為生的人」，可能是由於對魯迅生平的瞭解得不夠，也可能是出於對魯迅的輕蔑。選擇對魯迅本人「不清楚」的網友共有 332 位，占總投票人說的 3.6%，這部分網友的選擇可能體現出他們對魯迅的不屑一顧的態度，因為魯迅的作品在中學課本中甚至在小學課本中就有，按照現行的中學語文教育方法，作為一個即使只受過初中教育的人來說，表示自己「不清楚」魯迅的人是不太容易讓人理解其態度的。

　　這次關於魯迅的功與過的討論在很大程度上表明大眾特別是網民對魯迅及其作品的認識，從投票結果來看，大眾對於魯迅及其作品的評價還是以正面的居多。

7、境外的反響

（1）日本的反響

進入二十一世紀，隨著時代的發展，日本讀者對於魯迅逐漸疏離，不僅長期被選入日本中學教科書的《故鄉》被撤出了教科書，而且日本的魯迅研究也逐漸有衰退之勢，「富有象徵意義的是，與每人擁有數冊魯迅研究著作的前輩相比，正當華年的青年研究者中，已找不到魯迅研究專家」。〔註22〕

尾崎文昭在《二十一世紀裏魯迅是否還值得繼續？》（2002年《韓國中語中文學第一回國際學術發表會論文集》）一文中分析了日本對魯迅接受與研究的現狀：「中學課本裏的魯迅作品慢慢消失，學生們連魯迅的名字都感到陌生。過去隨時都能買到的魯迅作品的譯本，現在市上幾乎不賣了。」「這反映出近十年來日本文化界對待魯迅比過去非常冷淡，魯迅的名字幾乎被忘掉。」尾崎文昭認為：「魯迅基本上是存在於『現代性』當中的，在這個層次上說，在二十一世紀的日本，甚至中國和韓國，以社會的規模來說恐怕再也沒有接受魯迅的條件了，就是說，想讓一般青年人感興趣已經做不到，文化全球化促進了這個條件。」

日本老一代魯迅研究專家木山英雄在「已經極少聽到有人談起魯迅的日本社會裏」得到了在日本廣播大學講解《野草》的機會，但是在講完三年六個學期的課程之後，他卻感歎：「至今還記得魯迅的名字正式聽課的學生的平均年齡實在高得驚人，而這些人關於魯迅的莫名其妙的過於概念化的『革命』性的成見之甚，有些甚至讓人為魯迅這個作家感到不幸。另外，因為直到前不久，我還在和除非有《漫畫魯迅傳》的大傑作問世，早已完全與魯迅風馬牛不相及的當世學生諸君打交道，所以坦率地說，我已經近乎沒有繼續談魯迅的氣力。」〔註23〕

在這樣的背景下，日本的魯迅研究也取得了一定的進展。2001年，北岡正子撰寫的《魯迅：在日本的異文化中——從弘文書院入學到「退學」事件》由關西大學出版社出版，該書在查閱大量歷史檔案的基礎上對魯迅在弘文書院讀書時期的幾件重要事實進行了詳實的考證，澄清了此前一直模糊不清或存在錯誤的觀點，對於魯迅的生平史實研究作出了重要的貢獻。2002年，藤井省三編撰的《魯迅事典》一書由三省堂出版，藤井省三在序言中指出：「現

〔註22〕邵應建《二十世紀與魯迅》，《魯迅研究月刊》2002年第1期。
〔註23〕木山英雄《也算經驗——從竹內好到「魯迅研究會」》，2005年《韓國魯迅研究會第2次國際學術大會論文集》。

在，全譯本的日文版《魯迅全集》已經出版，魯迅的作品也被日本的中學國語教科書收錄。可以說，日本人幾乎把魯迅作爲『國民作家』來接受的。在韓國、臺灣、香港、新加坡，魯迅文學被廣泛而持續的閱讀著。魯迅是東亞共有的文化遺產，是現代的古典。在歐美，魯迅也成爲眾多研究者的研究對象。這本《魯迅事典》，就是用多種眼光，從多種角度對這種作爲東亞之『文化英雄』的魯迅進行閱讀的事典」。

魯迅是二十世紀亞洲共同的文化遺產，已經被論說了 90 年，但是正如丸尾常喜教授所指出的那樣：「二十世紀並沒有把魯迅完全讀盡。」2001 年 11 月 9 日，日本「東方學會」舉行了第 51 屆年會，將「二十世紀與魯迅」作爲本屆年會的主題之一，與會的學者回顧並反思了二十世紀與魯迅的關係。日本第二代魯迅研究的泰斗、櫻美林大學的丸山升教授在會上說：「回顧魯迅和二十世紀，也帶有些許回憶我個人生命的意味。」通過本次會議的探討，可以看出二十世紀日本魯迅研究的兩大研究趨勢：「老一代專家的目標是挖掘下去，再挖下去；年輕一代則是拓展開來，再拓展開來，走越境之路，越文本之境，越文學之境，越文化之境」。〔註 24〕

此外，爲了紀念魯迅留學仙臺一百週年，2004 年 3 月 5 日，上海魯迅紀念館和日本福井縣魯迅展實行委員會等單位聯合主辦的《魯迅紀念展——中國文豪、友好使者》在藤野先生的故鄉日本福井縣的國際交流會館開幕，展覽從「留學東瀛」、「文學與生活」、「友好交往」、「共同的紀念」等四個部分介紹了魯迅生平與創作，魯迅的留日生活以及魯迅與日本各界人士的交往和友誼，特別突出表現了魯迅與藤野先生的深厚情誼。展品中有魯迅的珍貴遺墨、遺物和照片等 145 件展品，這些珍貴文物大多爲第一次赴日展出。這次展覽收到了在日本宣傳魯迅，推動中日友好的良好效果，共有 1.6 萬多名觀眾參觀了本次展覽。

值得一提的是，日本也出現了對魯迅進行商業化開發的現象，仙如市作爲魯迅留學日本的重要地點，爲了吸引中國遊客到該市旅遊也面向中國遊客搭起了魯迅的文化舞臺，希望以魯迅爲賣點，吸引中國遊客去旅遊。而魯迅留學過的仙臺醫專現在成爲日本東北大學的醫學部，該校留學生到該校留學也打出了魯迅母校的招牌，希望能以魯迅爲榜樣吸引更多的中國留學生。這些新出現的現象也是可以理解的。

〔註 24〕邵應建《二十世紀與魯迅》，《魯迅研究月刊》2002 年第 1 期。

（2）意大利的反響

2004年11月4日到6日，意大利國際魯迅研討會在瑪切拉塔大學舉行。艾斯多瓦‧馬茜女士、安娜‧布雅蒂女士等意大利著名的漢學家和一些來自瑪切拉塔大學、羅馬大學、那波倫斯大學、威尼斯大學、萊切大學的漢學家及漢學專業的學生參加了這次學術會議。中國作家協會書記處書記吉狄馬加、中國詩歌學會秘書長張同吾研究員、北京魯迅博物館葛濤館員組成的中國學者代表團一行三人參加了本次會議。

瑪切拉塔省東方友好協會主席菲利普‧米格尼尼教授首先談到他對魯迅的認識，他指出，魯迅對歐洲文化非常感興趣，他在那個時代已經開始考慮異質文化交流的問題，從這個角度來說，魯迅不但是文學家、詩人，而且也是思想家、哲學家，或者確切的說，魯迅首先是哲學家，然後通過文學讓大家瞭解他的思想。

艾斯多瓦‧馬茜女士在題為《魯迅在文學與政治之間》的發言中指出：魯迅時代最基本的問題是政治問題，在一個危機之後，每個思想家應該選擇保留還是反對這個危機。魯迅作為一個作家，他不僅在創作中涉及到政治，而且參加了政治鬥爭。魯迅慢慢的變成一個經典作家，躋身於20世紀全世界偉大作家之列。安娜‧布雅蒂女士在題為《〈朝花夕拾〉研究》的發言中重點分析了魯迅在《朝花夕拾‧序言》中的提到的「亂」，指出「亂」並不僅僅是指社會背景，而是作者有意的安排，是一種文學手法。人們在回憶往事時，常常會產生浪漫的感覺，魯迅想通過在文本中製造「混亂」來破壞這種感覺，讓讀者感到著急。萊切大學的朱西‧塔姆布瑞歐女士在題為《20年後重新看魯迅》的發言中重點探討了中國當代先鋒作家與魯迅的關係，她通過比較魯迅和余華、殘雪、格非小說中的「光線」等一些文學意象和常用的句式，指出先鋒作家在創作上受到了魯迅的影響，但也有與魯迅不同之處。總體而言，魯迅是從五四文學到當代文學的一個過渡人物。漢學家卡爾羅‧勞爾恩先生在題為《關於魯迅二三事》的發言中從梳理魯迅的學術淵源的角度指出魯迅從他的老師章太炎那裡受到了道家思想的影響，並呼籲在研究魯迅時，不要忘記魯迅對中國傳統很有理解，也很有感情。

與會的中國三位學者也作了精彩的發言。吉狄馬加在題為《魯迅與我們這個時代》的發言中指出：「魯迅是一個偉大的人道主義者，他對人的生存權和發展權的尊重，對於我們今天這個尤其需要公正和正義的世界，其現實意

義和歷史意義都將是深遠的」；張同吾在題爲《魯迅：我眼中的偉大的詩人》的發言中指出，魯迅並沒有想做一個詩人，但是他的詩卻表現出一位偉大詩人的水平，還沒有一個人能達到魯迅對詩歌語言的運用的高度。魯迅爲詩歌和藝術留下了非常寶貴的精神財富，這些精神財富是無價的和永遠的，他屬於全人類。葛濤在題爲《中國近期關於魯迅的論爭》的發言中介紹了中國大陸近期關於魯迅的論爭，重點評論了中國學者關於「魯迅死因」和「魯迅活著會如何」的爭論，指出這些論爭雖然是近期爆發的，但卻反映出許多歷史問題。〔註25〕

本次會議的成功舉行不僅爲中、意兩國魯迅研究專家打開了對話之門，進一步推動了意大利的魯迅研究，使在二十世紀八十年代以來日漸冷清的魯迅研究在歐洲大陸重新煥發活動，而且也爲中意兩國的文化交流譜寫了新的篇章。

（3）韓國的反響

2005 年 11 月 19 日，韓國魯迅研究會第二次國際學術大會在韓國外國語大學舉行，本次會議的主題是「二十一世紀魯迅研究的連續性與變化」，來自中國、美國、日本和韓國的近百位學者出席了本次會議。

大會特別邀請了對二十世紀七八十年代韓國民主運動產生深遠影響的著名社會活動家李泳禧教授和任軒永先生作主題發言。李泳禧教授在題爲《一個推論：魯迅作品裏朝鮮（韓國）缺如的原因》的發言把魯迅和朝鮮的「一位像中國魯迅那樣的具有文學業績的思想先覺者」、與魯迅幾乎同時在日本留學的李光洙進行了對比分析，他認爲：「我們在魯迅的文筆裏找不到有關朝鮮民族內容的另一個理由是，李光洙的這種否定自己民族的思想導致了朝鮮民族整體喪失自尊能力的結果」。任軒永在題爲《我與魯迅文學革命和人類的命運》的發言中說：「從魯迅那裡，我大體上在三個方面受到較大的影響：第一，是文學或者文學的姿態；第二，是魯迅作爲民族解放鬥士的形象；第三，魯迅是一位偉大的作家……將文學觀和世界觀進行整合的技巧，面向人類歷史的美學的前進道路的作家精神上，是無法超過魯迅的。」

與會的學者重點總結了魯迅研究的歷史與現狀。日本神奈川大學前教授木山英雄先生結合自己的親身研究體驗回顧了日本魯迅研究的歷史，他在題

〔註25〕黃方岱《譜寫中意文化交流的新篇章》，《魯迅研究月刊》2004 年 12 期。

爲《也算經驗——從竹內好到「魯迅研究會」》的發言中對竹內好、丸山升、伊藤虎丸、丸尾常喜、北岡正子等人和他本人的魯迅研究進行了評論。澳大利亞新南威爾士大學寇志明博士在題爲《英語世界的魯迅研究：過去、當前、未來》的發言中系統梳理、分析了英語世界的魯迅研究狀況，指出，通過對研究歷史的梳理，可以看出，雖然近年來從傳記文學的角度研究魯迅的成果有所增加，並出現了一些從實證的角度和哲學的角度研究魯迅的成果，但是學生們呈現出了從比較文學和文學理論的角度研究魯迅的趨勢。魯迅博物館張杰研究員在題爲《近年國外魯迅研究掃描》的發言中從「文化比較」、「文本解讀」、「史料實證」和「接受研究」的角度對二十世紀九十年代以來的國外的魯迅研究狀況進行了評論，他指出：「世界性文化比較研究，文本的重新閱讀，歷史文化的史實辯證，以及閱讀接受研究，構成了二十世紀九十年代以來國外魯迅研究的主流」。韓國全南大學李珠魯教授在題爲《韓國的〈狂人日記〉研究狀況》的發言中重點分析了韓國學者對《狂人日記》的研究歷史與現狀。

　　有關魯迅的文化研究也是參加本次研討會的各國學者的研究重點。魯迅博物館館長孫郁研究員在題爲《魯迅：在俄國版畫與小說之間》的發言中系統梳理了魯迅和俄國小說與版畫的關係，並指出：魯迅「把繪畫與文學間的姻緣，生命化了與精神人格化了」。首爾大學全炯俊教授在題爲《文字文化和視覺文化：文化研究的魯迅觀一考察》的發言中對美國布朗大學教授周蕾在《原始的激情》一書中對魯迅的批評進行了反駁，指出：「對於魯迅，視覺科技的衝擊是如何融入其文學內部的而又如何表現的問題，要比周蕾所立足的視覺文化優越論並在其基礎上非難魯迅文學選擇問題更具建設性」。北京師範大學劉勇教授在題爲《魯迅與中國文化》的發言中從「魯迅與宗教文化」、「魯迅與心理文化」、「魯迅與北京文化」的角度分析魯迅的文化價值和文化意義，以及魯迅對二十一世紀中國文化發展的深遠影響。魯迅博物館葛濤在題爲《互聯網上的「魯迅迷」虛擬社區研究——以「網易‧魯迅論壇」爲中心》的發言中指出網絡中的「魯迅迷」虛擬社區不僅形成了獨特的亞文化而且也存在著一定的生存危機。

　　此外，與會的一些學者還探討了魯迅的思想問題。韓國學者劉世鍾教授在題爲《「新現代」中文化創造主體之性格論——以魯迅的女媧、羿、宴之敖者爲中心》的發言中試圖從魯迅的《故事新編》中尋找出可以供韓國當前的

「新現代」思想運動借鑒的思想資源。魯迅博物館黃喬生研究員在題為《魯迅的東亞視覺：在民族主義與世界主義之間》的發言中分析了魯迅東亞視覺缺失的原因，指出魯迅的思想可以啟示我們在全球化大潮中處理世界一體化同保持民族特色的關係。

作為本次「首爾魯迅文化週」的組成部分之一，由韓國魯迅研究會和中國北京魯迅博物館合作主辦的「魯迅的讀書生活展」也在會議開始前的一週在首爾中國文化中心揭幕，吸引了韓國愛好中國文化的人士前來參觀。〔註26〕

本次會議的召開，不僅系統的總結了二十一世紀魯迅研究的連續性和變化情況，而且進一步推動了韓國乃至東亞地區的魯迅研究的進展，為今後東亞的魯迅研究打下了良好的基礎。

8、小結

進入二十一世紀，在市場經濟大潮的衝擊下，已經失去政治光環籠罩的魯迅完全定下了聖壇，成為文化消費的熱點對魯迅之一，各種各樣的人們都試圖挖掘魯迅身上的商業價值。如果說，「文革」達到了對魯迅進行政治利用的極致的話，那麼也可以說二十一世紀初達到了對魯迅進行商業利用的極致。這不僅是魯迅的悲哀，而且也是中華民族的悲哀。人們在關注魯迅所能帶來的經濟利益時，是不會去關注魯迅的精神價值的。在這種商業化的背景下，魯迅研究也日漸冷落，甚至成為書齋裏的老古董，無法發揮對社會的影響力。不過，值得高興的是，中文網絡的興起也使一大批民間的魯迅追隨者浮出了水面，這些魯迅的「粉絲」雖然來自三教九流，但都是魯迅精神的繼承者和發揚者，他們的出現也在很大的程度上表明魯迅精神依然在民間承傳，有著鮮活、旺盛的生命力。

由於文化全球化進程的影響，國外的魯迅研究也逐漸冷落，日本學者甚至認為魯迅不適合二十一世紀，二十一世紀也不再需要魯迅。但是韓國和意大利舉行的魯迅研討會都在一定程度上推動了歐洲的魯迅研究，越來越多的學者認為魯迅的思想對於二十一世紀仍有重要的參考價值，魯迅的生命力依然存在，人前無法忘記魯迅，人們依然需要從魯迅那裡吸取精神力量。

〔註26〕木山英雄《也算經驗——從竹內好到「魯迅研究會」》，2005 年《韓國魯迅研究會第 2 次國際學術大會論文集》。

參考書目

1. 《1913～1983 魯迅研究學術論著資料彙編》，中國社會科學院文學研究所魯迅研究室編，中國文聯出版公司 1987 年出版。

2. 《中國魯迅學通史》，張夢陽著，廣東教育出版社 2001 年出版。

3. 《魯迅研究資料》1～24 輯，魯迅博物館編，文物出版社、天津人民出版社、中國文聯出版公司出版。

4. 《魯迅研究動態》、《魯迅研究月刊》全部，魯迅博物館編。

5. 《紀念與研究》、《上海魯迅研究》全部，上海魯迅紀念館編。特別是其中的凌月麟的《建國前魯迅紀念記事錄》、《美術作品中的阿 Q 形象——魯迅小說〈阿 Q 正傳〉六種插圖、連環畫》、《戲劇舞臺上的阿 Q 形象——魯迅小說〈阿 Q 正傳〉的六個話劇改編本》、《「越劇界的一座紀程碑」——越劇〈祥林嫂〉六次公演》、《魯迅業績在銀幕上的再現——介紹三部文獻紀錄片》等文章對本書的撰寫幫助甚大，特此致謝。

6. 《魯迅研究年刊》全部，西北大學魯迅研究室編。

7. 《魯迅：在中日文化交流的座標上》，彭定安主編，春風文藝出版社 1994 年出版。

8. 《魯迅：域外的接近與接受》，張杰著，福建教育出版社 2001 年出版。

9. 《假如魯迅活著》，陳明遠主編，文匯出版社 2001 年出版。

10. 《魯迅的五大未解之謎》，葛濤主編，東方出版社 2004 年出版。

11. 《紀念魯迅誕辰 100 週年文獻資料集》，人民文學出版社 1982 年出版。

後　記

　　回顧文學家魯迅從 1906 年到 2006 年的文化史，類似於對魯迅進行考古挖掘，可以清楚地看到魯迅是如何成為具有眾多象徵含義的文化符號「魯迅」的，人們特別是政治家是如何結合時代因素對魯迅進行新的闡發與詮釋的，這些觀點各異的不同的甚至是截然相反的闡發與詮釋就像是不同的色彩顏料被不同時代的畫家按照各種需要隨意的塗抹在魯迅身上，魯迅的形象也因此而成為色彩斑斕的或者說是千瘡百孔的木乃伊。魯迅之子周海嬰說，「在二十世紀的相當一段時間裏，魯迅被嚴重地『革命化』和『意識形態化』了，以至於完全掩蓋了歷史中真實的魯迅形象，當然也就取消了魯迅作為中國社會從傳統向現代轉型過程中巨大的思想存在和文化價值」。

　　魯迅在逝世之後被推上了聖壇，直到二十世紀八十年代，他仍然處在聖壇之上，遠離人間社會。1985 年，魯迅研究專家王富仁在他撰寫的中國第一部魯迅研究博士論文中呼籲要「回到魯迅那裡去！」但是，在當時的社會環境下，王富仁的呼籲很快就遭到了批判。

　　進入二十一世紀，魯迅終於走下了聖壇，回歸了人間社會，但是魯迅的形象還沒有完全脫離意識形態化的束縛與限制。2006 年，魯迅的後人在沉默了幾十年之後終於發出了「魯迅究竟是誰？」的天問，呼籲要「還原歷史中的魯迅」，必須給青年人一個有血有肉的魯迅。本書就是響應魯迅後人的天問系統考察「魯迅究竟是誰？」的專著，希望能有助於讀者瞭解魯迅是如何成為「魯迅」的。

　　本書的撰寫得到了很多前輩和同行的指導和幫助，在此非常感謝周海嬰、周令飛兩位先生對本書撰寫的大力支持，他們不僅惠賜了發人深思的序

言，而且周令飛先生也對本書的撰寫提供了有益的指導意見。另外，本書參閱了國內外魯迅研究專家的眾多研究成果，在此也一併致謝。最後，希望此書能為「普及魯迅」貢獻一分力量。

作者於北京魯迅博物館魯迅研究室